Die manövrierende Mutter (Band 2)

Lady Charlotte Campbell Bury

Writat

Diese Ausgabe erschien im Jahr 2024

ISBN: **9789359949024**

Herausgegeben von
Writat
E-Mail: info@writat.com

Inhalt

KAPITEL XII.

Sir Foster Kerrisons Einzug in den großen Salon von Wetheral war eine Epoche in seinen Annalen. Es war der Vorläufer der sich bewegenden Materie. Lady Wetheral empfing ihn mit großer Annehmlichkeit; und jeder andere Herr hätte den Ausdruck besorgter Sorge in ihren Augen bemerkt. Sir Foster sah jedoch nichts; er bemerkte nicht einmal, dass Ihre Ladyschaft allein war. Habit wies ihn zu einem Sitzplatz in Richtung des Liegestuhls, der im Boudoir stand, und als sein Hut auf einen Tisch gelegt wurde, störte nichts sein *dolce far niente* . Sir Foster setzte sich, tippte mit dem Stiefel und zwinkerte mit den Augen, in glücklicher Unwissenheit über die bevorstehenden Ereignisse.

Lady Wetheral ließ einige Zeit schweigend verstreichen, bevor sie mit dem Verfahren begann; aber als Sir Foster Wurzeln geschlagen hatte und mindestens drei Stunden lang stabil aussah, wurde der Fall vorsichtig geöffnet. Lady Wetheral näherte sich und setzte sich ihrer Nachbarin gegenüber .

„Sir Foster Kerrison, ich bitte um Ihre Aufmerksamkeit für ein paar Augenblicke."

Sir Foster gab keine Antwort, aber ein etwas schnelleres Klopfen des Stiefels versicherte ihr, dass sie gehört wurde. Miss Kerrison hatte ganz unschuldig den Schlüssel zu den Absichten und Bewegungen ihres Vaters geliefert.

„Vielleicht, mein lieber Sir Foster, sind Sie etwas überrascht über die Abwesenheit von Lucy und Clara."

Sir Foster sah sich im Raum um und lächelte.

„Clara darf aus sehr wichtigen und schmerzhaften Gründen nicht wieder in Ihre Gesellschaft zurückkehren, mein lieber Sir Foster." Lady Wetheral machte eine Pause, aber sie hätte stundenlang nach *Belieben weitermachen können* : Sir Foster nahm weder die Abwesenheit seiner Tochter und Claras wahr, noch verstand er die Absicht ihrer Bemerkungen. Lady Wetherals Schnelligkeit erkannte sofort die Stumpfheit ihres Begleiters; Sie erkannte die Nutzlosigkeit von Andeutungen , Seufzern und gebrochenen Sätzen im vorliegenden Fall. Tom Pynsent gab ihrem Einfluss sofort nach, aber Sir Foster brauchte einen *Coup de Main* , um seine Gefühle und Aufmerksamkeit zu erregen. Daher wurde ein anderes Verhalten gewählt.

„Sir Foster Kerrison, Sie haben sich meiner Tochter gegenüber sehr schlecht benommen!"

"Gott segne mich!" rief Sir Foster und erschrak fast. „Äh! was?“

„Wenn Ihre Absichten nicht ehrenhaft sind , Sir Foster Kerrison, fordere ich als Mutter eine Verhaltensänderung Ihrerseits.“

„Lucy ist krank, oder was ?“ fragte Sir Foster überrascht.

„ *Miss Kerrison* geht es gut“, antwortete Lady Wetheral mit Nachdruck.

„Oh, ähm!“

Sir Foster ließ sich wieder bequem in den Sessel sinken.

Provozierender Mann! Gab es keine Möglichkeit, eine solche Kreatur anzuketten? Die Geduld Ihrer Ladyschaft war unerschöpflich. Vielleicht könnte eine noch entschiedenere Vorgehensweise den Zweck erreichen . Lady Wetheral nahm einen hohen Ton an.

„Sir Foster Kerrison, die Nachbarschaft hat berichtet, dass Sie sich an meine Tochter wenden. Ich möchte wissen, ob Ihnen dieser Bericht bekannt ist: Mit Miss Wetheral darf nicht spaziert werden, Sir Foster!“

Das Klopfen nahm an Geschwindigkeit zu, und Sir Fosters Augen blinzelten mit erstaunlicher Schnelligkeit. Ihre gnädige Frau wurde nach und nach entschlossener und elterlicher.

„Wenn mein Kind unglücklich gemacht werden soll, Sir Foster Kerrison, wird das beleidigte Herz einer Mutter seinen Ansprüchen Gehör verschaffen, und ihre Lippen werden ihr Entsetzen über diese Niedrigkeit zum Ausdruck bringen. Sie wird Ihnen sagen, wie abscheulich böse der kommende Tag sein wird.“ Tag für Tag und stundenlang sitzen Sie mit einem unschuldigen, vertrauensvollen Mädchen zusammen, das fest daran glaubt, dass in Ihrer Seele Wahrheit und Ehre sind. Kein Elternteil kann das Ziel Ihrer Besuche verkennen, Sir Foster, aber ich werde wissen, ob es um Ehre geht . Ich werde keine niederträchtigen Entschuldigungen, keine bösen Ausflüchte hören — soll meine Tochter Lady Kerrison sein, oder soll sie in einsamer, unerwiderter Bindung versinken? Soll Miss Wetheral als abgelehntes und melancholisches Bild enttäuschter Liebe dargestellt werden; oder doch „Meine liebe Clara, Ihre glückliche, liebevolle Frau zu sein, Sir Foster Kerrison?“ Die Stimme der Dame klang am Ende ihrer Rede aufgeregt und untröstlich.

Sir Foster sah verwirrt aus. Er hörte die Beinamen „nieder“ und „böse“, ohne deren Bedeutung zu verstehen oder eine verbindende Vorstellung von den Sätzen zu haben, die Lady Wetheral mit solch wortgewandter Ernsthaftigkeit über die Lippen kamen. Er hörte nur deutlich die abschließenden Worte: „Soll meine schöne Clara Ihre glückliche, liebevolle Frau sein, Sir Foster?“ und er antwortete mit ruhiger Lässigkeit:

„Wenn Sie bitte – oh ja – äh, was?“

Lady Wetheral lächelte sehr selbstgefällig, als sie von ihrem Platz aufstand.

„Sie haben mich sehr glücklich gemacht, indem Sie meiner Clara einen Heiratsantrag gemacht haben, lieber Sir Foster, und wir werden jetzt ins Boudoir zurückkehren."

Lady Wetheral redete den ganzen Weg vom Salon bis in ihr Boudoir, während Sir Foster ihr summend und starrend folgte, vollkommen bewusst, dass etwas passiert war, sich dessen Natur jedoch nicht ganz bewusst war.

„Ich freue mich, dass unsere kleine Gesellschaft nicht auseinanderbricht, mein lieber Sir Foster: *Jetzt* , wissen Sie, wird alles in seiner eigenen bezaubernden Routine weitergehen – Sie werden jetzt jeden Tag wie eine Sache in Ihrem Sessel sitzen Natürlich. Setzen Sie sich, lieber Sir Foster; ich werde dieses Fenster öffnen; die Frühlingsblumen sind in dieser Jahreszeit früh und köstlich. Ich sehe Lucy und Clara im Garten spazieren gehen. Ah, ich sehe, Sie haben Ihren alten Platz in Besitz genommen , lieber Sir Fördern."

Miss Kerrison und Clara waren schnell an der Tür des Boudoirs. Clara hatte das Signal gesehen; Das Fenster wurde endlich aufgerissen.

„Lucy, Lucy, dein Vater ist gekommen; lass uns zum Haus zurückkehren", rief sie und ging hastig zurück. Lucy folgte instinktiv.

„Lucy Kerrison", sagte Lady Wetheral und nahm ihre Hand, als sie erschien, „Ich habe ganz außergewöhnliche Neuigkeiten für Sie! Wie geneigt sind Sie, eine Schwiegermutter zu bekommen, meine liebe Liebe!"

„Wirst *du* Papa heiraten?" fragte Lucy Kerrison äußerst überrascht.

„Nein, meine Liebe. Sir John ist in seinem Arbeitszimmer bei ausgezeichneter Gesundheit", antwortete Ihre Ladyschaft lächelnd.

„Oh ja, wie dumm! Ich habe es vergessen; aber ich habe mich ernsthaft für Sie interessiert und konnte nur an Sie selbst denken, Lady Wetheral . Papa, werden Sie heiraten? Oh, heiraten Sie nicht! Beten Sie, heiraten Sie nicht." , Papa, und ich werde mit dir nach Ripley zurückkehren: aber es ist nur ein Witz, nicht wahr, Papa?" und die arme Lucy Kerrison wurde sehr blass.

„Meine liebe Liebe, du zitterst wirklich; aber ich versichere dir, es besteht kein Grund zur Beunruhigung. Du wirst Clara als neue Verwandte nicht fürchten: Du wirst ein sehr einfaches Leben mit Clara führen, meine liebe Lucy! Dein Papa hat dir einen Antrag gemacht Clara, meine liebe junge Freundin. Tut es dir leid?"

Lucy Kerrison saß in völliger Stille und Erstaunen. Lady Wetheral fuhr fort.

„Clara, meine Liebe, Sir Foster hat beschlossen, meinen Begleiter wegzunehmen: Er hat dich gebeten, Ripley, meine Liebe, zu schmücken und zu beleben. Wie kann ich Sir Foster Kerrison ablehnen; und doch wie kann ich mich von meinem einzigen Kind trennen, meinem einziger Begleiter seit der Hochzeit von Mrs. Tom Pynsent und Lady Ennismore!"

Miss Kerrison richtete ihren Blick abwechselnd auf Clara und ihren Vater, aber sie sagte nichts: Ihre Gedanken waren zu verwirrt, um sie zum Ausdruck zu bringen, und sie beobachtete mit dummer Verwunderung die Szene, die sich vor ihr abspielte. Lady Wetheral näherte sich Sir Foster und führte Clara.

„Erhebe dich, Mann mit glücklichem Schicksal, und empfange den Segen, den ich dir entsprechend deinen Wünschen gebe. Mache mein Kind glücklich, und ich muss mich widerwillig glücklich schätzen, es einem guten, nachsichtigen Mann wie Sir Foster Kerrison zu schenken."

Sir Foster war in der Gesellschaft für seine Schweigsamkeit und seine ausgeprägte Geisteslosigkeit bekannt; Aber er war kein absoluter Narr und ein großer Bewunderer der Schönheit. Er hatte den starken Verdacht , dass eine junge Dame im Begriff war, ihm aufgedrängt zu werden; aber er hasste Auseinandersetzungen, und die Dame war jung und besonders hübsch; Außerdem bestand Lady Wetheral darauf, er hatte Vorschläge gemacht, und es war sinnlos, darüber zu streiten. Sir Foster erhob sich daher und verneigte sich sehr galant – da er bedachte, dass es sich um Sir Foster handelte; und dieser Bogen erkannte und autorisierte die ganze Angelegenheit. Lady Wetherals Fürsorge endete mit Claras Heiratsaussichten.

Schließlich fand Miss Kerrison Worte, um ihre tiefe Überraschung und sogar Freude darüber auszudrücken, dass ihr Vater tatsächlich heiraten wollte; aber sie gestand, dass ihr die Sache ein Rätsel sei; Sie hatte keine Aufmerksamkeit seitens ihres Vaters gegenüber Clara gesehen – niemals! Was sein tägliches dreistündiges Sitzen in Wetheral betrifft , so war das nichts – das tat er an vielen Orten. Auch Clara empfand sie nie als Gefallen – im Großen und Ganzen war es die seltsamste Liebesbeziehung, die sie je gesehen oder von der sie gelesen hatte.

Nachdem Sir Foster sich verneigt hatte und wieder Platz genommen hatte, hörte er sich schweigend alle Bemerkungen seiner Tochter an. Er lächelte und klopfte schnell mit dem Stiefel, was immer Zustimmung bedeutete oder zumindest ein Zeichen von Vergnügen war; deshalb fuhr Miss Kerrison fort.

„Ich bin sicher, Papa, du besuchst uns nur hier, so wie du es in Hatton und Lidham und in Shrewsbury getan hast; du hast nie mit Miss Wycherly oder Miss Spottiswoode geschlafen , oder? Und du hast nie mit Clara gesprochen oder sie angeschaut, was ich hätte tun können. " Siehst du? Ich kann nicht alles verstehen! Ich bin sicher, Clara, du hättest es mir gegenüber erwähnt, wenn du Papa gemocht hättest oder wenn du gedacht hättest, Papa hätte dich gemocht. Ich werde es nie verstehen. Wirst du bald heiraten, Papa? ?"

„Alles zu seiner Zeit, meine liebe Lucy", antwortete Lady Wetheral , erfreut über den bewundernswerten Erfolg ihres Plans; „Es gibt viele kleine Dinge zu tun, bevor Clara dir übergeben werden kann. Du, meine liebe Lucy, musst meine Tochter sein, wenn Clara nach Ripley geht; dann musst du bei mir bleiben, im armen, einsamen Wetheral ."

„Meine liebe Lady Wetheral , ich werde Sie oft besuchen, aber ich bin sicher, Clara wird irgendwann in Ripley meine Hilfe benötigen. Sie wissen nicht, wie besonders Papa beim Essen ist! Clara wird einige Zeit brauchen, um herauszufinden, was Papa mag." , und bis dahin! – oh, Clara, bis dahin!" Miss Kerrison hob ihre Hände und Augen. Sir Foster lächelte nur über die Andeutung seiner Tochter; Er erbot sich nie, seine Schöne oder ihre Mutter zu entschuldigen oder den angedeuteten Hinweis aus dem Gedächtnis zu entfernen . Miss Kerrison fuhr mit lebhafter Energie fort:

„Oh, Clara, ich freue mich sehr, dass du Papa heiraten willst, auch wenn ich nie verstehen werde, wie das zustande kam. Ich werde von der Leitung des Establishments entbunden, was mir nicht gefällt. Ich hoffe, dass du von Papa Geld dafür bekommst." Alles ; ich kann Ihnen versichern, dass ich schreckliche Arbeit hatte, um ein paar Pfund herauszuquetschen, und der Fischhändler ist mein Abscheu: Papa und der Fischhändler haben hübsche Szenen zusammen!"

Sir Foster Kerrison kicherte und zwinkerte nervös schnell mit den Augen.

„Ja, Papa, du magst lachen, aber der Fischhändler hat es nicht getan. Weißt du, Clara, Papa hat den Mann und seinen Korb mit Seezungen und Lachs aus der Küche und die Auffahrt nach Ripley hinuntergeworfen."

Ein weiteres Lachen verriet die Freude, die Sir Foster empfand, als er sich an sein Können erinnerte. Lady Wetheral hielt es jedoch für politisch, das Thema abzuschließen.

„Handelsleute sind sehr ermüdend, meine liebe Lucy, und es erfordert ein besonderes Maß an Geduld, mit umherziehenden Fischmenschen umzugehen. Ich wundere mich nicht, dass dein armer Vater die Beherrschung verliert. Einen Moment, meine Liebe, bitte."

Sie stand auf und verließ das Boudoir, gefolgt von Miss Kerrison, die sie in den Frühstücksraum begleitete. Anschließend äußerte und erläuterte Ihre gnädige Frau ihre Wünsche.

„Meine liebe Lucy, es war an der Zeit, Mitleid mit deinem Vater und seiner Auserwählten zu haben, deshalb habe ich dich gebeten, dich zurückzuziehen. Sie müssen ein *Tête-à-Tête haben* , die armen Dinger, um ihre Gefühle zu erklären und sich nach den Gewohnheiten und Gewohnheiten des anderen zu erkundigen Geschmäcker. Und nun, meine Liebe, da sich die Ereignisse heute Morgen so schnell entwickelt haben, muss ich mit Ihnen beraten und beraten. Ich halte es für klug, dass Sie heute Morgen nach Ripley zurückkehren, Lucy; deshalb wird die Kutsche zu Ihren Diensten stehen zwei Stunden." Tränen schossen in Lucy Kerrisons Augen.

„Weißt du, meine liebe Liebe, eine Trennung ist *jetzt* nur noch ein paar Stunden Abwesenheit; etwas, worüber man mehr lächeln als weinen kann – vielleicht ein oder zwei Tage, nicht länger. Du bist dir der Gebrechlichkeit deines guten Vaters bewusst, Lucy; und ich Vertrauen Sie auf Ihren gesunden Menschenverstand und Ihre Freundlichkeit, ihn gelegentlich an seine Verlobung zu erinnern. Sie verstehen mich, meine Liebe.

„Ja, aber Papa vergisst es so traurig. Schließlich könnte er gehen und wieder drei Stunden in Lidham sitzen ; und wie kann ich ihn aufhalten, Lady Wetheral ?"

„Die Umstände sind ganz anders, meine Liebe! Dennoch behaupte ich nicht, dass Sir Foster nicht *manchmal einer kleinen Aufforderung bedarf* ; seine Geisteslosigkeit ist sicherlich eine Krankheit: Vielleicht, wenn Sie seinen Stock zurückhalten oder seinen Mantel verstecken würden – Pelham, wissen Sie , könnte in das Geheimnis eingeweiht werden, um seinen Herrn zu beobachten; oder, wenn du von ihm eine Nachricht schickst, um seine Erinnerung aufzufrischen; aber du wirst alles gut machen, da bin ich mir sicher, meine Liebe; – niemand mehr *auf dem Laufenden* und schlauer als Lucy Kerrison.

So geschmeichelt und beraten, verpflichtete sich Miss Kerrison, den Aufenthaltsort ihres Vaters zu überwachen, und Pelham sollte angewiesen werden, die Gedanken seines Herrn jeden Morgen auf seine reguläre Fahrt nach Wetheral zu richten . Mit diesen „Ratschlägen" im Kopf wurde die arme Lucy in die Kutsche geschickt und brachte viele entzückende Komplimente und Einladungen mit sich, Wetheral als ihr zweites Zuhause zu betrachten – viele erfreuliche Erwartungen an die Zukunft – und viel Freude darüber, dass ein anderer die Leitung übernehmen würde von Ripley, der Gewalt ihres Vaters und den schrecklichen Auseinandersetzungen zwischen ihm und dem Fischhändler.

Als Sir Foster gegangen war, versicherte Clara ihrer Mutter: „Obwohl das *Tête-à-Tête* keine gesprächige Angelegenheit gewesen war, bewies diese

Schweigsamkeit doch einen sehr ruhigen, milden Charakter, der zu ihrem eigenen warmen Gemüt passen würde. Sie war sehr." zufrieden damit, Lady Kerrison zu sein und Lucy als Begleiterin zu haben. Sir Foster liebte die Ruhe, deshalb störte er ihren Geschmack nicht und stritt sich nicht mit ihren Handlungen. Sie und Lucy würden sich amüsieren und vielleicht viel von zu Hause entfernt sein. Lady Wetheral stimmte Claras Prognosen völlig zu; Es gab nur eine kleine Affäre zu verkraften, und *das* würde sich mit der Zeit und der Vernunft mildern, darauf vertraute sie.

„Ich meine den Einwand deines Vaters, meine Liebe. Ich wage zu behaupten, dass er zunächst entsetzt sein wird, weil er den Eindruck hat, dass Sir Foster etwas hitzig ist."

„Ich glaube nicht, dass er warmherzig ist", antwortete Clara hochmütig. „Wenn ich mich nicht beschwere, muss niemand Einwände erheben."

„Genau, meine Liebe. Wer kann schon den Geschmack eines anderen beurteilen? Was ich für ungestüm halte, mag eine andere Person einfach für lebhaft halten und so weiter. Ich denke, meine Liebe, wir werden deinem Vater jetzt nichts sagen; nehmen wir an Lassen wir zu, dass das Thema ein paar Tage lang in der Schwebe bleibt? Sir John hat so sehr enge Vorstellungen von weltlichen Vorteilen; solch eigentümlich eingeschränkte Vorstellungen von den Luxusgütern des Lebens."

Clara unterschied sich von Lady Wetheral . Sie hielt es für sinnvoller, den Umstand sofort ihrem Vater mitzuteilen, da er früher oder später zum Hauptakteur der Angelegenheit werden musste. Sie würde ihn selbst über Sir Fosters Vorschlag informieren, und wenn seine Einwände nicht begründet werden sollten, musste sie selbst handeln.

Das war Claras Entschlossenheit und die Unerschrockenheit ihres Temperaments im Alter von sechzehn Jahren. Unbeherrscht in ihren Gefühlen und hochmütig in ihrem Wesen übte sie mächtigen Einfluss auf den Geist ihrer Mutter aus; aber es musste noch bewiesen werden, ob auch ihr Vater ihrem herrschsüchtigen und widerspenstigen Geist nachgeben würde. Lady Wetheral schreckte vor dem Kampf zurück, der zwischen elterlicher Autorität und kindlichem Ungehorsam entstehen musste; Es würde ein Kampf werden, der das Scharmützel, das Lady Ennismores Verlobung vorausging, bei weitem übertreffen würde, denn ihr Mann hatte den Fehler erkannt, dass er häufig ihren Wünschen nachkam, und seine Befehle waren in der Angelegenheit Sir Foster Kerrison gebieterisch gewesen.

Claras Hochmut würde sich nicht dazu herablassen, ihre Mutter zu verpflichten, indem sie ihr aktives Management bei der Verwirklichung des Vorschlags anerkennt, aber es könnte sich herausstellen, dass sie einen großen Anteil an der Ausarbeitung des Vorschlags hatte; und sie fürchtete sich vor der ruhigen Bitterkeit der Vorwürfe ihres Mannes. Claras Temperament war tausend Stürmen und tausend ungünstigen Ereignissen gleich : „Clara musste daher ihren eigenen Kampf kämpfen; sie war für den Krieg der Worte, der folgen musste, bestens gerüstet, und ihr erhabener Geist verachtete die Alarme, die gemeinere und ängstlichere unterwarfen.“ Köpfe.“ Clara lächelte nur verächtlich über die Argumentation ihrer Mutter.

Sir John erkundigte sich beim Abendessen, was aus seiner jungen und angenehmen Freundin Miss Kerrison geworden sei, die so plötzlich verschwunden war. Die Antwort seiner Dame war vollkommen zufriedenstellend und schloss jede weitere Bemerkung aus: „Miss Kerrison war von Sir Foster nach Hause gerufen worden.“ Das Abendessen verlief harmonisch und von Sir Johns Seite mit mehr als seiner üblichen Lebhaftigkeit. Er schien erleichtert darüber zu sein, dass keinerlei Assoziationen mit Ripley verbunden waren. Wie wenig ahnte er, dass der Schlag, der beim Abzug der Diener auf ihn wartete, ihm schwer ins Herz treffen würde!

Clara eröffnete ihr Thema mit der Gleichgültigkeit eines Menschen, der sich für alle Konsequenzen entschieden hatte und jeden Widerstand wagte; Sie hob ihr Weinglas, um mit vollkommener Lässigkeit an seinem Inhalt zu nippen, und begann kühl mit der Offenbarung.

„Papa, ich halte es für richtig, Sie über jeden wesentlichen Schritt zu informieren, den ich unternehmen werde, deshalb möchte ich Ihnen sagen, dass ich Sir Foster Kerrison angenommen habe.“

Sir John wirkte für einen Moment fassungslos. Clara fuhr fort:

„Sir Foster Kerrison gefällt mir; und auch wenn mein Geschmack mit dem anderer kollidieren mag, kann ich allein beurteilen, was mich glücklich machen wird; deshalb habe ich beschlossen, Sir Foster zu heiraten, Papa.“

Sir Johns Augen waren schweigend auf das Gesicht seiner Dame gerichtet. Sie las ihren Gesichtsausdruck und schreckte vor der tiefen Bedeutung zurück. Eine Flut von Tränen linderte glücklicherweise das schmerzhafte Gefühl der Selbstvorwürfe und erwies sich als fruchtbarer Anlass, dem Thema auszuweichen, das ihrem Mann so auf die Nerven ging.

„Wirklich, Sir John, ich bin durch die ständige Aufregung meines Geistes und die Ehen meiner armen, lieben Mädchen so geschwächt, dass ein Wort oder ein Blick mich in Anfälle von Nervosität versetzt. Ich kann mir nicht vorstellen, warum Sie mich auf diese seltsame Weise anstarren sollten , wenn ich einen starren Blick nie ertragen konnte; besonders wenn meine Stimmung schlecht und meine Nerven so erschüttert sind.

„Clara", sagte ihr Vater ruhig, „welche Ereignisse haben dazu geführt, dass Sie Sir Foster akzeptiert haben? Wann haben Sie ihn akzeptiert und wo haben Sie ihn seit der Hochzeit Ihrer Schwestern getroffen? Erzählen Sie mir offen, wie das alles passiert ist."

„Oh! Ja, sicherlich, Papa. Sir Foster hat mich hier schon seit einiger Zeit besucht."

„Ich habe ihn nie gesehen oder von dem Besuch gehört, Clara", antwortete Sir John sanft.

„Du bist immer in deinem Arbeitszimmer, Papa. Die Leute fragen jetzt selten nach dir", bemerkte Clara, während sie sich mit perfekter Kühle eingemachte Erdbeeren nahm.

„Gertrude", sagte Sir John, „Sie haben mir das alles verheimlicht und meine strengen Anweisungen missachtet, keine Intimität mit Sir Foster Kerrison zuzulassen. Da meine Frau sich mir weiterhin widersetzt, kann es mich nicht wundern, dass sich ein Kind mir widersetzt."

„Ich habe Sir Foster nie nach Wetheral gefragt ", stockte die Dame; „Seine Besuche waren nicht die Folge einer Einladung von mir; du hast ihn hier noch nie gesehen, meine Liebe; ich habe nie gewagt, ihn zum Abendessen einzuladen; ich habe nie einen Anreiz geboten, ihn hierher zu locken. Es war Sir Fosters eigene Tat." und Tat, um meiner Tochter einen Heiratsantrag zu machen; und seine Berufung war gelegentlich ganz natürlich, während Lucy bei uns blieb. Du hast ihn eines Tages selbst zu dir gebracht; aber in Wirklichkeit zerstört all diese heftige Auseinandersetzung meine Nerven und untergräbt meine Gesundheit." Lady Wetheral sank in ihren Stuhl zurück, schloss die Augen und trug ihre Vinaigrette auf.

Sir John schwieg einige Augenblicke, als wären seine Gedanken und Gefühle zu mächtig, um sie zum Ausdruck zu bringen . Clara bemerkte seine Rührung nicht oder wollte sie nicht bemerken; Sie aß ihre Kekse und Erdbeeren mit ruhiger Unbekümmertheit weiter und ließ sich von der tiefen Stille, die auf die Rede ihrer Mutter folgte, überhaupt nicht aus der Fassung bringen. Endlich erhob sich Sir John und wandte sich in feierlichem Ton und Benehmen an seine jüngste Tochter, die als schweigende Zuschauerin der ganzen Szene saß.

„Chrystal, es ist Zeit für mich, einige Schritte zu unternehmen, um Sie von solchen Beispielen zu befreien. Ich werde Sie morgen nach Brierly begleiten und Sie vorerst in Boscawens Obhut geben. Er wird sich um Sie kümmern, bis ich kann." Fordere dich in Frieden ein. Sobald ich dich in Sicherheit gebracht habe, werde ich Wetheral verlassen für immer . Ihre Mutter und Schwester werden mich nach Schottland begleiten, da ich in Zukunft in Fairlee wohnen werde .

Nichts konnte Lady Wetherals Entsetzen über diese Worte übertreffen, die sie so ruhig und entschieden aussprach. Sie stürzte auf ihren Mann zu und ergriff voller nervöser Angst seinen Arm.

„Geh nicht nach Schottland, John! Oh, geh nicht dorthin, zum schrecklichen Fairlee ! Ich werde dort sterben – nein, nein; sag, dass du mich nicht aus Wetheral mitnehmen wirst , und ich werde alles versprechen , John!" Der Alarm Ihrer Ladyschaft wurde sehr stark und sie sank zu Boden. Christobelle wäre zur Glocke geflogen, um Thompson zu rufen, aber ihr Vater verbot die Aktion; Er bat darum, dass solche Szenen niemals den Augen der Familie preisgegeben würden. Er hob sie hoch und legte sie auf ein Sofa, aber es dauerte einige Zeit, bis sie wieder zu Sinnen kam. Offenbar schwankte sie einige Stunden lang in ihrem Gespräch und wurde schließlich unter dem Einfluss eines starken Narkotikums ins Bett gebracht. Christobelle schaute ihr zu, während sie schlief.

Sir John Wetheral empfand dies alles aufs schmerzlichste; aber er war sich jetzt der Schwäche seines Verhaltens bewusst, das er darin hatte, so bedingungsloses Vertrauen in das Bildungssystem seiner Dame zu setzen; er spürte zu spät, wie träge er wider besseres Wissen ihren Tränen und Vorwürfen erlegen war, selbst dem Opfer Julias; und nun war er entschlossen, Clara zu retten, auf die Gefahr hin, alle zukünftigen Hoffnungen auf häusliches Glück für immer zu opfern. Die furchtbaren Befürchtungen Ihrer Ladyschaft gegenüber Fairlee drohten mit einer Krankheit. Aber Sir John war fest entschlossen, Shropshire zu verlassen; den Schauplatz der Täuschung, die ihn irritierte, sofort zu verlassen; um, wenn möglich, das Schicksal zu retten, das Clara erwartete, sollte ihr böses Genie sie in die Macht von Sir Foster Kerrison geben.

Christobelle schaute immer noch im Zimmer ihrer Mutter zu, als sie die Augen öffnete und leise nach Thompson rief . Christobelle antwortete nicht, sondern ging leise an die Seite ihres Bettes, um sich zu erkundigen, wie sie sich nach ihrem langen Schlaf fühlte. Ihre Augen waren schwer, denn sie schloss sie, während sie sprach.

„Sind Sie das, Thompson? Ich hatte so schreckliche Träume: Ihr Herr geht nach Schottland, und die arme Miss Clara wird nach all meinen Mühen von Sir Foster weggebracht."

„Ich bin es, Mama", flüsterte Christobelle .

„Na ja", antwortete ihre Mutter gereizt, „egal wer es ist, Sie sind gleichermaßen in diese schreckliche Fairlee- Sache verwickelt. Ich werde Schottland nie erreichen: die Langeweile des Ortes – keine Nachbarschaft – alles alte verheiratete Männer." – da gibt es kein passendes Gegenstück zu Clara – alles in allem wird es mich umbringen."

Es folgte einige Momente Stille, und sie sprach erneut in leisem, klagendem Tonfall.

„Die Gewalttätigkeit deines armen Vaters hat mich ernsthaft krank gemacht, Bell, und er muss meinen Tod seiner eigenen Tür anlasten. Sir Foster wurde äußerst schlecht behandelt , und die ganze Nachbarschaft wird das denken, nachdem sein Vorschlag angenommen und seine Verbundenheit hergestellt wurde." so öffentlich! Mein armes Kind Clara! Es ist sehr grausam von ihr, und die Affäre hat mir das Herz gebrochen."

Wieder entstand eine Pause, die so lange andauerte, dass Christobelle glaubte, ihre Mutter schliefe; Endlich hörte sie , wie ihr Name ausgesprochen wurde.

"Glocke."

„Ja, Mama, ich bin dir nahe."

„Vielleicht, Bell, da Sie Einfluss auf Ihren Vater haben, können Sie seine Absichten in Bezug auf Sir Foster herausfinden. Ich kann mir nicht vorstellen, dass er eine solche Verbindung abbrechen würde, aber ich bin zu unwohl, um mit ihm auf das Thema einzugehen Jetzt. Geh runter, Bell, und kümmere dich um deinen Vater, wie ich es früher getan habe, bring mir nur ein paar Informationen."

„Soll ich die Frage für dich stellen, Mama?"

„Sei nicht dumm, Bell; stell Fragen? Unsinn! Du wirst niemals die Wahrheit von einem Menschen durch eine direkte Frage erfahren, du törichtes Kind. Du weißt, was ich meine; jetzt geh und finde seine Absichten mit Klugheit heraus; es wird Übung sein Du; da, keine Antwort, Bell; keine Sentimentalität; ich verabscheue es!"

Christobelle verließ den Raum, ohne die Worte ihrer Mutter ganz zu verstehen. Sie konnte die „Nachlese" nicht verstehen und kannte auch nicht die Bedeutung des Wortes „Sentimentalität", aber sie ging in das Arbeitszimmer ihres Vaters und fand ihn in seinem Sessel, die Kerzen standen nicht ausgelöscht vor ihm . Es war fast zwölf Uhr, als sie eintrat. Ihr Vater streckte seine Hand aus und zog sie zu sich.

„Du bist noch wach, mein Kind, und es ist sehr spät."

Sie erzählte ihm, dass ihre Mutter lange geschlafen hatte und sehr gespannt war, ob er wirklich vorhatte, Wetheral zu verlassen .

„Deine Mama hat dich geschickt, um nachzufragen, meine Liebe?"

Sie zögerte. „Nein, Papa, nicht zu fragen; Mama hat mir verboten, Fragen zu stellen."

„Was *solltest* du dann tun, Chrystal, da deine Mutter meine Gefühle wissen wollte?"

Christobelle zögerte erneut. Auf diese genaue Untersuchung war sie nicht vorbereitet.

„Chrystal, wann immer du sprichst, lass es strikt wahrhaftig und mit offenem Herzen sein; Gott und dein Vater, mein Kind, hassen Unaufrichtigkeit und unaufrichtige Lippen; sprich ohne Furcht und ohne Ausweichen. Worum geht es hier?"

Christobelle wurde durch die ernste Beobachtung ihres Vaters beunruhigt und verlor jegliche Geistesgegenwart; Sie wiederholte sofort die Aufforderung ihrer Mutter.

„Papa, mir wurde gesagt, ich solle deine Absichten herausfinden, ohne Sentimentalität, das war alles; nur weiß ich nicht, was ‚herauslesen' bedeutet."

„Geh jetzt zu Bett, mein liebes Kind, und ich werde deine Mutter besuchen", sagte ihr Vater in einem melancholischen Tonfall , der sie überraschte. „Du und ich haben eine Reise vor uns, Chrystal; übermorgen werden wir nach Brierly aufbrechen; du wirst Isabel nützlich sein und durch Boscawens Gesellschaft und Geschmack verbessert werden. Gute Nacht, und geh in dein Bett, meine Güte." Liebe."

Sie ging in ihr Zimmer und schlief tief und fest, unschuldig an Unrecht und ohne Kenntnis der Szene, die sich infolge ihrer unglücklichen Enthüllung im Zimmer ihrer Mutter abspielte. Christobelle wurde nach dem Frühstück an Lady Wetherals Bett gerufen ; Clara saß lesend am Fenster, und ein kleiner, mit Essenzflaschen bedeckter Tisch verriet ihr auf den ersten Blick, dass es Streit gegeben hatte. Christobelle wurde mit großer Ironie angesprochen.

„Friedensstifter sind begehrenswerte Menschen, Bell, und zweifellos erfreut sich Ihr Herz an der Harmonie, die Sie geschaffen haben; beten Sie weiter und schauen Sie sich Ihre entzückende Arbeit an. Bin ich so unglücklich, wie Sie es sich wünschen, Christobelle ? Oder haben Sie einen kleinen vergifteten Pfeil? Bewerben Sie sich, um meine Not zu lindern? Bitte erweisen Sie mir die Ehre , mir mitzuteilen, was mein nächster Ärger sein wird!"

Christobelle stand erstaunt da; Ihre Mutter war in ihren Bemerkungen nur sehr selten verbittert.

„Ich nehme an, Sie wissen nicht, dass Sie die Entlassung von Sir Foster Kerrison herbeigeführt haben, und das könnte wahrscheinlich der Grund dafür sein, dass Ihre Schwester energische Schritte unternommen hat, um sich durchzusetzen. Ich nehme an, Sie sind sich nicht bewusst, dass Sie sie und mich dadurch unglücklich gemacht haben." deine dumme Tatsache!"

Lady Wetheral stellte ihre Salzflasche ab und nahm die Vinaigrette; Christobelle konnte nur weinen und behaupten, sie wisse nichts von der Absicht, sie zu beleidigen.

„Nun, es gibt jetzt keine Hilfe", fuhr ihre Mutter fort, änderte ihren Ton und nahm die Sprache der Beschwerde wieder auf. „Sie haben Unheil angerichtet, und Sie müssen sich bemühen , es wiedergutzumachen. Ihr Vater hat die Absicht, Sir Foster heute zu sehen, und ich bin zu krank, um mich einzumischen; er wird gewalttätig sein, wage ich zu behaupten, denn er hat seine Natur völlig verändert. und seine Gewalt gegen mich in letzter Zeit war außergewöhnlich; ich weiß, dass er sich selbst vergessen und Sir Foster beleidigen wird. Nun, Bell, Sie müssen es schaffen, Sir Foster einen Zettel in die Hand zu geben, wenn er den Raum verlässt, und tun Sie das nicht Fehler, wie Sie sie im Allgemeinen mit Ihrer schrecklichen Sachlichkeit begehen."

„Für einen Zettel gibt es keinen Anlass", bemerkte Clara, ohne den Blick von dem Buch zu heben, das sie vor sich hielt.

„Meine liebe Clara, ja!" sagte ihre Mutter in ernstem Ton.

„Ich entscheide mich dafür, meine Angelegenheiten selbst zu regeln", war Claras ruhige Antwort.

„Aber meine Liebe, meine liebe Clara, denken Sie an Sir Fosters schlechtes Gedächtnis! Er braucht etwas Management!"

„Ich werde mich um alles Notwendige kümmern", antwortete Clara.

„Nun, meine Liebe, ich stelle keine Fragen; tatsächlich habe ich nicht den Wunsch, mich einzumischen; ich habe alles getan, was ich tun *konnte* , um Sir Foster zu einem Heiratsantrag zu bewegen, und Sie müssen jetzt Ihr eigenes Eigentum bewachen. Ich stelle keine Fragen; wir Ich werde keine Fragen stellen, Bell; wir werden nicht neugierig sein. Ich habe weder Augen noch Ohren, Clara; ich habe nur sonnige Gedanken, helle Visionen von Lady Kerrison, die in Ripley präsidiert, trotz aller Erscheinungen; aber, Bell, du musst blind sein : Denken Sie mit aller Kraft daran; bitte machen Sie keine Fehler mehr, und Sie könnten von Nutzen sein; Sie sind zu alt, um jetzt Unwissenheit zu heucheln, und ich kann es nicht entschuldigen.

Christobelle zitterte; denn die Sätze, die in so großer Fülle aus den Lippen ihrer Mutter flossen, vermittelten ihrem Geist keine Bedeutung; sie war bestrebt, das Richtige zu tun, aber es war ihr kein eindeutiger Verhaltensstil aufgezeigt worden; Sie sagte ihrer Mutter ruhig, aber dennoch sehr beunruhigt, dass sie nicht wisse, was gemeint sei.

„Das wage ich nicht zu sagen, Bell. Ihre Ideen sind ebenso begrenzt wie die Ihres armen Vaters , und ich kann mir vorstellen, dass Ihr Einfluss auf seinen Geist sehr groß sein muss – das Zusammentreffen von Dumpfheit und Dummheit. Aber Bell, Sie können wahrscheinlich verstehen, was Ich meine, wenn ich dir befehle, alles, was du siehst und hörst, für dich zu behalten.

„Ja, Mama, das kann ich.“

„Sehr gut. Wenn Sie Sir Foster Kerrison zu irgendeinem Zeitpunkt auf dem Gelände antreffen, sehen Sie ihn nicht; und was auch immer um Sie herum geschehen mag, seien Sie über alles nicht informiert. Können Sie das tun?“

„Ich werde Papa nichts sagen, es sei denn, er stellt eine Frage“, antwortete Christobelle , ganz überzeugt davon, dass sie endlich Genugtuung gab; Ihre Mutter schloss sich ihrer Meinung nicht an.

„Unsinn, Torheit! Du hast keinen gesunden Menschenverstand, der dich durchs Leben führt, Kind. Dem Himmel sei Dank, die Last, *dir* eine Niederlassung zu verschaffen, wird nicht auf meinen Schultern liegen! Dein Vater muss diese Angelegenheit regeln, wie er will; er übernimmt die ganze Leitung.“ von dir auf sich selbst. Deine erbärmliche sachliche Art würde alle meine Pläne zu deinem Vorteil durchkreuzen.

Christobelle hat sich wieder geirrt! Sie konnte die Anspielungen ihrer Mutter nie verstehen und sagte es ihr auch, obwohl sie zitterte, als die Worte zögernd über ihre Lippen kamen . Sie sagte ihr auch, dass sie den Beinamen „sachlich“, den sie ständig in Bezug auf ihr Verhalten verwendete, nicht verstehen könne. Ach! die Erklärung war für das naive Mädchen ebenso unverständlich.

„Sie haben keine Fähigkeiten, Bell, sonst würden Sie die Bedeutung dieses Ausdrucks verstehen. Ihre Schwestern waren nicht sachlich, es sei denn, man könnte Mrs. Tom Pynsent vielleicht als solche bezeichnen; aber die Zeit hätte sie verbessert; *Sie* sind es. “ vergangene Hoffnung. Nichts ist so sachlich, wie alles zu glauben, was man hört, und Fragen direkt zu beantworten. Nichts kann so grausam sachlich sein, als den Leuten genau zu sagen, was man denkt, und Bemerkungen über die Meinung anderer zu machen Bewegungen. Ich glaube, dass Ihnen die Sachlichkeit in die Wiege gelegt wird, und ich kann in Ihren Manieren weder Intuition noch Fingerspitzengefühl erkennen, die darauf schließen ließen, dass durch Übung ein Keim gefördert werden könnte. Sie werden Ihrer Großtante Bell sehr ähnlich sein. und wie sie wirst auch du Single leben. Ich habe keine Hoffnung aus solch geistiger Armut.

Clara schien in ihr Buch vertieft zu sein, denn sie blickte nie auf und beteiligte sich nie an der Unterhaltung, die sich auf ihre Schwester bezog. Nachdem sie hochmütig ihre Entschlossenheit zum Ausdruck gebracht hatte, sich von ihrem eigenen Urteil leiten zu lassen, schwieg sie und hörte anscheinend auch kein Wort, das zwischen ihrer Mutter und Christobelle gesprochen wurde . Die Zeit keimte zweifellos in Claras Brust den „Keim" der Entschlossenheit; Und jetzt, da die Umstände und Ereignisse ihren Charakter entwickelten, war es leicht zu erkennen, dass sie alle Zwänge abgeschüttelt hatte und beabsichtigte, die Zügel in ihren eigenen jugendlichen und unerfahrenen Händen zu halten. Lady Wetheral hatte das Gefühl, dass ihre Macht über Claras Meinungen und Verhalten nicht mehr vorhanden war, wenn sie überhaupt jemals existiert hatte; und sie hielt ihre jüngste Tochter zurück, um sich ihre Beschwerden anzuhören.

„Im Großen und Ganzen, Bell, trotz deiner Trägheit und Claras Temperament bin ich seit der Heirat deiner Schwestern nie mehr glücklich gewesen. Ich habe in letzter Zeit auch viel unter der Gewalttätigkeit deines Vaters ertragen müssen; letzte Nacht war er unbeschreiblich gewalttätig, und ich sinke er wird krank. Er ist entschlossen, dass Clara nicht Lady Kerrison sein soll, und er hat befohlen, den armen lieben Mann in das Arbeitszimmer zu führen, wenn er heute anruft. Seien Sie da, Bell, und berichten Sie über die ganze Angelegenheit, Sie sicher haben Sie gerade Kapazität dafür?"

„Melden Sie *nichts* ", sagte Clara, ohne den Blick von ihrem Buch zu wenden.

„Meine liebe Clara, du schockierst mich wirklich!" Ihre Mutter legte ihre Vinaigrette hin und nahm die Eau -de-luce. „Mein liebes Mädchen, du machst mir Angst mit solch abrupten und beunruhigenden Sätzen. Hast du nicht vor, Sir Foster Kerrison zu heiraten?"

„ Natürlich tue ich das", antwortete Clara hochmütig.

„Dann, meine Liebe, warum verbietest du Bell, über sein Interview mit deinem Vater zu berichten?"

„Ich hasse all diesen Unsinn und dieses Geschichtenerzählen; ganz zu schweigen von Bell; warum soll man ihr das Abhören beibringen?"

„Wirklich, Clara, du wirst ziemlich hart. Ich habe sicherlich keinem von euch beigebracht, etwas Falsches zu tun, es sei denn, es wird als Verletzung angesehen, die besten Allianzen für euch alle zu beschaffen. Ich kann eure Bemerkung überhaupt nicht gutheißen, meine Liebe."

Miss Wetheral antwortete nicht.

„Ich kann Claras Temperament nicht erkennen, Bell", flüsterte ihre Mutter, „an ihr ist nichts auszusetzen ; ich kann nie Einfluss nehmen, wenn ich sie besonders auf die Umstände aufmerksam machen möchte; aber ich muss sie zulassen." Gehen Sie ihren eigenen Weg, denn sie hat vor, Sir Foster zu heiraten, wie ich sehe, und meine Gedanken sind auf diese Heirat fixiert. Nun, ich werde jetzt aufstehen, aber ich bin ernsthaft krank wegen des herrischen Verhaltens Ihres Vaters letzte Nacht."

„Es tut mir sehr leid, Mama."

„Tut mir leid! Ja, es war deine dumme Torheit , die zu solch einem unprovozierten Angriff geführt hat. Wenn Clara heiratet, werde ich meine liebe Julia besuchen: Ihre Situation, so erhaben, und die Neuheit einer neuen Nachbarschaft , werden mich amüsieren. Du kannst auf dich aufpassen." von Sir John, während ich abwesend bin. Vielleicht, Bell, kann ich in sechs Jahren einen jungen Mann treffen, der für Sie nützlich sein könnte.

„Nein, ich danke dir, Mama."

„Oh, seien Sie nicht beunruhigt", rief Lady Wetheral ein wenig empört, „ich werde mir keine Sorgen um Ihr Schicksal machen. Sie können ins Arbeitszimmer zurückkehren: Fallen Sie nicht über die Stühle, Bell. Das haben Sie geschafft." peinliches, hässliches Alter, alle Beine und Flügel – los geht's."

Christobelle freute sich sehr über die Flucht, denn sie fürchtete sich immer davor, in die Gemächer ihrer Mutter gerufen zu werden. Sie mag unbeholfen sein und ihr Gesichtsausdruck mag unangenehm sein, aber ihr Vater hat nie auf ihr persönliches Erscheinungsbild hingewiesen. Seine Stimme atmete einen Akzent von Freundlichkeit und Zuneigung, und er lehrte sie nur, gut und pflichtbewusst zu sein. Sie zog sich in sein Arbeitszimmer zurück, als Heim ihres Glücks, und sie war dort, als Sir Foster Kerrison auf Befehl von Sir John angekündigt wurde. Lucy Kerrison hatte ihr Wort gehalten – sie hatte ihren Vater tatsächlich an seinen *Aufenthalt* auf Wetheral Castle erinnert.

Sir Foster stand bei seinem Eintritt etwas verwirrt da: Er war beim Aussteigen nach rechts statt nach links geleitet worden und wurde nun in einen großen Raum geführt, der mit Büchern statt mit Arbeitskörben und Damen gefüllt war. Insgesamt hatte Sir Foster, ohne sich die Mühe zu machen, über die Angelegenheit nachzudenken oder genau zu erfassen, wie die Dinge lagen, das Gefühl, dass etwas anders war als zuvor: Die Kette der täglichen Ereignisse in Wetheral war unterbrochen; Er war in eine andere Richtung geraten, ohne zu wissen, warum oder wie es dazu gekommen war . Sir Fosters Verlegenheit konnte man jedoch nur an der nervösen Bewegung seiner Augen und dem Klopfen seines Stiefels erkennen; denn trotz der unglücklichen Geisteslosigkeit, die die Trägheit gefördert hatte und die immer Spott hervorrief, waren seine Manieren die eines exzentrischen, aber höflichen Mannes.

Sir John Wetheral empfing ihn mit Ernst, aber mit Freundlichkeit, und nachdem er einige Beobachtungen über den Zustand der Ernte und des Wetters gemacht hatte, begann er mit dem Thema, das ihm am Herzen lag. Sir Foster saß schweigend und träumerisch da, während Sir John sein Bedauern über die Verlobung mit seiner Tochter zum Ausdruck brachte, die ohne seine Zustimmung eingegangen war. Er äußerte sich gefühlvoll über die Täuschung, die diese Verlobung begleitet hatte , und brachte seine völlige Missbilligung des Spiels zum Ausdruck. Sir Foster lächelte und zwinkerte, als auf die bekannte Heftigkeit seines Temperaments hingewiesen wurde; und er klopfte mit schnellen Bewegungen auf seinen Stiefel, als Sir John erklärte, dass seine stärkeren Einwände auf seine ständige Abwesenheit im Gebetshaus zurückzuführen seien Achten Sie auf das Glück eines Geschöpfes, das sich seiner Obhut anvertraut hat; und er würde seinem Kind lieber bis ins Grab folgen, als es einem Mann zu geben, der keinen Respekt vor irdischen oder himmlischen Dingen hatte – dessen Leidenschaften heftig waren und dessen Glaube unsicher war.“

Sir Foster hatte nichts zur Milderung zu sagen, wenn er den Sinn der Ansprache wirklich verstand; aber er schien völlig unschuldig an allen Vorwürfen zu sein und den Geräuschen, die sein Ohr erreichten, irgendeine Bedeutung beigemessen zu haben. Sir John erinnerte sich an Sir Fosters schlimme Sünde und wandte sich erneut mit Entschlossenheit an ihn, wie Lady Wetheral es in einer ähnlichen Situation getan hatte, allerdings zu einem anderen Thema.

„Sir Foster, ich verbiete Ihre Besuche bei meiner Tochter Clara.“

Sir Foster zog die Augenbrauen hoch, aber er verstand den Satz: Er war klar und prägnant.

„ Äh? – ja, sicherlich, wenn Lady Wetheral nichts dagegen hat.“

„Ich fürchte, Sir, Lady Wetheral hat Sie in dieser Angelegenheit ermutigt.“

„ Ähm! – ach! – ja; so etwas in der Art.“

„Ich muss darauf bestehen, die Verlobung zu beenden, Sir Foster.“

„ Eh! – was? Ja, wenn Sie möchten.“

Für einige Momente herrschte Stille; es wurde von Sir Foster gebrochen, offenbar in völliger Vergessenheit des vorangehenden Themas.

„Boscawen behält seine Blutstute?"

Sir John lächelte, als er bejahend antwortete. Sir Foster begann heftig mit den Augen zu zwinkern.

„Gib ihm zweihundert für sie."

Sir John erwähnte seinen geplanten Besuch in Brierly und bot an, der Überbringer seiner Botschaft oder Absichten zu sein.

"Mit dir gehen."

„Ripley liegt nicht weit von uns entfernt. Soll ich Sie rufen, Sir Foster? Wir bieten Ihnen gerne einen Sitzplatz im oder außerhalb des Wagens an, ganz wie Sie möchten."

Sir Foster lächelte und summte, was nach Lucy Kerrisons Interpretation eine Zustimmung bedeutete; Sie sollten daher auf ihrer Reise das Vergnügen haben, ihn zu begleiten. Sir John würde sich über den Beitritt eines schweigsamen Begleiters nicht ärgern ; Sir Foster würde sich zumindest außerhalb von Claras Nachbarschaft befinden , und was noch zufriedenstellender wäre, er wäre außerhalb der Reichweite der Machenschaften seiner Dame.

Nach dieser Vereinbarung blieb Sir Foster zwei Stunden und lächelte schweigend auf seinem Stuhl, ohne seine Haltung zu ändern oder den Anschein zu erwecken, dass er die Abwesenheit seiner erst kürzlich verlobten Braut spürte. Sobald er in eine andere Wohnungssuite aufgenommen worden war, war es mehr als wahrscheinlich, dass er in Zukunft das Arbeitszimmer genauso selbstverständlich suchen würde, wie er es bei seinem *Aufenthalt* im Boudoir getan hatte; aber die geplante Reise muss seine Pläne durchkreuzen und sie in andere Bahnen lenken. Brierly und die Blutstute waren gegenwärtig im Besitz seiner Erinnerung, und wenn sie nicht in die ahnungslosen Tiefen seines lethargischen Geistes versanken, war Sir Foster dazu bestimmt, ein Mühlstein für die Energien von Mr. Boscawen zu werden, und Clara musste jede Hoffnung darauf aufgeben Sicherung ihres flüchtigen Liebhabers.

Gewohnheiten seines Begleiters bewusst , deshalb nahm er seine Studien in aller Stille wieder auf und Sir Foster durfte lächeln und die ihm zugeteilte Zeit auf seine ganz eigene Art ausschlafen. Glück wird von Individuen sehr unterschiedlich definiert: Sir Foster betrachtete es als Genuss in einem langen, halb träumerischen Nichts, in einem weichen Sessel sitzend, mit dem Stiefel klopfend und nicht gelangweilt von Fragen oder Bemerkungen: Mrs. Hancock und Mrs. Pynsent liebte die Fortbewegung und betrachtete das Leben als eine Möglichkeit, sich am Reden, Gehen, Autofahren, Lachen und „Spaß" zu erfreuen: Sir John Wetheral liebte den Ruhestand mit Büchern: Seine Frau gestand, dass sie Freude daran hatte, Partner zu finden und verschiedene Badeorte zu besuchen: noch Wissen und spüren wir, dass Glück nicht von dieser Welt ist? und unsere Freuden erweisen sich am Ende als Weg zu Prüfungen und Sorgen.

Endlich erwachte Sir Foster Kerrison aus seiner langen Ruhe und setzte seinen Hut auf. Christobelle las ihrem Vater laut vor, doch in diesem Moment verstummte sie, was eine Vorbereitung auf die Abreise bedeutete. Sir Foster bemerkte dies nicht; wahrscheinlich sah er sie nicht, denn er erhob sich summend, blinzelte sehr nervös, betrachtete aufmerksam ein Porträt von „Eclipse" und verließ absichtlich das Arbeitszimmer. Das war Sir Fosters „seltsamer Weg", und niemand nahm jemals Anstoß an irgendetwas, was Sir Foster tat oder sagte. Sir John bemerkte nur in seiner sanften Art: „Claras Vorstellung von Sir Fosters Temperament stimmt vielleicht nicht mit meiner überein – ein junges Mädchen kann nicht verstehen, wie sehr das Temperament ihres Mannes ihr Glück beeinflussen kann –, aber ich bin erstaunt über ihren Geschmack bei der Auswahl eines Mannes." deren Manieren eine zarte Frau abstoßen muss, und die seine Entlassung bereits vergessen hat, in der Angst, eine Blutstute in Brierly zu kaufen. Ich fürchte, Clara ist von Motiven geblendet, die sie für die Wahrheit blind machen. Ich werde dich zu Brierly bringen, meine Liebe, morgen: Ich sehne mich danach, dich von diesem Ort wegzubringen.

Als Christobelle durch die Kapelle ging, um ihr eigenes Zimmer zu erreichen, sah sie Clara und Sir Foster Kerrison auf der Allee gehen: Sie konnte sich nicht irren; Das Kapellenfenster beherrschte die Allee, und Clara war deutlich zu sehen. Sie erschien in einem sehr ernsten Gespräch: Sir Foster führte sein Pferd am Zügel, und Christobelle glaubte, ein Arm sei um Claras Taille gelegt. Sie erinnerte sich an die Anweisung ihrer Mutter, Sir Foster nicht zu sehen, wenn sie ihn auf dem Gelände traf; und sie gehorchte dem Geist ihrer Absicht, denn sie machte keine Bemerkung über das, was sie gesehen hatte. Clara erschien beim Abendessen vollkommen ruhig und gefasst, und ihre Stimmung war besser als sonst: Sie hatte nicht die blassen Wangen oder den monumentalen Blick, den Shakespeare so erbärmlich beschreibt – es gab kein Anzeichen dafür

„Er, den sie liebte, erwies sich als falsch und verließ sie."

In Claras wunderschönem Gesicht spiegelten sich ruhige Gesundheit und ungezähmte Stimmung. Christobelle redete sich ein, dass sie ihre Schwester *nicht* auf der Allee gesehen haben konnte und dass sie noch nichts von Sir Fosters Absicht wusste, sie nach Brierly zu begleiten und ein hohes Gebot für die Blutstute abzugeben. Als sich die Familie für die Nacht trennte, wünschte Lady Wetheral ihrer jüngsten Tochter kühl ein glückliches Treffen mit ihren Freunden in Brierly: Sie sollte nicht aufbleiben und flehte Christobelle an, nicht mit ihren ungeschickten Fingern an ihrer Tür zu rütteln, unter dem Vorwand , Abschied zu nehmen . Sie sollte Mrs. Boscawen ihre Liebe aussprechen und sie bitten, sich an die Gazetür für das Kinderzimmer zu erinnern.

Clara trat vor und küsste ihre Schwester: Sie sprach lachend.

„Du brauchst mein Zimmer morgen nicht zu besuchen, Bell, weil ich sehr beschäftigt sein werde; aber ich wünsche dir viel Glück, wenn es in Brierly solches Material gibt. Wie lange bleibst du?"

„Papa sagt, bis ihr alle in Fairlee seid ."

„Na ja, für uns alle ein erfreuliches Treffen in Fairlee ; aber, Bell, bevor wir uns wiedersehen,

„‚Ich bin über der Grenze und freue mich auf Wi ' Jock o' Hasledean !'

„Sie verstehen mich nicht? Macht nichts — ich glaube nicht, dass mir Fairlee gefallen wird . Wie Sie mich anstarren, Miss Bell!"

Christobelle sah tatsächlich überrascht aus: Sie konnte Claras Fröhlichkeit über die Entlassung ihres Geliebten nicht verstehen. Sie zog sich jedoch in ihr Zimmer zurück und verlor in tiefem und süßem Schlaf alle Erinnerungen an die Vergangenheit und die Gegenwart.

KAPITEL XIII.

Sir John Wetheral und Christobelle machten sich schnell auf den Weg nach Ripley. Die Morgenluft war frisch und köstlich, denn der Mai stand vor der Tür und der April war lächelnd vergangen. Das Gesicht des Vaters strahlte vor Freude, denn er schenkte Glück – und seine Tochter schwelgte vor Freude, weil sie auf Isabel zurollte und stundenlange Unterhaltung mit dem freundlichen und geduldigen Mr. Boscawen genießen sollte. Die ganze Natur lächelte unter ihrem eifrigen Blick, und sie stellte sich die Wälder von Ripley noch schöner vor als die Ländereien von Wetheral . Sie verließen die Hauptstraße, durchquerten die großen Tore des Ripley Parks und schlängelten sich fast zwei Meilen am Ufer eines Sees entlang, der ihrer Meinung nach damals großartig war und heute in seiner Stille lieblich ist. Die grauen Türme von Ripley zerplatzten bei diesem Anblick, als sie sich schnell von der wunderschönen Wasserfläche abwandten, um in das dichte Gebüsch zu gelangen, das zu seinem Eingang führte, und Christobelle konnte nicht anders, als auszurufen: „Oh, Papa, wie schön das ist!"

„Ja, Christobelle , es ist wunderschön; und alles außer dem Geist des Menschen ist göttlich", antwortete ihr Vater und klopfte ihr auf die Schulter.

„Das war ein Zitat von Lord Byron, Papa, das du mir gestern vorgelesen hast. Oh, sieh mal, was für eine Sammlung wunderschöner Pflanzen im Wintergarten aufgestellt ist!"

Christobelle war vom Anblick der zahlreichen blühenden Sträucher fasziniert, als der Wagen anhielt und vier Diener zur Flurtür gingen. Sir John erkundigte sich, ob ihr Herr zu Hause sei.

Sir Foster war seit halb fünf Uhr morgens von zu Hause weg.

„Wann wurde mit seiner Rückkehr gerechnet?"

Sir Foster hatte keine Befehle oder Anweisungen hinterlassen.

„Sicherlich", sagte Sir John, „Sir Foster hat unsere Verlobung vergessen und ist allein nach Brierly aufgebrochen. Ist Miss Kerrison zu Hause?"

Miss Kerrison ging im Park spazieren – sollte man ihr Informationen über Sir John Wetherals Ankunft schicken?

„Auf keinen Fall. Sir Foster ist wahrscheinlich nach Brierly gegangen; aber wenn Ihr Herr von woanders zurückkommt, teilen Sie ihm mit, dass ich auf dem Weg nach Bridgnorth bin." Sir John befahl den Postillionen, fortzufahren.

Sie fuhren zurück zum Parktor und trafen Miss Kerrison an der Spitze ihrer kleinen Truppe von Brüdern und Schwestern. Die Kutsche hielt an, als sie näherkamen, und Lucy Kerrisons Augen funkelten vor Freude.

mir gekommen , Sir John? Hat Lady Wetheral bei Ihrem frühen Besuch nach *mir* geschickt ?"

Ihr Gesichtsausdruck verfinsterte sich, als sie ihr Ziel erfuhr; aber sie konnte ihre Freunde nicht über Sir Fosters Flucht aufklären. Lucy sagte: „Ihr Vater tat so seltsame Dinge, dass niemand in Ripley jemals wusste, wo er war. Manchmal war er hier und manchmal war er dort – er hatte das Haus sehr früh verlassen, was eher ein Novum war." er stand selten vor elf auf; aber sie war sicher, dass ihr Vater selbst nicht wusste, wohin er ging, und niemand sonst konnte es erraten. Mit dieser unbefriedigenden Nachricht waren Sir John und Christobelle gezwungen, sich von Miss Kerrison zu verabschieden und ihren Weg fortzusetzen. Sir John beharrte darauf, dass Sir Foster weit auf dem Weg nach Brierly sei. Christobelle hingegen verspürte die undefinierbare Gewissheit, dass er Clara besuchen wollte . Das Thema verschwand jedoch bald aus den Gedanken aller; und Sir John erheiterte den Rest der Fahrt mit angenehmen Geschichten und liebevollen Fragen zu Themen, die sie gemeinsam gelesen hatten.

Isabel schrie vor Freude über die Ankunft ihres Vaters und ihrer Schwester. Sie ging vor ihrer Tür auf und ab und hielt den Arm ihres Mannes, als plötzlich die Kutsche vor ihnen erschien. Sie eilte zur Tür, bevor der Diener sie öffnen konnte, und warf sich in die Arme ihres Vaters.

„Oh, Papa, was ist das für ein Segen! Was hat dich dazu gebracht, so bald zu uns zu kommen? Und bete, lass Chrystal noch ein paar Monate bei mir bleiben, jetzt ist sie hier. Oh, Papa, das ist so ein Glück! So." ein Trost!" Isabel warf ihre Arme um den Hals ihrer Schwester und weinte.

„Nun, Chrystal, du siehst, ich weine; aber es ist eine Freude, euch beide in Brierly zu sehen. Ich hoffe, ihr bleibt lange! Mein lieber Papa, komm herein und erfrische dich vor dem Abendessen – und, Chrystal, dich wird mir ein so lieber Begleiter sein!"

Mr. Boscawen wartete, bis die Entrückungen beendet waren, und hieß sie dann in Brierly willkommen, mit der Freundlichkeit, die ihn jemals zuvorkommend gegenüber denen machte, die er schätzte. Das Zusammentreffen war für alle Seiten ein höchst erfreuliches Gefühl, und sie betraten das Haus voller Lächeln und gegenseitiger Zufriedenheit. Isabel stand einen Moment im Flur und sah ihren Mann an.

„Mr. Boscawen, ich werde meine Schwester die Treppe hinauf in mein Zimmer bringen – ist das richtig?"

„Auf jeden Fall, meine Liebe, tun Sie es; in ein paar Minuten wird die halbstündige Glocke läuten."

Isabel setzte sich, als sie ihr Ankleidezimmer erreicht hatten, und zog einen Stuhl für ihre Schwester.

„Jetzt, Chrystal, nimm einfach deinen Hut und schüttle deine Locken." Christobelle tat es.

„Sehr gut; jetzt bist du bereit für das Abendessen, also lass uns die Zeit bis zum Klingeln ausreden und mir alles über Wetheral erzählen . Armer Wetheral ! – Ich wünschte oft, ich wäre wieder dort. Oh, Chrystal, vielleicht bist du es jetzt angekommen, ich werde nicht so viel bei Miss Tabitha sein, arbeiten, arbeiten, arbeiten, den ganzen Tag ! – aber was hat Sie ohne Vorankündigung hierher geführt? Ich hoffe, allen geht es gut?"

Christobelle teilte ihrer Schwester alle Wetheral- Neuigkeiten mit und schilderte die Angelegenheiten von Clara so klar, wie es ihr junges Urteilsvermögen zuließ. Isabel war entzückt.

„Nun, Papa war so gut, Clara daran zu hindern, diesen alten Sir Foster zu heiraten! Ich versichere dir, Chrystal , es wäre eine dumme Angelegenheit gewesen. Wie hätte die arme Clara es ertragen können, jeden Tag vier oder fünf Stunden mit ihrer Wärme zu lesen? Temperament?"

„Sir Foster liest nie, Isabel."

„Ah, aber er hätte sie zum Lesen gezwungen; denn alte Männer sind alle gleich, Chrystal. Darauf können Sie sich verlassen , Clara wäre unglücklich gewesen. Ist Sir Foster darüber sehr unglücklich?"

Christobelle erzählte ihr vertraulich, was sie gesehen hatte, als sie durch die Kapelle ging, und wie fröhlich Clara danach beim Abendessen wirkte. Isabel sah ernst aus.

„Was könnte das bedeuten? Ich war sehr unglücklich, ich weiß, bis Papa sagte, ich sollte Mr. Boscawen heiraten. Ich war damals sehr albern; aber Clara war nicht Lady Kerrison, deshalb wusste sie nicht, wie schnell diese Dinge erreicht werden." vorbei, und ich bin überrascht, dass sie gerade zu diesem Zeitpunkt fröhlich war. Ich frage mich, ob jemand so jung heiratet, wenn er zu Hause tun und lassen kann, was er will. Heirate nicht, Chrystal, bis du dreißig bist.

In diesem Augenblick ertönte der große Gong, und Isabel erhob sich, um ihr Kleid zu wechseln; aber sie redete weiter.

„Mir macht dieser schreckliche Gong heute nichts aus, weil du und Papa hier seid; aber er ist für mich immer ein Zeichen des Kummers. Nachdem der Gong ertönt, werde ich sicher den Rest des Tages mit Miss Tabitha verbringen.“ , und ich bin todmüde vom Unterrichten. Morgens lerne ich Geographie und Geschichte, und der Abend bringt Zeltstich und Vorlesungen. Ich hoffe, dass ich nicht gezwungen sein werde, Zeltstich zu lernen, während Sie hier sind.“

Isabels Zofe erschien, um ihrer Herrin zu helfen.

„Oh, sind Sie das, Mrs. Anson? Wissen Sie, ob Mr. Boscawen etwas Abwechslung beim Abendessen angeordnet hat? Ich habe solche Hände gespürt! Mr. Boscawens Hände sind kalt wie Eis. Kratzen Sie mir einfach die Haare aus, Anson. Es ist mir egal, wie es aussieht; Clara wird es auch nicht mehr tun, wenn sie Sir heiratet ... Da ist Mr. Boscawens Wasserhahn gegen die Wand; hörst du es nicht? Nun bedeutet dieses Klopfen immer, dass er bereit ist, hinunterzugehen , und ich muss meinen Mund halten und mich beeilen. Ich unterhalte mich immer mit Mrs. Anson, wenn du nicht hier bist, Chrystal . Komm, ich bin jetzt bereit.“

Sie verließen die Umkleidekabine und Mr. Boscawen erschien sofort an seiner Tür. Er reichte jedem einen Arm, und sie gingen in den Salon hinab, wo Sir John in Gesellschaft von Miss Boscawen saß, die eifrig an einem großen Kammgarnrahmen arbeitete , gekleidet in taubenfarbene Seide , das weißeste Musselin-Taschentuch und vieles mehr die zarteste Netzmütze, die jemals das Auge erfreut hatte: Sie war tatsächlich das *Schönheitsideal* einer alten Jungfer. Christobelle blickte mit erfreutem Erstaunen auf die zarte Sauberkeit ihres Körpers; Der braune, mit Grau vermischte Haarkranz, der unter ihrer Mütze hervorlugte, das enganliegende Kleid, ihre weißen Seidenhandschuhe, die Ruhe ihres Gesichts, das sie lächelnd ansah – all das veranlasste Christobelle dazu, Miss Tabitha Boscawen zu bewundern und anzustarren . Sicherlich kann dies nicht das Original von Isabels düsterer Beschreibung sein!

Christobelles Bewunderung amüsierte und erfreute Miss Boscawen: Sie stand auf und streckte ihre Hand aus. „Gerne geschehen“, sagte sie, „bei Brierly, Miss Wetheral . Unsere liebe Isabel wird sich freuen, eine Begleiterin bei ihrer Arbeit und ihrem Studium zu haben.“

Christobelle war von dem Empfang entzückt und stand neben Miss Boscawen, begutachtete ihre Arbeit und beobachtete ihren Fortschritt. Sie freute sich über die Neugier ihrer jungen Bekannten, denn sie nähte sehr langsam, um Zeit für die Beobachtung zu haben. Sie fragte Christobelle , ob sie Arbeit liebe. Christobelle sagte ihr, sie würde gerne lernen, gut zu arbeiten, aber sie lese sehr gerne. Sie lächelte.

„Ich werde Ihnen gerne jede Art von Stich beibringen, Miss Wetheral , wenn Sie von Büchern müde sind. Ich sehe gerne junge Leute beschäftigt. Jede Stunde ist wertvoll, und Müßiggang ist die Mutter des Unheils, wie Sie sich vielleicht erinnern, als ich schrieb Ihr Heft. Ich hoffe, Sie sind nie untätig, Miss Wetheral ?"

Isabel antwortete für ihre Schwester.

„Oh, liebe Tabitha, Chrystal liest immer Geschichte und Gedichte: Ich bin erstaunt über ihre Gelehrsamkeit, denn ich konnte weder Lesen noch Schreiben ertragen: Am besten gefiel mir meine Puppe und das Tanzen mit Tom Pynsent ."

„Wir werden uns mögen, Miss Wetheral , das sehe ich voraus", sagte Miss Boscawen, ohne auf den letzten Teil von Isabels Rede zu achten.

Beim Abendessen saß Isabel schweigend da. Sie nahm zwar am Kopfende des Tisches Platz; aber ihre Augen waren ständig auf ihren Mann gerichtet, und verschiedene Flüstern von Miss Boscawen, die zu ihrer Rechten saß, verstärkten ihre Beunruhigung und Verwirrung. Beim zweiten Gang standen einige attraktive Gläser Himbeercreme auf dem Tisch, zu denen Isabel „sehr geneigt " war, und sie ließ sich entsprechend eines vorsetzen. Miss Boscawen war verzweifelt.

„Oh! Schwester, das ist das Schlimmste, was du in dieser Zeit essen kannst! Bitte, schick die Sahne weg! John, nimm die Sahne weg!"

Isabels Augen liefen über, als die Creme aus ihrem Blickfeld verschwand: Mr. Boscawen sah ihre Enttäuschung mit Mitleid und bemühte sich , das Urteil zu mildern.

„Tabitha, eine *halbe* Creme wird Isabel nicht schaden: Lass sie eine halbe Creme probieren."

„Oh, Bruder, das Allerschlimmste, was meine Schwester ertragen konnte! Nein, iss keine Sahne, Schwester."

„Ich denke", sagte Sir John, „als Elternteil von fünf Kindern werde ich es übernehmen, für die Unschuld der Creme einzustehen. Lady Wetheral stellte sich viele außergewöhnliche Dinge vor und litt nicht unter deren Auswirkungen. Ich wäre geneigt, etwas zu geben." Isabel, diese Sahne, Boscawen.

Mr. Boscawen schien erfreut über eine Meinung von einigem Gewicht und Erfahrung zu sein, die mit seinem eigenen Wunsch übereinstimmte, seine junge Frau zufrieden zu stellen: Er befahl daher, die Sahne wieder auf ihren Teller zu legen. Isabel aß gierig davon.

"Oh Bruder!" rief Miss Boscawen, „Schwester wird so krank sein!"

Mr. Boscawen genoss jedoch den Eifer und die Befriedigung, mit der Isabel ihre Sahne verschlang. „Armes Ding, armes Ding!" sagte er mit leiser

Stimme, als Isabel ihren Löffel hinlegte, und rief: „Wie hervorragend das war!"

„Es wird dir nicht schaden, meine Liebe", sagte ihr Vater, während er sie mit großem Interesse beobachtete; „Ich werde dafür einstehen, dass Sie keine unangenehmen Auswirkungen haben."

„Oh! Sir John", rief Miss Boscawen, „Cremes sind so unverdauliche Dinge! Ich bin mir sicher, dass es der Schwester sehr schlecht gehen wird; in der Tat, Bruder, Schwester wird krank sein."

Christobelle verstand nun die Bedeutung der Not der armen Isabel, als sie sich bei Wetheral beschwerte , dass nur Miss Tabitha über ihre Entbindung wachen dürfe. Fräulein Boscawen wachte tatsächlich mit eifersüchtiger Fürsorge über sie, und wie Don Pedro Snatchaway in Sanchos Suite erlaubte sie ihrem Opfer, in Ruhe weder zu essen noch zu trinken. Als sich die Damen aus dem Speisesaal zurückzogen, zappelte Miss Boscawen um Isabels Platz herum. Sie sollte nicht am Fenster sitzen – es war kalt; Sie sollte nicht in der Nähe des Feuers sitzen – es war heiß; das Sofa war nicht ganz das Richtige, und die Stühle könnten ihr Unbehagen bereiten. Die arme Isabel sah ihre Schwester verzweifelt an.

Christobelle durch den Blumengarten zu spazieren .

„Oh! Schwester, die Sonne geht unter, und du wirst so eine Erkältung bekommen! Du hast eine Creme gegessen; bete, erkälte dich nicht dabei."

Der Spaziergang wurde aufgegeben; Isabel unterhielt sich über Wetheral .

„Nun, Schwester, rede gleich nach dem Abendessen nicht viel; nichts schadet der Konstitution so sehr und behindert die Verdauung so sehr."

Dann würden sie alle ein kleines Nickerchen machen.

„Wirst du nicht sehr dick werden, Schwester?" fragte Miss Boscawen, als sie sah, wie Isabel sich darauf vorbereitete, sich auf das Sofa zu legen; „Schlaf macht sehr dick."

Isabel jedoch traf ihre Vorbereitungen und bereitete sich auf den Schlaf vor. Christobelle saß neben ihr mit einem Buch, das sie von einem der Tische genommen hatte. Miss Boscawen setzte sich zu ihrem Kammgarnkörper und klingelte nach Kerzen. Sie schwiegen einige Zeit , als Isabel aufsprang und ausrief, dass es ihr sehr schlecht ginge. Miss Boscawen sah entsetzt aus.

„Oh! Schwester, diese Creme! Ich wusste, dass du krank sein würdest."

„Ich kann den Grund nicht sagen, aber ich bin sehr krank. Schicken Sie Mr. Boscawen, Chrystal." Isabel sah sehr blass aus und konnte nicht vom Sofa aufstehen.

„Oh! Schwester, schick nicht nach meinem Bruder; ich helfe dir in dein Zimmer; die Creme hat dich krank gemacht."

„Schicken Sie nach Mr. Boscawen", wiederholte Isabel, ihr Gesicht wurde vor Schmerz rot.

Mr. Boscawen wurde gerufen und er trug Isabel zu ihrem Bett. Die Überraschung und Freude, ihre Familie unerwartet zu empfangen, hatten zu einer eher vorzeitigen Entbindung geführt. Der Arzt wurde gerufen, die Krankenschwester wurde eilig gerufen; Der ganze Haushalt war in Aufruhr. Der Arzt gab an, dass seiner Meinung nach irgendeine Überraschung oder Besorgnis die Entwicklung von Mrs. Boscawens Kind beschleunigt habe. Miss Boscawen war überzeugt, dass es die Himbeercreme war.

Sir John beschloss, in Brierly zu bleiben, bis Isabel außer Gefahr sei und der kleine Fremde seinen Segen erhalten würde. Die ganze Nacht verging in gespannter Hoffnung und Wachsamkeit. Christobelle konnte nicht schlafen; Sie konnte nicht in ihrem Bett ausruhen, sondern blieb an Isabels Tür und lauschte jedem Geräusch und Schritt, bis der Morgen anbrach; und dann bestand Miss Boscawen darauf, dass sie sich wieder ausruhte. „Isabel ging es sehr gut, wenn man bedenkt, dass sie sich beeilt hatte alles , indem sie wider besseres Wissen so beharrlich die Sahne aß; Sie selbst konnte zu keinem Zeitpunkt ihres Lebens Sahne verdauen. Wie konnte ihre Schwester damit rechnen, wo doch ihre Entbindung so nah war?"

Unter vielen Versprechen seitens Fräulein Boscawen, sie in der allgemeinen Verwirrung nicht zu vergessen, zog sich Christobelle in ihr Zimmer zurück und schlief lange und tief; Als sie wieder aufwachte, war Isabel in Sicherheit, und das Haus Boscawen freute sich über einen Sohn und Erben, der seine Ehren antreten sollte . Miss Boscawen brachte die gesegnete Nachricht selbst und löste damit ihr Versprechen ein. Christobelle wollte sofort zu ihrer Schwester fliegen, aber Miss Boscawen widersprach. „Sie war zu jung, um die Konsequenzen zu beurteilen", bemerkte sie; „Sie würde zu viel reden oder zu laut lachen, als es Isabel auf die Nerven gehen würde. Sie sollte sie zur richtigen Zeit und zur richtigen Zeit besuchen; sie hatte gerade ihren Vater gesehen, und er hatte Meister Boscawen in seine Arme genommen und ihn für sehr verurteilt erklärt schönes Kind. Isabel schlief jetzt, wie sie hoffte.

Christobelle sagte, sie würde sofort aufstehen, da sie ihren Vater unbedingt sehen wollte; Sie war überrascht, als sie erfuhr, dass er Brierly kurz nach seinem Interview mit Isabel verlassen hatte. Er ließ nicht zu, dass Christobelle gerufen wurde, weil ihre Ruhe unterbrochen worden war; Er hinterließ seine liebevolle Liebe und seinen Wunsch, dass sein Kind oft schreiben und sich in ihrem Verhalten an Miss Boscawens Anweisungen halten würde. Er war früher als beabsichtigt nach Wetheral zurückgekehrt , aber wichtige Geschäfte lockten ihn weg. Dies war Christobelles erste Trennung von ihrem Vater. Später erfuhr sie, dass Mr. Boscawen seinen Plan, einige Monate in Schottland zu verbringen, voll und ganz befürwortete; und dadurch, dass es Clara nicht mehr möglich war, ihre Verlobung mit Sir Foster zu erneuern, bewog Sir John sich, der Erfüllung zu beeilen. Es war seine Absicht, Wetheral im Laufe von vierzehn Tagen mit der gesamten Einrichtung zu verlassen und den Sommer in Fairlee zu verbringen . Christobelle sollte in Mr. Boscawens Obhut bleiben, bis ihr Vater sie zurückrief.

Isabel war von dem Teil des Plans begeistert, der dazu führte, dass ihre Schwester auf unbestimmte Zeit Gast in Brierly bleiben sollte. Die Befriedigung ihres Geistes gab ihr Kraft und Mut, sich an ihrem Kleinen zu erfreuen und die lästigen Aufmerksamkeiten und Ängste von Miss Boscawen mit beispielloser Sanftmut zu ertragen. Mit der alten Dame stimmte nichts, was nicht von ihr selbst ausging. Das Kind war zu aufrecht, oder es befand sich zu lange in der horizontalen Haltung. Sein Essen war sauer oder zu süß; es war zu eng in seiner Kleidung, oder das arme kleine Ding hielt in seiner Decke kaum zusammen. Isabel wurde gefesselt und losgebunden, wie es die Beschwerde vorschrieb; aber es tauchte immer wieder ein neuer Fehler auf, der Miss Boscawen beunruhigte. Eines Morgens vergnügte sich Isabel damit, ihr Baby mit ihren eigenen Händen anzuziehen, ein Vergnügen, das sie seit seiner Geburt nicht mehr genossen hatte. Die Krankenschwester saß am Bett ihrer Herrin und beobachtete und leitete die Operation, während Christobelle entzückt das kleine Ding anstarrte, während es krähte und seine Gliedmaßen streckte. Die Schwestern waren höchst erfreulich beschäftigt, als Miss Boscawen eintrat. Ihr Alarm wurde sofort geweckt.

„Oh! Schwester, wie kannst du da oben sitzen und das Kind anziehen? Schwester, nimm das Kind weg, deine Herrin wird so müde sein! Du musst dich wieder hinlegen, Schwester."

„Schwester" war jedoch ausnahmsweise entschlossen, durchzuhalten; Sie konnte auf das entzückende Vergnügen nicht verzichten.

„Tabitha, ich habe mein Kind nicht gewaschen; ich ziehe nur seine lieben kleinen Kleider an."

„Oh! Schwester, du hast sehr unrecht; du hast unter der Creme gelitten, die ich dich nicht berühren durfte, und jetzt muss ich darauf bestehen, dass du dich hinlegst; was wird mein Bruder sagen?"

„Mr. Boscawen wird nichts dagegen haben, wenn ich meinen kleinen Jungen anziehe", antwortete Isabel.

„Oh! Schwester, das wird er tatsächlich. Mein Bruder ist sich nicht bewusst, wie du dich ermüdest. Schwester, bitte nimm das Kind von deiner Herrin."

Isabel wurde nervös und das Baby begann lautstark zu weinen. Miss Boscawen war sich sicher, dass er an den engen Schnüren beinahe erdrosselt worden wäre.

„So, Schwester, du hast ihm wehgetan; die Bänder sind zu fest gebunden, wage ich zu behaupten. Wie kannst du ein Baby anziehen, Schwester, wenn du noch nie zuvor eins hattest? Schwester, nimm das arme Kind."

Eine Leidenschaft aus Tränen schwächte Isabel mehr als alles, was das bloße Anziehen ihres Babys hervorrufen konnte. Miss Boscawen wurde beunruhigt und hörte mit allen weiteren Vorwürfen auf. In diesem Augenblick betrat Herr Boscawen, der seiner Frau und seinem Kind nie lange fernblieb, das Zimmer. Isabel schluchzte:

„Herr Boscawen!"

„Hier bin ich, meine Liebe. Was hat dich aus der Fassung gebracht? Ich fürchte, du hast Fieber." Mr. Boscawen setzte sich auf den Schwesternstuhl und fühlte Isabels Puls; er sah sehr ernst aus. „Meine liebe Isabel, dieser Puls reicht nicht. Schwester, was hat dieses Fieber verursacht?"

„Tabitha lässt mich mein Kind nicht anziehen, Mr. Boscawen", schluchzte Isabel, faltete ihre Hände und sah mit gebrochenem Herzen aus.

„Gib deiner Herrin ihr Kind, Schwester. Meine liebe Isabel, du sollst es anziehen, wann immer du willst. Zieh es jetzt an, meine Liebe, und lass mich sehen, wie mütterlich du mit deinem Kind umgehen kannst." Mr. Boscawen nahm seinen Jungen von der Krankenschwester und legte ihn in Isabels Arme. Isabel war erfreut über die Aktion und spürte die Freundlichkeit im Verhalten ihres Mannes. Sie küsste Mr. Boscawen fast unwillkürlich die Hand.

„Oh! Bruder, du liegst sehr falsch", rief Miss Boscawen und sah Isabel besorgt an, deren Freude grenzenlos war.

„Eine Mutter erfüllt eine lobenswerte und erfreuliche Pflicht, Tabitha, wenn sie ihr Kind stillt und streichelt."

„Ah! Aber, Bruder, du liegst sehr falsch. Schwester wird heute Abend ziemlich niedergeschlagen und krank sein. Ich habe diese Creme-Geschichte vorhergesagt, Bruder."

Was könnte Miss Boscawen tun? Isabel spielte weiter mit ihrem Kind und ihr Bruder genehmigte die Tat; nein, er beobachtete die Bewegungen seiner Frau mit ernster und erfreuter Aufmerksamkeit. Ihre Autorität nützte nichts, da ihr Bruder solch ungebührliche Anstrengungen gutheißen würde; Sie konnte nur seufzen und sich mit ihren eigenen Pflichten abfinden – dem Kammgarn und der Bestellung des Abendessens.

Miss Boscawen hatte ein gütiges Herz; Ihre eigenen Diktate beruhten auf Wohlwollen gegenüber anderen und dem Wunsch, Freude zu bereiten, aber diese Freuden mussten dann von ihr selbst ausgehen. Sie liebte Isabel und achtete sorgfältig auf ihre Gesundheit; aber Isabel durfte nicht selbst denken; Jede Idee muss von Miss Boscawen stammen, sonst könnte sie nicht klug in die Tat umgesetzt werden. es könnte nicht einmal klug geplant werden, wenn Miss Boscawen nicht an seiner Gründung beteiligt gewesen wäre. Das war irritierend und ärgerlich. Christobelle hatte Miss Boscawen gegenüber viele Verpflichtungen und liebte sie, wenn die Umstände sie nicht mit Isabel in Kontakt brachten. Mit großer Geduld unternahm sie es, ihr alle möglichen Arbeiten beizubringen. Sie lernte alle Kammgarnstiche und konnte ihr beim Sortieren der Farben sehr geschickt helfen. Miss Boscawen protestierte stets gegen den Müßiggang junger Leute und sah Christobelle gern dabei zu, wie sie las oder unter ihrer Anleitung die geschmackvollen Künste des Occhiierens, Stickens und Bastelns übte . Miss Boscawen und Christobelle waren sehr gute Freundinnen; und sie lenkte ihre Aufmerksamkeit oft von Isabel ab und verhinderte verschiedene Besuche im Zimmer ihrer Schwester, die zu gegenseitigem Ärger geführt hätten.

Christobelle war seit zwei Wochen in Brierly, als ein Brief von Lady Wetheral sie in Bestürzung versetzte. Es war eine große Ehre , von ihrer Mutter wahrgenommen zu werden, aber der Inhalt war erstaunlich.

> „Lieber Bell,
>
> „Du musst dich entschließen, nach Hause zurückzukehren und trotz deiner Dummheit nützlich zu sein, denn ich kann nicht ohne Begleiter bleiben. Dein Vater erschreckt mich zu Tode mit seiner Gewalttätigkeit; und was Clara betrifft, hat sie jede Ausrede für den Schritt, den sie getan hat. Du weißt, dass die arme Clara und Sir Foster sehr aneinander gehangen hatten, und es war Tyrannei, sie zu trennen. Nichts würde deinem Vater nützen, als ihre Verlobung aufzulösen, also lief Clara mit Kerrison an dem Tag weg, als du Wetheral verlassen hast . Ich erkläre, dass ich nichts von Claras Absicht wusste, denn deine Schwester hat immer getan, was sie wollte, ohne mich zu fragen. Allerdings ist sie jetzt Lady Kerrison und

Herrin von Ripley, von der ich mir immer besonders gewünscht habe, dass sie ihr Schicksal sei.

„Dein Vater war krank und musste einige Tage in seinem Zimmer verbringen; aber ich gestehe, *ich* war nie besser oder zufriedener mit der Betrachtung

der hervorragenden Betriebe meiner Töchter. Natürlich hat Clara keine Einigung; Aber Kerrison ist ein armes, schwachsinniges Geschöpf, und es wird ihre Schuld sein, wenn sie mit ihm nicht macht, was sie will. Die First Lady Kerrison gab viel zu viel nach. Die Kerrisons sind vor zwei Tagen in Ripley angekommen, und Ihr Vater hat mir nicht erlaubt, sie aufzusuchen. Ich kann es nicht für richtig halten, Bosheit zu ertragen; Es wäre eine andere Sache gewesen, wenn Clara einen Pfarrer oder Lesleys Sohn geheiratet hätte. Ich sage Sir John, wir sollten vergeben, so wie wir hoffen, dass uns selbst vergeben wird; aber er schüttelt den Kopf wie Lord Burleigh und winkt mich weg. Insgesamt ist sein Temperament äußerst heftig geworden, und ich muss Sie zu Hause haben, denn Thompson wird den Hatton-Butler heiraten und ein Wirtshaus eröffnen. Ich habe keine Geduld mit der Heirat von Bediensteten.

„Ich hoffe, dass Isabel nicht stillt; das wird ihre Figur ruinieren. Wo ist das Kinderzimmer? Ich hoffe, sie ist *meilenweit* von ihrem Zimmer entfernt. Erzähl ihr von der Gazetür; und da Jungen laute Stimmen haben, gib dem Kind Salatpastillen und lass es schlafen.“ Tag und Nacht. Ich hoffe, Boscawen lässt sie nicht stillen. Wenn du zurückkommst, kannst du vielleicht deinen Vater überreden, den Kerrisons zu vergeben , denn ich möchte eine Reihe von Partys geben, und ich

Ich wusste sicher nichts über Claras Absichten. Ich denke, dass Frank Kerrison in ein paar Jahren hervorragend zu Ihnen passen würde, Bell. Ich werde Thompson nächste Woche zu Ihnen schicken. Mit freundlichen Grüßen,

„ G. WETHERAL .“

Christobelle weinte über Claras Flucht; Sie weinte über die Krankheit ihres lieben Vaters, aber noch mehr über den Ruf, zurückzukehren und die Gefährtin ihrer Mutter zu werden. Sie übergab ihren Brief verzweifelt an Miss Boscawen, da sie ihrer Stimme nicht trauen konnte. Christobelle war damals zu jung, um ihren Irrtum zu begreifen. Sie war sich nicht bewusst, dass der Brief Fräulein Boscawen alle privaten Gedanken und Absichten ihrer Mutter offenbarte und dass ihre Lektüre sie nach Meinung von Bruder und Schwester der Verachtung und dem Spott preisgeben musste. Sie dachte nur an ihr elendes Schicksal, als sie nach Wetheral zurückkehrte , als bekennende Begleiterin einer Person, die sie nie geliebt hatte und die sich gezwungen sah, „Dummheit" zu ertragen, weil Thompson kurz vor der Hochzeit stand.

Miss Boscawen schickte den Brief ohne jeden Kommentar zurück: Sie riet Christobelle , seine Informationen vor Isabel zu verbergen und zu versuchen, fröhlich zu wirken, damit der Gedanke, ihre Schwester zu verlieren, ihre Stimmung nicht beeinträchtigen würde . Es könnte sein, dass Lady Wetheral ihre Meinung ändert oder dass ein Ereignis eintrifft, das ihre Rückkehr verzögert. Sie würde ihren Bruder über die Andeutung von Wetheral informieren ; aber in der Zwischenzeit Christobelle sollte alle Gedanken aus ihrem Kopf verbannen, Brierly für einige Zeit zu verlassen.

Mit diesen Tröstungen vor ihrem geistigen Auge, verbunden mit den Hoffnungen und der Lebhaftigkeit extremer Jugend, vergaß Christobelle bald ihren Kummer und genoss in glücklicher Vergesslichkeit die ruhigen Freuden von Brierly. Thompson erschien nicht, und die Boscawens spielten nie auf die Transaktionen an, die in Wetheral stattgefunden hatten . So waren nach wenigen Tagen alle Ängste verstummt und sie nahm ihre gewohnten Beschäftigungen und Vergnügungen wieder auf. Zur großen Zufriedenheit ihrer Schwester erschien Isabel rechtzeitig im Wohnzimmer; aber ihr gegenseitiger Trost wurde täglich und stündlich durch die wachsame Zuneigung von Miss Boscawen gestört, die aus gesundheitlichen Gründen gegen jedes Vorhaben und jede Aktion ihrerseits Einspruch und Ablehnung erhob. Durch diese lästige Machtausübung seitens der Schwester wurde eine materielle Veränderung herbeigeführt , die Isabel nach und nach glücklich machte und die Düsterkeit von Brierly in ihren Augen und Herzen vergoldete. Es lenkte ihre Gedanken und ihre Zuneigung auf ihren Mann, der sie so oft vor Miss Boscawens Ängsten schützte, insbesondere im Umgang mit ihrem Sohn.

Der Juni begann so strahlend in Sonnenstrahlen und Blumen, dass Isabel und ihre Schwester es liebten, mit dem Baby im Schatten eines großen Maulbeerbaums zu sitzen, der auf dem Rasen stand. Die Luft kam Isabel zugute, und das sanfte Rascheln der Maulbeerblätter wiegte das Kind in tiefen Schlaf. Dieses Vergnügen durfte nicht ohne seinen Reiz vergehen.

Miss Boscawen war nicht die Erfinderin des angenehmen Essens *im Freien* , daher war es falsch.

„Oh, Schwester, sitzen Sie nicht da! Miss Wetheral , meine Liebe, kommen Sie herein. Die Fliegen werden das arme Kind töten; Schwester, bringen Sie es herein. Schwester, Ihr Teint!“

„Mir macht mein Teint überhaupt nichts aus, Tabitha; und mein Kind ist sehr schläfrig; es schließt nur die Augen.“

Miss Boscawen stand mit einem Sonnenschirm in der Hand am Fenster des Wohnzimmers.

„Oh, aber, Schwester, das ist falsch: Das Kind wird überall von Fliegen gebissen. Miss Wetheral , meine Liebe, bringen Sie Ihre Schwester herein.“

„Tabitha, hier gibt es keine Fliegen, das versichere ich dir. Bestehen Sie nicht darauf, dass ich diesen schattigen Ort verlasse!“ rief Isabel flehend aus.

„Oh, Schwester, die Hitze! Was wird mein Bruder sagen? Oh, Bruder, ich bin froh, dass du gekommen bist, denn Schwester macht es sehr dumm.“

„Was macht Isabel?“ fragte Herr Boscawen schnell.

„Schwester hat ziemliche Zugluft, Bruder; und das arme Kind muss voller Insekten und Fliegen sein!“

Herr Boscawen gesellte sich zu seiner Dame. Er stand einige Augenblicke da und betrachtete Isabel, die in einem niedrigen, rustikalen Stuhl saß und das schlafende Baby auf ihrem Schoß sanft wiegte. Sie lächelte, als sie seinem Blick begegnete.

„Mr. Boscawen, ich weiß, dass Sie gekommen sind, um meinen Teil zu übernehmen. Sie werden doch nicht darauf bestehen, dass ich diesen schattigen Platz verlasse, oder?“

„Nein, meine Liebe, ich werde es mit dir genießen.“ Herr Boscawen setzte sich zu Isabels Füßen auf den Rasen. Christobelle musste an das Märchen denken, in dem die Schöne und das Biest beschrieben wurden. Dies wurde in den ihr vorliegenden Formularen veranschaulicht. Isabel, so jung und zart, saß wie eine Fee da, anmutig in jeder Bewegung, über ihr Kind gebeugt, lächelnd und erfreut, von der Macht ihrer Schwägerin befreit zu sein. Boscawen, hager, groß und unschön, lag ausgestreckt neben ihr und lächelte grimmig. Miss Boscawen sah, dass ihre Alarme unbeachtet blieben.

„Oh, Bruder, du liegst falsch. Der Schwester wird es sehr schlecht gehen, und du selbst bist auf dem feuchten Gras – oh Bruder!“

Es war eine nutzlose Klage: Die kleine Gesellschaft blieb lange und glücklich unter dem Maulbeerbaum sitzen; und Isabel, dankbar für die Zustimmung ihres Mannes, wurde in seiner Gegenwart weniger zurückhaltend. Mit der Zeit suchte sie sogar seine Gesellschaft, und das Kind verband für immer ein Band der Verbundenheit und Zuneigung zwischen ihnen. Christobelle hätte nicht gedacht, dass die fröhliche, gedankenlose Isabel eine so liebevolle, besorgte Mutter, so ergeben für ihr Kind und so aktiv als Krankenschwester werden würde. Und doch, warum war sie überrascht? Hatte Isabel nicht herzliche Zuneigung und war sie nicht die Favoritin in Wetheral ? immer freundlich und versöhnlich, immer sanft und geliebt? Mr. Boscawens Alter und seine Manieren ließen Isabels Herz erkalten, weil er bestrebt war, einem Geist, der sich nicht gern anstrengte, Errungenschaften zu verleihen; aber ihr Kind war sicher, jeden Teil ihres liebevollen Herzens zum Vorschein zu bringen; Seine täglichen Bedürfnisse, seine Hilflosigkeit machten sie auf die Weise nützlich, die sie am meisten liebte.

Es gab keine langweilige Schulung mehr, nach der sich Isabel sehnen konnte – keine Vorträge von Mr. Boscawen mehr, die sie gegen ihre Neigungen und vielleicht auch gegen ihre Fähigkeiten vorantreiben sollten. Ein weiterer Gegenstand war auf die Bühne gekommen, um jeden Elternteil zu fesseln und zu bezaubern. Isabel wurde nie müde, ihr Kind zu beobachten; Ihre Abneigung gegen die Arbeit auf Stuhlbezügen und Fußhockern unter Miss Boscawens Aufsicht wurde nun von einer Vorliebe für Babykleidung abgelöst; und die Schnelligkeit, mit der sie von der Krankenschwester das Geheimnis des Ausschneidens und Formens von Materialien erlangte, bewies, dass ein einziger Gegenstand nötig war, um ihre Energien hervorzurufen.

Mr. Boscawen war zufrieden, seine Dame so beschäftigt zu sehen; der Schulmeister gab dem Elternteil nach; und die gedankenlosen Reden seiner jungen Frau bereiteten ihm keine Sorgen mehr. Wie konnte Isabel ungewollt reden, wenn ihr einziges Fachgebiet die Kindertagesstätte war? Wie konnte sie die netten Wahrnehmungen ihres Mannes im Gespräch stören, wenn alle ihre Gedanken auf ein und dasselbe Interesse gerichtet waren – auf ein teures und gemeinsames Objekt irdischen Vergnügens?

Christobelle war in Brierly die glücklichste aller Glücklichen. Mr. Boscawen hatte in seinen Bemerkungen immer etwas Zielgerichtetes, das ihre Bewunderung erregte; und wenn Isabel ihre Aufmerksamkeit nicht von ihrer neuen und entzückenden Beschäftigung abwenden konnte, war Christobelle bereit, von der umfangreichen Lektüre ihres Mannes zu profitieren; seinen Einzelheiten mit Spannung zuzuhören; und genießen Sie seine animierenden Kommentare zu Männern und Büchern. Miss Boscawen war sich bewusst, dass die Aufmerksamkeit ihres Bruders jetzt ausschließlich seiner Frau und seinem Kind galt und ihre Beschwerden und Ängste völlig außer Acht ließ;

aber ihre Ängste ließen nicht nach. Sie hatte immer noch Einwände gegen jede Vereinbarung und bemängelte alle Vergnügungen, die ihr eigener Verstand nicht ausgedacht hatte; sie konnte nicht einmal daran teilnehmen.

Isabel hatte sich schon lange gewünscht, einen Tag in Bridgnorth zu verbringen. Sie kannte niemanden in diesem Teil des Landes; Sie konnte kaum einen Grund angeben, warum sie diesen ruhigen, ländlichen Ort besuchen wollte; Aber sie war von der wunderschönen Landschaft beeindruckt gewesen, als sie Wetheral passierte und wieder zurückkam . Sie mochte seine Lage, seinen Fluss, seine üppigen Ufer; Insgesamt verspürte sie den außerordentlichen Wunsch, einen Tag in Bridgnorth zu verbringen und ihr Kind mitzunehmen. Es war eine kleine Abwechslung, es würde eine angenehme lange Fahrt werden und sie war sich sicher, dass jeder diese kleine Reise mögen würde. Isabel beobachtete mechanisch ihren Mann, während sie ihren Wunsch äußerte. Er lächelte. Isabel fand einen willigen Prüfer, und ihr Wunsch wurde in Wort und Tat immer stärker.

„Nun, lieber Herr Boscawen, Sie werden uns mitnehmen, nicht wahr? Chrystal und das Kind werden so viel zu sehen haben. Natürlich kann das liebe Baby nicht verstehen, was es sieht, aber ich werde es tun Ich trage ihn gern durch die Stadt und höre zu, wie die Leute sein kleines, schönes Gesicht bewundern!“

Herr Boscawen war überwältigt. Dies war das erste Mal, dass Isabel ihn mit „Lieber Mr. Boscawen“ ansprach, und sie warf ihr Kind in diesem Moment mit solcher Anmut, mit so strahlender Zuneigung hin! Er warf seine langen Arme um seine Frau und sein Kind, höchst unanmutig, aber sehr liebevoll. –

„Wir werden tun, was du wünschst, meine Liebe; wir werden für einen Tag nach Bridgnorth fahren – für eine Woche, wenn es dir lieber ist.“

Isabel lächelte in der Umarmung ihres Mannes und sah wirklich glücklich aus. In diesem Moment vollzog sich vielleicht bei jedem eine Veränderung. Mr. Boscawen verlor seinen beunruhigten und angewiderten Schüler in der matronenhaften Frau und Begleiterin, zumindest in *einer* fesselnden Sorge. Isabel könnte das Gefühl haben, dass der Aufseher gegen einen freundlichen und nachsichtigen Beschützer ausgetauscht wurde. Ihr Kind mochte ihr Herz fesseln, aber sie würde seinen Vater ehren und sich unter seiner sanften Verwaltung freuen. Isabels Natur war dankbar: Sie musste diejenigen lieben, die freundlich ihr Glück suchten; und Mr. Boscawens Aufmerksamkeit für ihre Wünsche würde sicherlich ihre Herzenszufriedenheit sichern. Miss Boscawen schien der einzige Dorn auf ihrem Weg zu sein, der ihren Frieden beeinträchtigen könnte; aber die Befreiung von Büchern und Studium bedeutete für Isabel eine Befreiung von allem Übel. Ihr nachgiebiges und sanftes Wesen spürte kaum die kleinen Strapazen des Lebens.

Der Ausflug nach Bridgnorth wurde von Miss Boscawen sofort abgelehnt.

„Oh, Schwester, ich gehe nach Bridgnorth! Gnade! Wen kennen wir in Bridgnorth, Bruder?"

„Meine Frau wünscht es, Tabitha."

„Oh Gnade, Bruder, was für ein dummer Wunsch! Elf Meilen Fahrt und ein Tag in Bridgnorth verbracht! – wozu, Schwester?"

„Ich habe Bridgnorth und Tabitha immer bewundert, und ich möchte mein Baby zeigen. Es liegt mir am Herzen, mein Baby zu zeigen."

„Oh, Schwester, gnädig! Ich glaube nicht, dass dir eine Fahrt nach Bridgnorth etwas nützen kann. Nein, bleib zu Hause, Schwester."

„Herr Boscawen hat nichts dagegen, Tabitha. Haben Sie, lieber Herr Boscawen?"

„Oh, aber, Bruder, was für ein Unsinn! Das Kind wird krank sein und die Schwester wird so müde sein! Geh nicht nach Bridgnorth, Schwester: Lass uns nächste Woche einen Tag in Hawkstone verbringen."

„Ich habe mein Herz an Bridgnorth gehängt", sagte Isabel und warf ihrem Mann einen bittenden Blick zu.

Herr Boscawen war entschlossen, seiner Frau zu gefallen. Zwischen ihnen bestand nun eine Verbindung, die nichts Menschliches auflösen konnte. Vielleicht war Mr. Boscawen im Stillen stolz auf die Idee, sein „schönes Baby", wie Isabel es nannte, zur Schau zu stellen. In Brierly, außerhalb des Lokals, gab es niemanden, den man bestaunen und bewundern konnte. Ein älterer Herr ist im Allgemeinen stolz auf seinen Erstgeborenen; Je weniger er sagt, desto offensichtlicher wird es in der Tat. Mr. Boscawen beobachtete sein Kind mit unaufhörlichem Interesse, obwohl er es selten zum Thema seines Gesprächs machte. Er würde sich nun über die Belobigungen der vorbeikommenden Fremden in Bridgnorth freuen. Isabel gestand offen ihren Stolz und ihre Erwartungen; sie lauerten nur in den Augen ihres Mannes.

Miss Boscawen konnte das genannte Thema nicht anhören, ohne ihren Widerspruch zum Ausdruck zu bringen. Sie hatte die Fahrt nicht vorgeschlagen oder sich ein solches Vergnügen auch nur vorgestellt, daher musste die ganze Angelegenheit dumm und nutzlos sein. Mr. Boscawen drängte seine Schwester, in Brierly zu bleiben – es gab keinen Anlass für sie, eine lästige Autofahrt auf sich zu nehmen, wenn diese so ungenießbar war – sie konnte für ihre Rückkehr einen späten Tee zubereiten. Miss Boscawen war anderer Meinung.

„Oh, Gnade, nein, Bruder! Ich muss gehen, damit die Schwester sich nicht ermüdet. Das arme Kind, weißt du – ja, Schwester, ich werde mit dir gehen, aber ich halte es in der Tat für eine sehr dumme Angelegenheit – wegen der Hitze und dem armen Kind werden wir sicher alle sehr müde sein."

Trotz Miss Boscawens Gemurmel und Prognosen freute sich Isabel mit Freude auf den Besuch in Bridgnorth, der in zwei Tagen nach ihrem ersten Vorschlag stattfinden sollte. Isabel freute sich über die Idee, mit ihrem Kind um den Burgberg und durch alle Straßen zu laufen; Sie war sich sicher, dass jeder über die Größe und Schönheit ihres Jungen jubeln würde, und es würde für sie ein Tag voller stolzer Freude sein. Sie war auch dankbar für die Freundlichkeit ihres Mannes, der sich sofort auf ihren Plan einließ; Sie war sich sicher, dass sie das glücklichste Geschöpf der Welt sein musste, wenn der liebe Mr. Boscawen nie mehr von ihr verlangte, zu lesen und sich mit Karten und anderen Dingen zu quälen. Sie liebte es sehr, ihr Baby zu stillen und ihm zu singen, und der liebe Mr. Boscawen hatte ihr an diesem Morgen gesagt, dass es ihm nichts ausmachte, wenn das Kind die halbe Nacht weinte; Er war nur froh zu sehen, was für eine ausgezeichnete Krankenschwester und Mutter er geheiratet hatte. War das nicht sehr nett von Mr. Boscawen?

Christobelle freute sich auf die Reise; Es war ihr nie gestattet worden, ihre Familie nach Shrewsbury zu begleiten, denn Lady Wetheral sagte, nichts sei so unhöflich, als viele anzügliche Mädchen zur Schau zu stellen; Sie hatte noch nie eine Ansammlung von Häusern außerhalb des kleinen Dorfes Wetheral gesehen , und ihr Geist gab sich mit den erfreulichsten Vorfreuden auf die Fröhlichkeit von Bridgnorth zufrieden. Sie konnte sich nichts Schöneres vorstellen, als mit Isabel durch die Straßen zu schlendern und die Schaufenster zu begutachten – nichts Erhabeneres, als auf der Brücke zu stehen und von der Brüstung aus die Kohlenschiffe zu beobachten –, nichts Erleseneres als die Erlaubnis zum Kauf Lebkuchennüsse ohne Bemerkung und ohne Spott. Es gab keine glücklicheren Wesen als Isabel und Christobelle in ihren Visionen von den Freuden, die sie in Bridgnorth umgeben würden.

KAPITEL XIV.

Wie könnte eine Party, wie angenehm sie auch arrangiert sein mag, mit Miss Boscawen als einer ihrer Mitglieder gedeihen? Nichts konnte ihre Unruhe und ihren Einspruch gegen jeden vorgeschlagenen Plan übertreffen. Sie machten sich nicht auf den Weg nach Hawkstone, daher war alles schlecht geplant – jede Vorbereitung war unsinnig. Mr. Boscawen ritt vorwärts, um das Abendessen zu bestellen, und so musste Isabel die Beschwerden ihrer Schwägerin mit geduldiger Unterwerfung ertragen; und ihr Trost während dieser längeren Fahrt muss aus der stillen Betrachtung ihres Kindes und dem Austausch verärgerter Blicke mit Christobelle entstehen . Sie hatten das Brierly-Gelände noch nicht verlassen, als Miss Boscawen mit der Aufzählung des Elends begann, das ihnen widerfahren musste, wenn sie ihren Ausflug fortsetzten.

„Oh, Schwester, Gnade! Wie du dir wünschen kannst, einen ganzen Tag an einem Ort wie Bridgnorth zu verbringen, kann ich mir nicht vorstellen. Das arme Kind wird so unruhig sein, und du wirst so hitzig sein; und Miss Wetheral , meine Liebe, du." Es ist besser, nicht herumzulaufen, sondern ruhig mit uns allen an der Krone zu sitzen. Ich habe meine Strickware und ein Stück Teppicharbeit mitgebracht; und, gnädige Schwester, was wirst du mit dem Kind machen? Und wie kannst du sein Fühlst du dich mit einem Baby im Crown wohl?

Christobelle wagte zu glauben, dass das Baby ihr größtes Vergnügen sein würde, und Isabels Augen und Lippen stimmten dieser Beobachtung zu. Miss Boscawen lächelte Christobelle gut gelaunt an wie einem Kind, dessen Meinungen nichts nützten, obwohl der Beweggrund, der sie hervorbrachte, freundlich war; aber sie wandte sich als Antwort an Frau Boscawen.

„Oh! Schwester, das ist so eine traurige Angelegenheit – alles wird sehr unangenehm sein und das arme kleine Baby wird in Fieber geraten."

Isabel antwortete sanft auf alle unangenehmen Prophezeiungen ihrer Schwägerin; aber ihre ständige Wiederholung machte die Freude an der Fahrt zunichte. Es war vergeblich, gegen Fräulein Boscawens Argumentation vorzugehen, denn das Ergebnis war eine leise zum Ausdruck gebrachte Hartnäckigkeit, die im Unbehagen ihres sanften Gegners enden musste; es war ebenso unmöglich, einen Widerstand zu verübeln, der seinen Ursprung in der Sorge um den Gegenstand hatte , den sie annahm erklärte, zu lieben und über sie zu wachen.

Miss Boscawen war sich ihrer eigenen Fehler nicht bewusst; Sie konnte nicht erkennen, wie tief ihr Führungswille mit der Zuneigung verwoben war, die sie zu Isabel erklärte und tatsächlich empfand. Dieses Verlangen nach Macht wurde zum Fluch der Ruhe ihrer jungen Schwester: Hätte Miss Boscawen diese Macht besessen, hätte ihr gütiges Herz in jeder Hinsicht zu Isabels Glück beigetragen ; aber im Streben nach einer dürftigen und nutzlosen Vorherrschaft wurden beide Parteien Opfer des Kampfes.

So war es an diesem Tag der Freude: Als sie die Stadt betraten, die so lange ersehnt und so ungeduldig erwartet wurde, weil sie der Schauplatz matronenhaften Stolzes war, war Isabel erschöpft und beunruhigt über die Strapazen der Reise, und Miss Boscawen wurde von ihren eigenen Klagen doppelt beeindruckt , dass Bridgnorth sich als miserable Angelegenheit erweisen würde. Als Herr Boscawen vortrat, um ihnen beim Aussteigen zu helfen, war er über Isabels träge Erscheinung überrascht und beunruhigt über die Mattigkeit ihrer Stimme. Isabel war überwältigt von der ängstlichen Frage ihres Mannes, seinen liebevollen Zärtlichkeiten und der Besorgnis über sich und sein Kind: Er stand erneut vor ihr als ihr Beschützer vor den ärgerlichen Bemerkungen seiner Schwester, bereit, ihren Kummer zu lindern und ihre Sache zu vertreten: Seine Anwesenheit war ein Erleichterung – es war eine Freude – begann sie zu spüren, dass es für ihr Glück jetzt sogar notwendig war.

Isabel ergriff Mr. Boscawens Arm, als sie die Kutsche verließ, und klammerte sich mit einer unwillkürlichen Bewegung der Freude daran fest: Ihr Mann bemerkte den Ausdruck ihrer Augen, als der warme Druck ihrer Hand seine Blicke auf sie richtete, und dieser Ausdruck erregte die seinen Gefühle. Er vergaß Miss Boscawen, seine langjährige Begleiterin und Haushälterin in Brierly – er vergaß die Schwester, die die langweilige Routine von zwanzig Jahren in fast völliger Abgeschiedenheit mit sich getragen hatte, um in der Gewissheit, endlich seine Jungen gewonnen zu haben, ein neues und entzückendes Gefühl zu genießen Das Herz der Frau. Dieses eine fesselnde Vergnügen, so neuartig und so köstlich, ließ Mr. Boscawen die Existenz von Miss Boscawen und Christobelle vergessen , die bereit waren, seine Aufmerksamkeiten zu empfangen, als Isabel ausstieg. Er war mit Isabel die Treppe hinaufgeflogen , gefolgt von der Krankenschwester und ihrem jungen Schützling, und Miss Boscawens Transit erfolgte unter der Aufsicht des Kellners, ihrerseits jedoch in tiefem Schweigen. Es war offensichtlich, dass diese unerwartete Bewegung ihrem Herzen oder ihrer Eitelkeit einen schweren Schlag versetzt hatte.

Als sie die für sie bestimmte Wohnung betraten , widmete Mr. Boscawen Isabel immer noch all seine Sorgen und Aufmerksamkeiten. Mit der Beharrlichkeit einer Liebhaberin hatte sie es sich auf dem Sofa bequem gemacht. Es war nicht Mr. Boscawen, der über die Anstandshaltung eines entfremdeten Schülers wachte – es war ein Ehemann, der sich um das Wohlergehen seiner geliebten Frau kümmerte.

Christobelle freute sich über die Szene, die Isabelle in Gegenwart von Mr. Boscawen glücklich und vorbehaltlos erscheinen ließ. Sie freute sich über den Gedanken, dass ihre Schwester ihn liebte, wie *sie* ihn immer geliebt hatte – dass ihr Studium in Zukunft für ihre Schwester genauso angenehm sein musste, wie es ihr selbst je vorgekommen war – dass sie nun die gemeinsame Umkleidekabine genauso aufrichtig genießen würden wie sie es früher verabscheut hatte. Christobelles Gesicht verriet die Gedanken ihres Herzens, denn Isabel warf ihr einen lächelnden Blick zu, als sie sie ansah; und der Ärger der Reise verschwand in der Betrachtung ihrer glücklichen, zufriedenen Lage, während sie immer noch Mr. Boscawens Hand hielt, während das Baby schlafend auf ihrem Schoß lag.

Fräulein Boscawen äußerte sich weder mit Worten noch mit Blicken über die Vergangenheit und Gegenwart; ihr Kopf war weiter zurückgeworfen, und ein Ausdruck verletzter Unschuld durchdrang ihre Gestalt und Bewegungen; aber keine Silbe kam von ihren Lippen, als sie sich in stiller Würde an den Tisch begab und sich zu ihren Aufgaben für den Tag setzte. Weder Isabel noch Mr. Boscawen bemerkten noch die verletzten Gefühle ihrer Schwester: Sie beobachteten beide ihr Kind und genossen ihr neu erwachtes Interesse aneinander, indem sie sich unzusammenhängend unterhielten seitens Isabel und in kleinen, eher unbeholfenen, liebevollen Höflichkeiten das von Herrn Boscawen. Auch Isabel hatte einen weiteren Schritt in Intimität und Vorbehaltlosigkeit gemacht: Sie sprach ihren Mann nun mit „lieber Boscawen“ an, was ihrem Ziel offenbar große Befriedigung verschaffte.

„Ich werde mit meinem Baby um den Burgberg gehen, wenn es aufwacht, lieber Boscawen.“

Ein Druck der Hand und ein Blick zufriedenen Gesichtsausdrucks gaben Isabel Mut und hoben ihre Stimmung auf nahezu ihre ursprüngliche Höhe.

„Ich wage zu behaupten, dass du mit uns gehst, lieber Boscawen, nicht wahr? Und Chrystal wird es lieben, wenn das Baby in der ganzen Stadt bewundert wird. Du sollst jede Menge Lebkuchennüsse haben, lieber Chrystal: Das süße Baby wird so sein bewundert. Ich weiß, dass du mit uns kommen wirst, Boscawen, nicht wahr?“

Mr. Boscawen schenkte ihm ein grimmiges, zustimmendes Lächeln und begleitete das Lächeln mit einem entsprechenden Handdruck.

„Ich erkläre, Boscawen, du hast meine armen kleinen Finger verletzt“, rief Isabel mit einem gekünstelten Schrei.

„Lass mich sie untersuchen“, sagte ihr Mann und versuchte, ihre Hand in Besitz zu nehmen. Isabel hielt es spielerisch zurück.

„Oh nein, Boscawen, ich erkläre, dass ich ihn dir in der armen Wetheral-Kapelle geschenkt habe. Erinnerst du dich nicht, wie amüsiert ich war und wie ich gelacht habe, als du den Ring angelegt hast?"

„Würdest du es mir genauso bereitwillig noch einmal geben, wenn wir unsere Gelübde erneuern würden, Isabel?" fragte Herr Boscawen mit sanftem Ernst, als er ihre Hand ergriff und sie mit seinen langen, unförmigen Fingern streichelte.

„Oh ja, tatsächlich sollte ich es *jetzt* tun, weil du so gut bist und ich nicht wissen sollte, was ich ohne dich tun soll. Du weißt, dass du mich beschützt vor …" Isabels Stimme versank in einem Flüstern, das nur das Ohr ihres Mannes erreichte ; aber ihr Blick war auf Fräulein Boscawen gerichtet, die offenbar intensiv mit ihrer Kammgarnarbeit beschäftigt war. Mr. Boscawen lächelte und tätschelte ihr die Hand, als wollte er sie korrigieren. Isabel fuhr lachend fort.

„Ich mag immer Menschen, die mich lieben, aber ich weiß nicht, wie das ist, manche Menschen sind nicht angenehm, obwohl sie nett sind. Mama war manchmal sehr nett , aber trotzdem liebe ich dich, lieber Boscawen, sehr. " . Ich schätze, ich mochte dich immer, aber du hast mir solche Angst gemacht."

„Hat dir Angst gemacht, meine Liebe!"

„Oh ja, du hast sehr viel getan, nachdem ich geheiratet habe; du sahst so stolz und stirnrunzelnd aus, und dann diese fiesen Bücher! Ich glaube nicht, dass ich dich wirklich geliebt habe, bis du meinen Teil wegen der Creme übernommen hast, und dann *habe ich* angefangen im Ernst: Ich fand es so gut von dir; aber als du mir erlaubt hast, mein Kind anzuziehen, oh, wie könnte ich dann anders, als dich zu lieben!" Unter dem Einfluss ihrer Gefühle warf Isabel ihre Arme um Mr. Boscawens Hals und brach in Tränen aus. Die Aktion weckte ihr Kind. „So, nun, Boscawen, wir haben den kleinen Schatz geweckt . Wie konntest du mich auf diese Weise reden und solche Dinge tun lassen? Ich weiß nicht, was mit mir los war."

Isabel begann lächelnd und unter Tränen mit den Vorbereitungen für die Annehmlichkeiten ihres Kindes. Die Amme wurde gerufen und vor ihr gefüttert, während sie entzückt seine Bewegungen beobachtete: Das Gesicht und die Figur von Isabel erhielten ihren größten Reiz durch ihre mütterliche Fürsorge. Ihre enthusiastische Natur zeigte sich auf interessante und schöne Weise in der Hingabe ihres Herzens an dieses geliebteste Objekt, und die *Unbekümmertheit* von Isabel Wetheral wurde in der tiefen Liebe ihres Nachwuchses begraben. Christobelle hatte sie noch nie so bezaubernd in Erinnerung, wie sie in diesem Moment erschien, als ihre Aufmerksamkeit ganz auf die Beobachtung ihres Kindes gerichtet war. Die Tränen der dankbaren Erinnerung liefen auf ihren Wangen, doch ein Lächeln vertrieb jedes Gefühl aus ihrem Herzen, außer dem der Zärtlichkeit und dem Stolz einer Mutter. Mr. Boscawen sah verzaubert zu. Isabel wandte sich aus tiefstem Herzen zum ersten Mal seit ihrer Ankunft an Miss Boscawen.

„Ah, Tabitha, ich bin sicher, du wirst zu unserer Gruppe rund um den Burgberg gehören, um die krähende Freude meines Babys zu genießen. Leg deine Arbeit beiseite und komm zu uns."

Miss Boscawen blickte nicht von ihrer Arbeit auf, als sie trocken antwortete: „Nein, danke, Schwester."

Herr Boscawen meinte, ein kleiner Spaziergang wäre nach einer langen Fahrt sehr angenehm und schloss sich dem Wunsch seiner Dame an, dass sie dabei sein würde.

„Nein, danke, Bruder." Miss Boscawen starrte beharrlich auf ihre Arbeit: Sie saß wie eine Wachsfigur da, regungslos und scheinbar blind.

„Ich fürchte, du bist krank, Tabitha", bemerkte Isabel . „Lass mich dir ein Glas Wein und einen Keks bestellen. Ein Glas Wein, lieber Boscawen, würde das Tabitha nicht gut tun?"

„Nein, danke, Schwester."

„Ein Keks, Tabitha."

„Nein, danke, Bruder."

Miss Boscawens Antworten auf viele liebevolle Anfragen waren ebenso lakonisch. Etwas stimmte nicht, aber die Ursache war für ihren Bruder und ihre Schwester gleichermaßen unverständlich. Der Spaziergang sollte jedoch stattfinden, und wenn Miss Boscawen sich nicht dazu bewegen ließe, zu der kleinen Party beizutragen, wäre sie wahrscheinlich so freundlich, das Abendessen um eine Stunde zu verschieben. Diese Änderung in der Essensordnung wurde von Miss Boscawen mit vollkommener Zustimmung aufgenommen.

„Sicherlich, Bruder."

Herr Boscawen sah seine Schwester ernst an; aber auf der Oberfläche des Wassers war keine Welle zu erkennen, die seine Aufregung hätte erkennen können: Die Stimme klang trocken, aber das Auge war ruhig und die Haltung ruhig und gelassen; Ein starkes Symptom verriet ihrem Bruder die innere Krankheit, und über dieses Symptom sprach er.

„Tabitha, du bist über etwas verärgert – sag mir, was es ist."

„Ich bin nicht verärgert, Bruder."

Herr Boscawen lächelte. „Ich bin mir sicher, dass nicht alles in Ordnung ist, Tabitha. Du hast keine Einwände gegen einen einzigen vorgeschlagenen Plan erhoben, seit wir diesen Raum betreten haben, deshalb bist du mit einem von uns nicht zufrieden."

„Ich bin nicht unzufrieden mit dir, Bruder."

„Dann hat meine Frau Sie leider beleidigt."

Isabel flog zu Miss Boscawen. „Ich habe dich nicht beleidigt, liebe Tabitha, oder? Niemand ist jemals lange beleidigt mit *mir*, denn es tut mir so leid, beleidigt zu sein. Tausend Verzeihung, liebe Tabitha, wenn ich dich unabsichtlich verletzt habe, aber was könnte es sein?"

„Nein, Schwester, du hast dich nicht beleidigt."

Isabel war frei von Beleidigungen, deshalb konnten ihre Gedanken bei ihrem Kind verweilen; Sie ahnte oder bemerkte Miss Boscawens Verhalten nicht.

„Na ja, dann lasst uns aufbrechen, denn ich brenne darauf, zu hören, wie mein Kind bewundert wird. Nun, Chrystal, du bist Oberschwester, also pass auf mein Baby auf, und ich werde mit dem lieben Boscawen folgen, um es zu hören und zu hören Sehen Sie die Bewunderung aller. Nun, Herr Boscawen, lassen Sie uns nicht länger verweilen."

Isabel nahm die Hand ihres Mannes und er ließ sich von ihr auf ihre lebhafte, spielerische Art zur Tür ziehen. Isabel entwickelte sich schnell zur glücklichen Isabel früherer Tage. Ihr lebhaftes Lachen klang in diesem Moment wie die fröhlichen Töne, die ihren Mann bei ihrer ersten Bekanntschaft fasziniert hatten; sie war sich dessen selbst bewusst.

„Ich erkläre, dass ich genauso herzlich lache wie früher, als wir verlobt waren, lieber Boscawen, und du siehst so aus wie du selbst, als ich dich zum ersten Mal sah und als du dachtest, alles, was ich getan habe, sei richtig."

„Das denke ich *jetzt*, Isabel", sagte Mr. Boscawen, zog sie an sich und sah ihr zärtlich ins Gesicht.

Mr. Boscawens Person und seine Gesichtszüge konnten niemals einen sentimentalen Ausdruck annehmen, aber Isabel war selbst ebenso unsentimental. Wenn ihr Mann freundlich aussah und sich nachsichtig verhielt, war sie glücklich; und während es ihrem Kind gut ging, es herzhaft aß und bei ihrer Annäherung seine kleinen Ärmchen ausstreckte, konnte kein Kummer das Herz seiner hingebungsvollen Mutter erreichen. Isabel würde an der Wiege ihres geliebten Kindes jeglichen Kummer vergessen, in welcher Form auch immer er sie befallen mochte.

Sie machten sich gerade auf den Weg von der Krone, als eine Postkutsche schnell durch das Nordtor fuhr und mit hoher Geschwindigkeit auf das

Gasthaus zukam. Einen Moment lang standen sie still und beobachteten den Fortschritt. Die Pferde keuchten vor Erschöpfung, aber sie wurden schnell abgegurtet, als eine wohlbekannte Stimme energisch rief: „Pferde sofort zu Brierly." Es war Thompson.

Christobelles Ängste sagten ihr sofort, dass sie eine Vorladung von Wetheral erhalten würde , aber sie hatte drei glückliche Monate mit Isabel verbracht und konnte sich fairerweise nicht über deren überstürzte und unerwartete Ankunft beschweren. Die letzten Briefe von Sir John hatten jedoch keine solche Absicht angedeutet. Mr. Boscawen hatte eine starke Ahnung, dass bei Wetheral etwas nicht stimmte , und sie eilten zur Seite der Kutsche. Christobelle erregte Thompsons Blick.

„Oh, für immer und zwei Tage! Das ist Miss Chrystal, denn ich lebe! Nun, Miss Chrystal, Sie müssen bitte sofort mit mir nach Wetheral zurückkehren ."

Isabel sah verwirrt aus; Herr Boscawen erkundigte sich voller Sorge nach dem Befinden von Sir John. Es ging ihm ganz gut; aber Lady Wetheral litt und brauchte die sofortige Anwesenheit ihrer Tochter; sie durfte keine Stunde warten. Thompson brachte eine von Lady Wetheral verfasste Notiz hervor , die Christobelle in die Hand gegeben werden sollte , sobald Thompson ankam.

> „Lieber Bell,
>
> „In dem Moment, in dem Sie dies erhalten, machen Sie sich auf den Weg, ohne darauf zu warten, Ihre Sachen zu packen, denn ich kann keinen Moment allein gelassen werden. Ich bin sehr krank und benötige die ganze Aufmerksamkeit einer Person. Sie haben zwölf Jahre lang ein müßiges Leben geführt und sind mürrisch Im Arbeitszimmer deines Vaters ist es also an der Zeit, ein wenig aktiv zu werden. Ich vermisse deine Schwestern schrecklich. Ich bin froh, dass Isabel glücklich ist, und ich wünschte, ich wäre es auch; aber dein Vater wird extrem methodistisch , was mich ablenkt . Halten Sie Thompson keinen Moment auf, Sie werden heute Abend hier sein.
>
> „ G. WETHERAL . "

Der Glückstag der armen Isabel verwandelte sich in Trauer, als sie über der Schulter ihrer Schwester den Zettel las. Die Hoffnung ihres Herzens verwandelte sich bei dieser Ankündigung in Kummer und Enttäuschung, und sie kehrten ins Wohnzimmer zurück, betäubt von der unwillkommenen Aufforderung. Isabel konnte nur klagen und sich entschließen, nach Hause zurückzukehren; sie warf ihre Arme um Christobelle .

„Meine liebe Chrystal, wir waren so glücklich zusammen! Was wird mein Baby ohne dich tun; und was wirst du ohne das Baby tun!"

Christobelle saß weinend da, konnte aber auf Isabels rührende Bitten nicht antworten.

„Ah, Chrystal, und was wirst du für die Vorträge und Lesungen des lieben Boscawen tun, und wann werden wir wieder zusammen sein? Wie wirst du mein geliebtes Baby beklagen! Aber, Chrystal, weine nicht. Ich weiß, es muss ein schrecklicher Schlag sein." Ich möchte diesen lieben Jungen verlassen, aber ich werde jeden Monat ein Foto von ihm machen lassen und dir regelmäßig das alte schicken. Ich weiß, dass Boscawen mir jeden Monat ein neues Bild geben wird, denn er wird es sich selbst wünschen, und du wirst so erfreut sein um auch jeden Monat sein unschuldiges Gesicht zu sehen. Sag Papa, dass ich dich jedes Jahr haben *muss* , und sag Clara, dass sie mit Sir Foster sehr glücklich sein wird, wenn ein Kind geboren wird. Vielleicht wird sie es nicht mögen, in ihrem Studium zu sein, überhaupt nicht mehr als ich, aber Sir Foster wird sie nicht quälen, nachdem ihr Kind geboren ist; seien Sie sicher und sagen Sie ihr *das* , Chrystal."

Miss Boscawen vergaß für einen Moment ihre Verletzungen, um Christobelle zu trösten , als ihnen die Ursache ihrer Trauer erklärt wurde. Ihre Beruhigungen waren nützlicher und stärkten den Geist. Sie sagte ihr, dass Pflichten zu Hause zwingend seien; und sie versicherte ihr, dass das Gewissen das ganze Leben über in allen Prüfungen ruhig bleiben würde, durch das Wissen, dass wir unseren Eltern gehorsam und wohlgefällig gewesen waren und dadurch akzeptabel vor unserem Schöpfer, dessen Gebot es war, „deinen Vater zu ehren und zu ehren". deine Mutter.

„Oh ja, Tabitha", rief Isabel ernst; „Chrystal hat nicht vor, darüber zu trauern, dass sie aus diesem Grund abberufen wurde. Sie spürt den Verlust des lieben Kindes, und ich kann die Qual verstehen, sich von einem solchen Schatz zu trennen." Isabel nahm ihren Jungen aus den Armen der Krankenschwester und drückte ihn an ihre Brust. „Ich kann *deine Gefühle* verstehen , Chrystal, denn wenn mir jemand mein Kind wegnehmen würde, würde ich auf der Stelle sterben." Allein der Gedanke an eine Trennung ließ Isabels Wangen totenblass werden.

Herr Boscawen erschien und riet Christobelle , mit Thompson aus Bridgnorth zurückzukehren, ohne an ihre Kleidung zu denken; Sie sollten ihr nachgeschickt werden. Er hielt Lady Wetherals Wunsch für zwingend; und da ihre Sorge, ihre Tochter bei sich zu haben, eine von Thompsons besonderen Bemerkungen zu ihm war, hatte er befohlen, Pferde für die Ironbridge herauszubringen; Die Kutsche war in diesem Moment bereit, und Thompson wartete nur noch auf die Anwesenheit ihrer jungen Dame, um zu Wetheral zurückzukehren .

Der Abschied war kurz. Christobelle wurde erneut von Isabel umarmt und erhielt einen freundlichen Abschied von Miss Boscawen, doch Boscawen trieb sie fort, ohne ihren kleinen Neffen zu umarmen. Er befürchtete, dass Isabel unter dem längeren Anblick ihres Bedauerns leiden könnte. Als sie sich in die Kutsche setzte, sah sie Isabel nicken und weinen und vom Fenster aus mit der Hand wedeln; Auch ihr Kind wurde dort platziert, wo Christobelle sehen konnte, wie es mit seinen kleinen Füßen strampelte, ohne von der Trauer seiner armen Tante zu wissen. Herr Boscawen sagte viele nette Dinge, an die man sich am nächsten Tag erinnerte; aber Christobelle konnte sie nicht beherzigen, als sie ausgesprochen wurden; Ihre Augen und ihr Herz waren mit Isabel am Fenster. Sie glaubte, ihr Elend könne durch keine dieser Prüfungen des Lebens nach dem Tod, auf die Miss Boscawen anspielte, übertroffen werden: Ihr Herz war gebrochen – ihr Glück war für immer verloren. Die Kutsche fuhr weiter, und Thompson begleitete sie *tête-à- tête zu* Wetheral .

Die Stille hielt an, bis die Wälder von Wetheral sie zu Gesprächen anregten. Thompson mischte sich nicht in die Trauer ihrer jungen Dame ein, sondern erlaubte ihr, der Gewalt auf natürliche Weise freien Lauf zu lassen. Christobelle weinte ununterbrochen, bis sie nur noch wenige Meilen vom Schloss entfernt waren; und Thompson begnügte sich wahrscheinlich damit, zu schweigen und in erfreulicher Weise über ihre bevorstehende Hochzeit nachzudenken. Endlich sprach sie .

„Nun, meine liebe Fräulein Chrystal, seien Sie ruhig und denken Sie an alles, was Sie tun müssen. Ihre Mutter wird ein trauriges Gesicht nicht mögen, und sie ist sehr launisch und rau geworden, seit Fräulein Clara geheiratet hat."

„Ist Mama wütend auf Clara?" fragte Christobelle traurig.

„Oh, für immer und zwei Tage! Da ich mit Mr. Daniel in Hatton verlobt bin, sollen Sie meinen Platz einnehmen – und es wird ein schrecklicher Platz sein; denn meine Dame hat nie freundlich zu mir gesprochen, seit ich mich mit Mr. Daniel verlobt habe, Miss Chrystal."

Christobelles Tränen stiegen bei diesem melancholischen Bild ihres zukünftigen Schicksals. Der arme Thompson, der sie immer liebte, bemühte sich, ihr Trost zu spenden.

„Bitte, weinen Sie nicht so schrecklich, liebe Miss Chrystal, denn Ihr Papa ist immer freundlich und freundlich, und Sie sind so ein Favorit , wissen Sie.

Mylady, sie gibt ihren Launen nach, wie ich bezeugen kann; aber mein Meister, er war nie etwas anderes als höflich und anständig. Mr. Daniel sagt mir, dass Launen immer in der weiblichen Linie liegen; aber er sagt das nur, Miss Chrystal, um mich zu quälen."

Christobelle erkundigte sich, ob ihr Vater von Anna Maria gehört habe oder ob ihre Schwester Julia noch da sei Bedinfield . Mit geheimnisvoller Miene legte Thompson ihren Finger an ihre Lippe.

„Miss Chrystal, da geht etwas vor sich, das ich nicht erkennen kann, und Mr. Daniel auch nicht. Mylady, sie hat geschrieben, um sich nach Miss Claras Heirat zum Luftwechsel nach Bedinfield einzuladen, und als Antwort kam ein Brief von der Witwe, was ich nie klar erkennen konnte; mein Herr hatte ein langes Gespräch mit meiner Dame, und es wurde nichts darüber gesagt. Meine Dame weinte viel, aber sie sprach nie mit mir über das Thema, das ich Seien Sie nicht freundlich, denn ich bin in Familienangelegenheiten immer zu Rate gezogen worden; und der Himmel weiß, Miss Chrystal, wie ich mich über die gute Laune der armen Miss Clara hinweggesetzt habe, obwohl Sie wissen, dass ihre beste Laune Milch in Essig verwandeln würde!"

„Und Anna Maria?"

„Oh! für immer , Miss Chrystal, was für ein Ort Paris ist! Mrs. Pynsent , unsere damalige junge Dame, schreibt, dass sie nach Hause kommen, denn sie haben nichts Verständliches gegessen, seit sie Wetheral verlassen haben . Der arme junge Mr. Pynsent erklärt, dass ein gerösteter und gut gewürzter Füchsin viel besser wäre als die Ragouts und Frösche, die er essen musste, seit er das alte England verlassen hatte. Mr. Daniel sagt, die Hatton-Leute hätten ihnen eine Einladung geschickt, für eine Weile dorthin zurückzukehren . Mrs. Pynsent , die alte Dame, geht es seit der Heirat ihres Sohnes sehr schlecht und schlecht, und sie verbringt fast jeden zweiten Tag mit Mrs. Hancock.

In diesem Moment verließen sie die Hauptstraße und begaben sich auf das Wetheral- Gelände, und Christobelle war gezwungen, ihre Gesichtszüge und ihr Herz in etwas wie äußere Ruhe zu versetzen . Sie unternahm furchtbare Anstrengungen, Isabel und Brierly aus ihren Gedanken zu verbannen; Sie konnte nicht an das Kind denken, das sie so sehr liebte. Sie versuchte, sich allein an die Gebote ihres Vaters zu erinnern und nach seinen oft wiederholten Warnungen zu handeln, um schon früh im Leben mit der wichtigen Aufgabe zu beginnen, Vergnügen der Pflicht zu opfern, und um Kraft zu beten, um aufrecht und gehorsam gegenüber seinen Gesetzen zu handeln. Sie betete in diesem Moment; und ihre ernsthafte Wiederholung des Gebets, das er ihr beigebracht hatte, täglich an ihre Eltern im Himmel zu richten, ließ einige Worte herausdringen, die Thompsons Ohr erreichten. Sie drehte sich schnell zu ihr um.

„Nun, für immer und zwei Tage, Fräulein Chrystal, wenn Sie Ihre Gebete nicht sprechen! Lassen Sie meine Herrin nicht zu, dass Sie so reden, sonst wird sie wütend; sie hat mich neulich mit ihren eigenen Lippen einen Methodisten genannt , weil ich nur ein paar Worte darüber gesagt habe, dass Herr Daniel ein kirchlicher Mann ist: und das ist er auch, Miss Chrystal, das versichere ich Ihnen.“

Christobelles Herz machte einen Sprung, als sie ihren Vater auf dem Rasen stehen sah, als sie die Allee hinauffuhren. Die glücklichen Stunden, die stillen Freuden seines Studiums, seine Zuneigung zu ihr, seine langen, einsamen Lektüren, während sie abwesend war – alles und jedes drängte sich auf ihr Gemüt und absorbierte alle Gedanken an Brierly. Dort stand er und beobachtete ihre Annäherung und lächelte sein Kind mit dem gleichen gütigen Lächeln an, das ihre Anwesenheit in seinem Arbeitszimmer immer willkommen hieß: Sie streckte ihre Arme aus, obwohl sie ihn nicht erreichen konnte; aber die Kutsche hielt an und sie war bald in der elterlichen Umarmung. Wie wurde sie nach dreimonatiger Abwesenheit umsorgt und willkommen geheißen!

Christobelle glaubte, es gäbe eine Veränderung bei ihrem Vater; aber sie war zu jung, um die Ursache zu entdecken oder darüber nachzudenken. Ihr kam sein Benehmen ernster vor , und seine Stimme klang melancholisch; aber ihre Aufmerksamkeit wurde von tausend Kleinigkeiten angezogen, und sie vergaß, ihn anzusehen. Sie hörte sich alles an, was in ihrer Abwesenheit geschehen war. Christobelle trank allein mit ihrem Vater Tee und schilderte ihm das Glück, das sie in Brierly genossen hatte; die seltsamen Wege von Miss Boscawen , die vollkommene Glückseligkeit von Isabel: Ein Lächeln erhellte sein Gesicht.

„Ich habe Isabel mit einem guten Mann verheiratet, und sie war sich des Glücks sicher: Ihr Kind ist ein entzückendes Geschenk, aber ihre Zufriedenheit beruht auf dem Temperament und den Prinzipien ihres Mannes. Isabel ist ein warmherziges Mädchen; sie muss mit Boscawen glücklich sein.“ Christobelle versicherte ihm, dass ihre Gedanken viel mehr bei ihrem Baby waren als bei Boscawen. Isabel lebte nur für ihr Kind.

„Sie mag das denken“, antwortete Sir John, „und Sie mögen es auch so beurteilen; aber wenn Sie etwas länger gelebt haben, werden Sie beide erkennen, dass das Glück einer Frau von den Prinzipien ihres Mannes abhängt. Wenn er wertlos ist, muss sie es tun.“ sei unglücklich; und Kinder machen das Elend noch schlimmer, wenn sie sie liebt. Boscawen ist ein guter Mann und Isabel ist glücklich. Sei vorsichtig bei *deiner* Wahl, Chrystal.“

„Oh! Papa, du sollst für mich wählen.“

„Sehr gut, meine Liebe; wenn ich lebe, werde ich dein Ratgeber sein; aber wenn dir dein Vater genommen wird, hüte dich davor, aus weltlichen Gründen zu heiraten. Heirate mit Wertschätzung; und wenn du glaubst, dass ein Mann religiös ist." Wenn du seine Pflichten als Sohn und Bruder mit Freundlichkeit und Zuneigung erfüllst, dann liebe ihn, denn er wird deine Zuneigung verdienen. Hüte dich davor, nur aus Wohlstand zu heiraten; dein Schicksal wird dann das Schicksal von Julia oder Clara sein."

Sir John Wetherals Stimme versank in einem tiefen, erbärmlichen Ton, als er schloss, und Christobelle schwieg vor einem schrecklichen Gefühl, das ihren Körper überkam und ihr eine Bemerkung verbot. Ein Klopfen an der Tür weckte sie aus der stundenlangen Stille; Es war Thompson mit einer Nachricht von Lady Wetheral , in der sie um die Anwesenheit ihrer Tochter bat. Christobelle blickte ihren Vater erschrocken an; Ihre Stunde war gekommen, in der die Dinge dieser Welt nicht länger wie eine Vision von Schönheit erscheinen durften; Ihr zukünftiges Leben würde eine lange Kette von Ärgernissen sein, und sie musste sich dem Schicksal beugen, das sie erwartete. Sie folgte Thompson zu den Gemächern ihrer Mutter, wo sie sich seit Lady Kerrisons Heirat voller Angst zurückgezogen hatte; aber Sir John hatte über die Bewegung gelächelt, und Christobelle konnte sich ihrem Los nicht entziehen. Sie war sich eines unangenehmen Empfangs sicher, hielt aber ihre Tränen zurück. Lady Wetheral saß neben ihrem Arbeitstisch, auf dem sechs Wachslichter brannten. Sie schaute hoch.

„Oh! Du bist gekommen, Bell. Setz dich , denn ich kann es nicht ertragen, dass jemand in meine Nähe kommt und die Atmosphäre aufheizt. Ich finde, dass du durch deinen Besuch groß und schlaksig geworden bist; es ist sehr seltsam, dass du so sein solltest viel schlichter als deine Schwestern. Ich nehme an, Isabel ist sehr mit ihrem Jungen beschäftigt, das arme Ding! Ich hoffe, dass alle ihre Kinder Jungen sein werden; Mädchen sind eine große Plage. Dein Vater wird mir nicht erlauben, die arme, liebe Clara zu sehen, und es gibt keine Einigung Angenommen, Sir Foster stirbt und Clara wird Witwe ohne jegliche Versorgung, dann kann ich mich um keinen von Ihnen noch einmal ärgern. Ich kann mich nicht darüber ärgern, dass Töchter zu mir zurückkehren, wenn Ich habe mir solche Mühe gegeben, sie zu etablieren. Ich mache mir große Sorgen um Clara, und meine Stimmung sinkt rapide; keine Menschenseele, die sich um mich kümmern könnte. Thompson steht kurz vor der Hochzeit ! – unsinniges Zeug! Ausgerechnet Bedienstete heiraten ! Daniel kann sich Thompson nicht mit fünfzig Pfund zufrieden geben, und deshalb sage ich es ihr, Dummkopf!"

Christobelle konnte ihr nichts trösten; Sie war vor ihrer Mutter immer verzaubert. Auch ihr Tonfall war gereizt, und die Angst, sie zu beleidigen, hielt ihre Tochter davon ab, zu antworten. Lady Wetheral ging weiter.

„Du bist unbeholfen und dumm wie eh und je, Bell. Wackel nicht auf deinem Stuhl und sieh so unerträglich dumm aus. Ich dachte, Boscawen hätte dir so etwas wie Unbefangenheit angedeihen lassen. Ich werde zu Tode müde sein von deiner schroffen Art." Bewegungen drehten sich um mich. Ich muss Sie für Ihren Einfluss auf Ihren Vater nützlich machen, Bell; und Sie müssen es schaffen, seine Zustimmung zu unserem Besuch in Ripley zu gewinnen. Ihr armer Vater ist in vielen Dingen sehr egoistisch geworden. Ich hatte vor, einen Besuch abzustatten von ein paar Wochen nach Bedinfield , aber die Witwe hat mir einen Brief geschickt, den ich nicht verstehen kann. Ihr Vater sagt, der Zweck davon bestehe darin, meine Firma abzulehnen, aber ich konnte überhaupt keinen Sinn erkennen. Die Pynsents sind in Frankreich, und Ich mochte Boscawen nie; daher sollte man mir die Gesellschaft meiner armen Clara nicht verweigern. Das ist eine schreckliche Abgeschiedenheit, und ich habe diese kleine Erleuchtung, um blaue Teufel zu vertreiben. Ich sehe Sir John jetzt nie mehr; mein Einfluss ist völlig verschwunden."

Es war notwendig, dass Christobelle nun versuchen sollte , in ein Gespräch einzutreten und, soweit es in ihrer Macht stand, dabei zu helfen, die Unruhen im Gemüt ihrer Mutter zu trösten und zu amüsieren. Sie erkundigte sich daher, ob es sich um einen wahren Bericht über Anna Marias Rückkehr nach England handele.

„Ja, Anna Maria ist im Begriff, aus Paris zurückzukehren, sehr gegen meinen Willen; sie wird in Hatton nur eine zweitrangige Person sein, und ihre Beschwerden über diese schöne Stadt sind sehr dumm. Ich glaube, seit meiner Zeit ist alles schief gelaufen Töchter verheiratet; seit Clara mich verlassen hat, geht es mir weder gut noch glücklich, und ich werde es auch nie wieder sein.

„Das hoffe ich, Mama. Ich werde alles tun, um dir zu gefallen."

"Was kannst du tun?" antwortete ihre Mutter schnell und mit erheblichem Ärger im Ton; „Sie sind zu jung, um sich niederzulassen oder in diesen drei Jahren darüber nachzudenken; wie können *Sie* mir gefallen? Ich werde in Bedinfield von der Witwe abgewiesen, die, da bin ich sicher, ihren Sohn und seine Frau verwaltet, denn keiner von beiden fügte hinzu eine Zeile, um meine Verschiebung zu bedauern, wenn es eine *gewesen wäre* ; aber ich konnte es nicht verstehen. Meine Tochter Pynsent kann mich nicht nach Hatton einladen, wenn sie zurückkommt; sie wird selbst ein Gast sein. Ich darf Clara nicht sehen; und wenn ich es täte, sie hat keine Abrechnung. Welche Freude haben mir ihre großartigen Spiele bereitet?"

Sicherlich keine, soweit Christobelle anhand der Beschwerden ihrer Mutter beurteilen konnte, aber Brierly war sicherlich ein Zuhause des Glücks; sie hat es ihr gesagt.

„Brierly steht *dir vielleicht*, Bell, aber was für ein Vergnügen wäre es für mich?
Isabel verwöhnt ihre Figur und bringt ihre Kleidung durcheinander, indem
sie den ganzen Tag ein schweres Kind herumträgt; Fräulein Boscawen sitzt
aufrecht wie die ganze Generation alter Jungfern; und Boscawen hält sich."
nur ein Paar Pferde und nie die Nachbarschaft unterhalten ! Ich sollte den
ganzen Tag schockiert und verzweifelt sein.

„Sie waren so glücklich, Mama!"

„Ich wage zu sagen, Bell: Das gilt auch für die Schweine, wenn sie sauberes
Stroh und reichlich zu fressen haben. Ich kann mir bei Brierly nichts anderes
vorstellen als nur tierische Genüsse."

Wer könnte auf solch eine entschiedene Schrägheit der Argumentation
antworten? Christobelle bemerkte tatsächlich, dass vier herrliche Spiele ihrer
Mutter keine Freude bereitet hatten. Jedes Lokal schien mit einem Übel
übersät zu sein, das seinen gepriesenen Wert und seine Pracht in den
Schatten stellte. So sehr sie sich auch nach den wohlhabenden Verehrern
ihrer Töchter sehnte und sich für sie eingesetzt hatte , konnte der Wohlstand
ihrer Stellung ihr nun keine Befriedigung mehr verschaffen. Die Aufregung
war vorbei, die Ziele waren erreicht; und die damit verbundenen Nachteile
wurden jetzt ebenso flüssig dargelegt wie einst ihr Ruhm und ihr Triumph.
Diese ganze Sprache der Beschwerden, diese unerwartete und unbegründete
Quelle der Beschwerde, schmerzte und entmutigte Christobelle . Es war in
seinem Fluss unaufhörlich und in seinen Folgen für sie selbst verletzend.

Lady Wetherals Wesen und Temperament veränderten sich in den Augen
ihrer Tochter: Die angenehme Faszination des Benehmens, die so oft einen
abrupten Gesichtsausdruck milderte, war verschwunden; Der spielerische
Tonfall und die Handlungsweise, die so lange einen starken Einfluss auf die
Gedanken ihres Mannes gehabt hatten, waren nicht mehr vorhanden. Ihre
Ladyschaft wurde zurückgezogen und gereizt, sehnte sich nach Claras
Verbannung, bedauerte das Fehlen ihrer Siedlung und war beleidigt über ihre
eigene Verbannung aus Bedinfield , bis es schmerzhaft wurde, sich ihr zu
nähern; und Christobelles Stimmung sank unter der Enge und dem
Schrecken ihrer Anwesenheit. Sie wurde krank; und die Angst ihres Vaters
suchte nach einem Heilmittel für die Übel, die sie erlitten hatte, indem er die
Fehler von Lady Kerrison begnadigte und die Familien zu einer Erneuerung
ihrer alten Verbindung zuließ. Dies war das Signal für den inneren Frieden.

Lady Wetheral , die unbedingt von der so verspätet erteilten Erlaubnis
profitieren wollte, flog sofort nach Ripley: Die Kutsche stand eine
Viertelstunde nach der Friedenserklärung vor der Tür; und sie verließ ihre
einsamen Gemächer scheinbar in höchster Gesundheit und Stimmung.

Während ihrer Abwesenheit erschien Thompson vor Christobelle und bat sie, sich bei ihrer Dame für einen Schritt zu entschuldigen, zu dem sie sich aus vielen Gründen während der Abwesenheit ihrer Dame berufen fühlte. Christobelle erkundigte sich überrascht, was sie anspielte.

„Oh, für immer , Miss Chrystal! Ich glaube, dass die Mode von außer Kontrolle geratenen Streichhölzern in Wetheral in Mode kommt . Ich habe viele Gespräche mit meiner Dame geführt, aber in Wirklichkeit waren sie so unangenehmer Natur, dass ich darum bitten muss nehmen Sie französischen Urlaub, wie Miss Clara es getan hat. Versichern Sie Ihrer Ladyschaft bitte, Miss Chrystal, dass es mir leid tut, mich auf diese oberflächliche Art und Weise trennen zu müssen, da ich morgen früh verlobt bin, Mr. Daniel zu heiraten , es ist sinnlos, die Angelegenheit noch länger zu diskutieren. Ich hoffe, Miss Chrystal, Sie werden mir die Ehre erweisen , mich zu besuchen und an einem schönen Sonntag Tee mit uns zu trinken. Wir werden uns der Aufmerksamkeit immer bewusst sein.“

Christobelle starrte auf Thompsons Enthüllung; aber sie war für die Abreise angezogen und schien darauf bedacht zu sein, wegzugehen. Christobelle sagte, ihre Mutter würde ihre Dienste vermissen, und wer sollte ihr nachfolgen und die Leistungen erbringen, die Lady Wetheral verlangte? Thompson lächelte.

„Meine liebe Miss Chrystal, meine Dame wird nicht sehr überrascht sein, denn ich habe damit gedroht, irgendwann plötzlich zu gehen. Ich wurde in diesen zwei Monaten wie ein Stier wegen Mr. Daniel geködert, und doch, Miss, befiehlt die Kirche Ehe sowohl für Dienstboten als auch für andere Menschen. Herr Daniel zitiert den heiligen Paulus, um die Sache zu beweisen. Allerdings lehne ich jede weitere Kontroverse ab, denn, meine Dame, sie verliert jetzt die Beherrschung; deshalb werde ich Ihnen sehr dankbar sein Ich habe sie über diesen Schritt informiert.“

Christobelle gab die erforderliche Zusicherung, dass sie die Affäre selbst ihrer Mutter nennen würde; und nachdem Thompson sich verabschiedet hatte und die Freude wiederholt hatte, die sie empfinden würde, wenn sie Miss Chrystal zum Tee empfing, verließ sie Wetheral und seine ereignisreichen Szenen, um ein neues Zuhause zu suchen und Eigentum von Daniel Higgins zu werden.

Christobelle las mit ihrem Vater eine Szene aus Macbeth, als Lady Wetheral eintrat. Sie war aus Ripley zurückgekehrt; und die extreme Blässe ihres Gesichts, ihre zitternden Hände und ihre zitternden Lippen kündigten einen schrecklichen Unfall oder ein schreckliches Ereignis an. Sie legte ihrem Mann die Hand auf die Schulter und sah ihm ins Gesicht, sagte aber kein Wort. Sir John ergriff ihre Hände und bat sie, sich zu beruhigen; aber die Verzweiflung seiner Dame verhinderte für einige Augenblicke jede Äußerung; schließlich erleichterte sie ein tiefes Schluchzen, und sie sprach mit hastigem Akzent:

„John – das Tier hat sie geschlagen!"

Sir John befürchtete, dass der Verstand seiner Dame durch einen schrecklichen Unfall erschüttert würde: Er nahm erneut beide Hände, setzte sie hin und flehte sie an, Ruhe zu finden und den Grund für ihre Aufregung zu erklären. Lady Wetheral legte ihre Hand auf ihr Herz und weinte eine Zeit lang schweigend. Es war bedrückend, sie leiden zu sehen, ohne die Ursache zu kennen oder die Gewalt lindern zu können. Es folgte eine Pause, bis der Anfall des Weinens ihr Herz erleichterte und es ihr ermöglichte, die außergewöhnliche Emotion zu erklären. Sie nahm die Hand ihres Mannes und sprach in gebrochenen Sätzen.

„John, ich glaubte nicht, dass Sir Fosters Temperament so schlecht war, wie die Leute es darstellten – ich glaubte nicht, dass er Clara schlecht ausnutzen würde; oder tatsächlich, John, sie hätte Ripley nie betreten dürfen, um wie sein Spaniel behandelt zu werden – oh, John !"

„Sag mir sofort, Gertrude, was du meinst", sagte ihr Mann ruhig.

„Ich ging zu Ripley, John, um meiner Tochter die erfreuliche Information zu geben, dass du ihren kleinen Fehler übersehen hattest; und ich betrat das Wohnzimmer, wo Clara und Sir Foster sich stritten, ach, so schrecklich! – Ich war außerordentlich schockiert – Ich hätte nicht gedacht, dass eine meiner Töchter sich jemals so mit ihrem Mann streiten würde wie Clara – es war so unzüchtig – so sehr vulgär! Sir Foster schwor, er würde Clara treten, wenn sie bei ihrer Behauptung beharrte – es ginge nur um einen elenden Fischhändler .- Clara blieb hartnäckig, und mein Kind wurde vor meinen Augen niedergeschlagen – ich sah meine schöne Clara auf dem Boden liegen; ihre Gesichtszüge waren geschwollen und ihr liebes Gesicht purpurrot. Oh, John, so eine Szene habe ich noch nie gesehen!"

Lady Wetheral weinte erneut und begann gebrochen, ihre Gefühle zu schildern und ihren Bericht fortzusetzen.

„Ich habe mich in meinem ganzen Leben noch nie so verzweifelt und schockiert gefühlt! Ich habe meinen Töchtern immer eingeschärft, dass es sich lohnt, ihr Temperament zu beherrschen. Ich habe immer großen Wert auf den schlechten Geschmack gelegt, Szenen zu machen, über die die Bediensteten berichten und Kommentare abgeben können. Das bin ich." Natürlich habe ich meinen Mädchen stundenlang Vorträge über die Notwendigkeit gehalten, den Schein zu wahren und Szenen – öffentliche Szenen – zu vermeiden, über die sich die Nachbarschaft lustig machen muss.

Ich kann es nicht ertragen, dass Clara zum Gegenstand der Lächerlichkeit wird. Was wird Mrs. Pynsent sagen? Nichts kann meinen schockierten Gefühlen gleichkommen. Ich sagte Sir Foster, er sei ein Rohling, zu ekelhaft und monströs, als dass er von *mir bemerkt oder bemerkt* worden wäre; und ich versicherte Clara, dass ihre Heftigkeit meinen Anweisungen wenig Ehre gemacht und ihr Aussehen auf grausamste Weise ruiniert habe . Meine Beobachtungen waren nutzlos; Clara beharrte darauf, dem abscheulichen Fischhändler Recht zu geben, als sie sich vom Boden erhob und ein weiterer Schlag ausgeführt wurde. Oh, John, ich habe mein Kind blutend auf dem Boden liegen lassen – keines von beidem sie hörten mir zu oder antworteten mir. Was kann man tun, um diese schreckliche Szene zu vertuschen, da meine Schreie drei Lakaien herbeiriefen? Oh, John, was ist zu tun?“

Die Tränen Ihrer Ladyschaft flossen erneut in Hülle und Fülle.

„Ich werde sofort nach Ripley gehen“, sagte Sir John ernst, aber ruhig. „Chrystal, meine Liebe, sei bereit, mich in zehn Minuten zu begleiten.“

„Ich möchte, dass Bell mit ihm redet, meine Liebe – nimm dieses tolle Mädchen nicht überallhin mit .“

„Ich möchte meine Tochter besonders auf das Elend und Verbrechen aufmerksam machen, das sich daraus ergibt, sich mit einem Mann zu verbünden, dessen einzige Tugend der Besitz von Reichtümern ist, Gertrude. Beeilen Sie sich, Chrystal; in zehn Minuten ist die Kutsche fertig.“

Christobelle flog in ihr Zimmer und bereitete sich darauf vor, ihren Vater zu begleiten. Als sie ins Arbeitszimmer zurückkehrte, war es leer. Lady Wetheral war in ihre Gemächer zurückgekehrt und Thompson war nicht mehr da, um sie zu empfangen und zu unterstützen. Christobelle wollte gerade die Treppe hinaufsteigen, um ihre Flucht anzukündigen, aber die Kutsche stand bereits vor der Tür und ihr Vater rief nach ihr. Sie betrat die Kutsche, als die Glocke ihrer Mutter laut läutete, aber die Zeit war zu kostbar für einen Aufschub; Der Befehl wurde erteilt, und sie gingen schnell auf Ripley zu.

Kapitel XV.

Sir John Wetheral sprach während ihrer Schnellreise sehr ernst zu seiner Tochter: Er wies auf das Verbrechen hin, Prinzipien und Inhalt auf Erden zu opfern, um sich Götzen zu beugen, die die schlimmsten Leidenschaften der menschlichen Natur in Versuchung führten, und die Seele dem Mammon zu übergeben. Er legte ihr das Schicksal derer vor Augen, die die Anweisung ihres Schöpfers vergessen hatten, sich um ihre Seele und nicht um den Körper zu kümmern; und die nach irdischen Dingen strebten, ohne zu bedenken, dass sie sie nicht an den Ort bringen könnten, wo allein der unschuldige und aufrichtige Geist triumphieren könnte.

Christobelle hörte den milden Ermahnungen ihres Vaters in stiller, erfreuter Aufmerksamkeit zu, und ihr Herz saugte an der Heiligkeit des Themas und der Gerechtigkeit seiner Bemerkungen; aber als er seinen Ton und sein Thema änderte, um sich selbst der Nachlässigkeit vorzuwerfen, indem er zuließ, dass der Einfluss seiner Dame über seinen besseren Verstand siegte – als er sich selbst die Schuld auf sich nahm, weil er die Heirat Julias mit einem Mann zugelassen hatte, die seinen eigenen Wünschen so sehr widersprach so wenig darauf ausgelegt, sie glücklich zu machen, und prophezeite mit melancholischem Akzent, dass sein graues Haar durch seine eigene unverzeihliche Trägheit und blinde Zuneigung in Trauer ins Grab getragen werden würde – *dann* weinte sie, als sie ihn hörte, und drückte seine Hände darauf ihr Herz.

„Sag es nicht, Papa – stirb nicht, sonst was wird aus mir?"

Er lächelte über ihre Energie.

„Ich gehe nicht vor meiner vereinbarten Zeit", sagte er und legte einen Arm um ihre Taille. „Ich werde *dich* , *Chrystal,* nicht ungeschützt lassen, wann immer diese Zeit kommt, denn dein Geist ist mit jenen Geboten gefüllt, die die Übel dieser Welt mildern können. Du hast einen Elternteil, mein Kind, der kein fehlbarer Vater ist, so etwas." So wie ich bin, und Ihm vertraue ich dich an und habe dich von Geburt an anvertraut. Du wurdest ausschließlich mir übergeben, mit der Zustimmung deiner armen Mutter – ja, aufgrund ihres ausdrücklichen Wunsches – und ich habe mich bemüht, deinen Geist dorthin zu lenken Wahrheiten, die dein Glück fördern müssen. Ich habe dich, Kristall, zur Quelle des lebendigen Wassers geführt, und aus dieser Quelle wirst du den Kelch der Trübsal trinken, aber er wird durch das Wissen versüßt, dass er aus Seinen Händen kam – das alles Den Guten werden Prüfungen geschickt, um zu sehen, ob ihr Glaube aufrichtig ist und ihre Geduld ein beständiges Vertrauen in Ihn, der gibt und nimmt. Wenn, Chrystal, dein irdischer Vater weggenommen und dein Zuhause zerstört wird, erinnere dich an den Vater oben Und gedenke des Hauses, das ohne

Hände geschaffen wurde und allen versprochen ist, die standhaft und treu bis ans Ende wandeln.“

Ernst der Worte ihres Vaters und der eigentümliche Ton, in dem sie geäußert wurden, quälten Christobelles Herz : Es schien, als würde er sich darauf vorbereiten, das Heim und das Arbeitszimmer, das ihre Jugend vor jedem Sturm geschützt hatte, für immer zu verlassen , und das auch getan hatte waren der Schauplatz ihrer täglichen und langen gemeinsamen Gemeinschaft. Wenn ihr Vater nicht mehr wäre, wer außer Isabel würde seine Gefährtin so schätzen und lieben wie er? Wer würde sie vor der Ironie ihrer Mutter bewahren und ihre zunehmende Gereiztheit ihr gegenüber lindern? Christobelle geriet bei dem Gedanken an seinen frühen Tod außer sich, und sie faltete die Hände und rief: „Oh, liebster Papa, rede nicht so — erschrecke mich nicht und versprich mir, mich nicht zu verlassen.“

„Nein, Chrystal“, erwiderte er beruhigend, „beunruhigen Sie sich nicht; ich bin hier in bester Gesundheit und vertraue darauf, dass ich noch einige Jahre lang über Sie wachen darf . Ich *spreche* ernst, denn meine Worte werden es tun.“ Ich werde mich später an Sie erinnern, wenn ich vielleicht nicht in der Nähe bin, um Ihnen einen Rat zu geben; und ich *denke* im Ernst, denn Claras unglückliche Ehe könnte sich auf ihr Verhalten und ihren Charakter auswirken: Sie ist zu jung, um der Kontamination zu entkommen, die ihr Leben mit Sir Foster Kerrison mit sich bringt.“

Sir John geriet in Aufregung, als sie in den Ripley Park einbogen und sich dem Haus näherten, in dem sich seine unglückliche Tochter befand. Er wollte für das bevorstehende Gespräch Festigkeit und Sanftheit gewinnen und murmelte mehrmals schnell: „Ich hoffe, ich werde mich selbst nicht vergessen. “ !- Gott steh mir bei, ich hoffe, dass ich mich selbst nicht vergesse!“ Er war bis zur Nervosität aufgeregt, als sie am Wintergarten vorbeifuhren und die Glocken ihre Ankunft ankündigten; Aber Christobelle war damals zu jung und unerfahren, um nützlich zu sein oder auch nur die Tiefe der Qualen ihrer Eltern zu verstehen. Sie folgte ihm schweigend in die Diele und ins Wohnzimmer, wo Clara ausgestreckt auf einer Chaiselongue lag, mit einem Verband um einen Arm und einer schweren Prellung am Auge. Als sie eintraten, erhob sie sich mit Selbstbeherrschung und scheinbar völliger Vergessenheit gegenüber der Vergangenheit, denn in ihren Augen blitzten wütende Gefühle auf, und sie sprach nur vom gegenwärtigen Augenblick und von ihrem eigenen Kummer.

„Du bist gekommen, um Zeuge einer hübschen Szene in Ripley zu werden, Papa, und natürlich um Sir Foster dazu zu gratulieren, dass er der größte Rohling in Shropshire ist. Bitte sehen Sie, ob ‚Brüder‘ nicht leserlich auf meinem Arm eingeprägt und auf meiner linken Seite steht.“ Auge. Schau dir das an, Papa.

Clara zog den Verband von ihrem Arm, und es bot sich ein schrecklicher Anblick: Ihr Zorn stieg, als sie ihn ansah.

„Wenn meine Abwesenheit diesem Tier auch *nur die geringste Sorge bereiten sollte, würde ich sein Gesicht nie wieder sehen; aber ich werde ihm das Herz aus dem Leib quälen!*"

Ihr Vater war zutiefst schockiert: Er war beleidigt und beunruhigt darüber, dass Claras Temperament zur Schau gestellt wurde, aber er verabscheute die feige Gewalt eines Mannes, der eine hilflose Frau trotz größter Provokation schlagen konnte : Sein erster Schritt bestand darin, auf ihrer Rückkehr nach Hause zu bestehen . „Kehren Sie sofort mit mir nach Wetheral zurück , Clara. Ich werde nicht zusehen, dass Sie wie ein Sklave behandelt werden, oder dass meine Tochter wie ein Hund von einem Feigling niedergeschlagen wird! Clara, kehren Sie nach Hause zurück, und ich werde es Sir sagen." Foster, er wird dich durch mein Herz wieder erreichen.

Clara schüttelte den Kopf. „Papa, ich verabscheue Sir Foster ; und ich würde gerne in die Wildnis Amerikas fliegen, wenn mich diese Entfernung von seiner brutalen Präsenz befreien würde – aber meine Mutter würde bitter zu mir sprechen. Sie brachte mich mit ewiger Überzeugung nach Ripley, und ich Ich werde ihren Spott bei meiner Rückkehr nicht ertragen. Meine Mutter hat dies durch ihre Liebe zu hohen Etablissements getan, und ich bin verheiratet! Sie sagte mir heute Morgen, Wut habe mein Aussehen ruiniert; aber *sie* hat mein Glück ruiniert. Dennoch werde ich plagen sein träges Herz und quäle ihn Tag und Nacht! Er wird spüren, dass ich auch auf andere Weise zuschlagen kann!"

„Clara", rief ihr Vater, „lass mich solche schrecklichen Drohungen nicht aus dem Mund einer jungen Frau hören …"

„Ich werde drohen!" unterbrach Lady Kerrison und stand auf; „Und ich werde es tun! Soll ich von allen Seiten bärtig sein, ohne Rache? Ich bin von Natur aus leidenschaftlich, aber ich tobe vor Misshandlungen, und ich werde ihn quälen – ja, ich werde ihm treu antworten!" "

Solch eine Sprache von einem jugendlichen und schönen Geschöpf schien ihren Vater zu verblüffen; und Christobelle stand wie versteinert angesichts einer solchen Zurschaustellung weiblicher Unmäßigkeit da. Könnte das Clara sein, ihre eigene Schwester? War dieses reizbare Geschöpf die Schwester von Isabel , von Julia, von Anna Maria? Als sie dastand, ihren Arm entblößte und ihren Blick auf ihren Vater richtete, sah sie aus wie eine Pythonin, die den Feinden ihres Landes künftige Nöte und Nöte enthüllte.

Clara stand noch, als Sir Foster das Zimmer betrat, mit dem Stiefel klopfend und wie immer summend: Dasselbe Lächeln lag auf seinen Lippen, und derselbe leere Ausdruck lag auf seinen Zügen: Er nickte seinen Gästen vertraut zu, als ob Ihr Abschied war erst gestern, und er setzte sich genauso ruhig und mit der gleichen Freude wie zuvor in seinen geräumigen Sessel. Sein Blick richtete sich auf Clara, und aus seiner Kehle ertönte ein leises Kichern – derselbe Ton innerer Befriedigung, der im Boudoir zu hören war, als Lucy Kerrison dem Fischhändler von seinem Können berichtete. Clara verstand die Bedeutung und zeigte mit bitterer Verachtung auf ihn.

„Da sitzt er, lächelt und kräuselt seine kühnen Lippen, als würde er an etwas anderes denken als an Feigheit und Grausamkeit! Können Sie sich vorstellen, dass ein Mann eine Frau zu Boden schlagen könnte, weil sie für Gerechtigkeit und Recht einsteht?"

Sir Foster blinzelte mit der Schnelligkeit, die auf Beobachtung schließen ließ; Bei Claras Bemerkung errötete er , aber er antwortete nicht. Warum hielt Clara durch?

„Würden Sie denken, *dass dieses* Tier, das man Mensch nennt, jemals aus seiner Stumpfsinnigkeit aufstand , um sich an meiner Person zu rächen, für Beleidigungen, die es nicht wagte, sich an einem Fischhändler zu rächen?"

Sir Foster war aufgeschreckt: Er ging auf Clara zu und hielt sie am Arm. „Halten Sie den Mund, sonst trete ich Sie zum Teufel!"

„Nein, ich werde nicht den Mund halten: Ich sage dir, der Mann hatte Recht – Recht – Recht – Er hatte Recht – wenn ich sterbe, wenn ich es sage! Nun, wirst du es wagen, mich vor meinem Vater anzufassen, Feigling?"

„Oh, Clara!" Christobelle rief aus: „Beharren Sie nicht darauf, provozierende Worte zu verwenden – oh, seien Sie wie Isabel!"

„Ich werde Clara Wetheral sein ", antwortete sie empört; „Ich werde mich niemals der Tyrannei unterwerfen oder mich der Brutalität beugen. Ich würde einen Streit wegen eines Lachses ablehnen! Schlage eine Frau wegen eines Lachses! – Gibt es einen Feigling auf Erden, der es gewagt hätte, so zu handeln wie dieser Mann?"

Sir Foster schien bis zum Äußersten genervt zu sein und hob die Hand zum Schlag. Sir John Wetheral konnte nicht länger schweigen; Er rief seinem Schwiegersohn in durchdringendem Ton zu: „Kerrison, sei ein Mann!" Sir Foster berührte Clara nicht – er wandte sich mit großer Anstrengung ab und nahm seinen Platz wieder ein; aber er schloss seine Faust und schüttelte sie seiner Frau entgegen.

„Wenn ich dich nicht eines Tages richtig verprügele!"

„Ja, wenn der Fischhändler zurückkommmt", antwortete Clara in spöttischem Ton.

Der Kummer des Vaters, Zeuge dieser Szene zu sein, kann nicht beschrieben werden. Ein Elternteil kann mit ihm die Verzweiflung seines Herzens spüren, die er ertragen musste, als er dem unüberlegten und unweiblichen Schimpfen seiner Tochter zuhörte, und seine zutiefst schmerzlichen, angeekelten Gefühle nachvollziehen – aber keine Feder kann es beschreiben. Er stand einige Augenblicke unfähig, seine Gefühle zu beherrschen; und allem Anschein nach war er unter seinem Einfluss niedergebeugt. Christobelle war sich sicher, dass die Wirkung dieser Szene schreckliche Folgen haben würde und dass seine Gedanken über das rücksichtslose Verhalten von Clara und ihr zukünftiges Schicksal nachdenken würden, bis seine Gesundheit darunter leiden würde. Als die Worte zu seinen geöffneten Lippen zurückkehrten, die vergeblich versucht hatten, sich zu bewegen, trat Sir John auf Sir Foster zu und sprach freundlich, aber bestimmt.

„Ich habe einen schrecklichen Streit zwischen zwei Menschen gesehen, die meine nahen Verwandten sind und seit drei Monaten verheiratet sind: Das ist ein Anblick, Sir Foster …"

„Pestteufel!" murmelte Sir Foster.

„Ich habe große Provokationen seitens Claras gesehen, aber ich flehe Sie an, niemals Ihre Hand an meine Tochter zu legen, da Sie hoffen, Ihre eigenen Kinder glücklich in der Ehe zu sehen."

„Seine Jungs sind schon Rohlinge", rief Clara hochmütig aus.

dich auffordere , bei der Zuneigung, die ich jemals empfunden habe, und der Freundlichkeit, die ich gezeigt habe, sei sanft und gehorsam deinem Mann gegenüber."

Lady Kerrison lachte verächtlich. „Ja, Papa, gehorche einer Hyäne und sei sanft zu einem Tyrannen!"

„Verdammt, wenn ich das ertrage!" rief Sir Foster, über alle Maßen provoziert, und ergriff ein schweres Buch vom Tisch und schleuderte es Clara an den Kopf: Es verfehlte sein Ziel und fiel Christobelle vor die Füße. Clara lachte erneut verächtlich. Christobelle stand erschrocken auf, aber ihre Ängste galten nicht ihr selbst; Voller Angst warf sie Sir Foster in die Arme und flehte ihn an, das Verhalten ihrer Schwester zu ignorieren. Sie konnte fließend sprechen, als sie ihn anflehte, ihren Zorn zu ertragen und auf ihre Bemerkungen keine Rücksicht zu nehmen. Sie flehte ihn an, an ihren lieben Vater zu denken und zu versprechen, dass er Clara niemals schlagen würde, auch wenn ihr Verhalten noch so provozierend sein sollte. „Oh, verlassen Sie den Raum, Sir Foster , wenn Clara wütend wird, aber werfen Sie nicht so schreckliche Dinge nach ihr! – begehen Sie keinen Mord aus Leidenschaft!"

Sir Foster zwinkerte während dieser Ansprache mit den Augen und lächelte, aber Christobelle konnte erkennen, dass jeglicher Anstand zwischen ihnen verbannt war, denn er antwortete grob: „Ich werde sie abservieren, wenn sie auf diese Art herumredet."

Es war unmöglich, Sir Foster und seiner Dame Einhalt zu gebieten, wenn beide Parteien gleichermaßen Klugheit und Anstand vergaßen. Es war nur zu offensichtlich, dass Clara es ablehnte, sich zu versöhnen, und dass sie ihren Mann durch unweiblichen und gewalttätigen Widerstand wütend machte. Auch aus dem rohen Geist von Sir Foster, dem Geist, den Sir John missbilligt hatte – den seine Dame gelindert hatte – den jeder, der mit Ripley zu tun hatte, bedauerte –, konnte aus einem solchen Geist unter dem Einfluss der Provokation nichts als beleidigende Sprache hervorgehen, oder gewalttätiges Verhalten hervorgerufen werden. Daher oblag es Clara, den Wünschen eines Mannes zu gehorchen, mit dem sie im Streit ihr Leben verlieren musste, falls sie sich seinen Maßnahmen widersetzte. Aber Clara hatte die Stärke ihrer Leidenschaften nie gebremst: Der Einfluss ihrer Mutter war nie genutzt worden, um diesen lieblichen Teil zu erreichen und zu verbessern, und als Frau von Sir Foster steigerten sich diese Leidenschaften bis zur drohenden Zerstörung ihres Glücks und ihrer Ansehen. Es war unmöglich, dass der gegenwärtige Stand der Dinge bestehen könnte. Sir Foster oder Clara mussten rechtzeitig nachgeben, und wer sollte den Konflikt beobachten?

Sir John Wetheral legte seine Hand auf das Glockenseil und winkte mit der Hand, um Aufmerksamkeit zu erregen. Er flehte sie an, auf seine Worte zu hören, bevor er nach der Kutsche klingelte, um ihn von einer Szene zu befreien, die seine Seele gequält hatte; Dies war keine Zeit für Vorwürfe und Beschuldigungen; er würde niemandem Vorwürfe machen; Er erkannte, dass beide Parteien schuld waren, und er vertraute darauf, dass beide ihren gegenseitigen Fehler erkennen würden. „Es war großartig für einen Mann", sagte er, „die Fehler einer Frau zu übersehen; ihre Hilflosigkeit, ihre Schwäche erforderten Nachsicht, und eine Frau sah in den Augen Gottes und des Mannes noch nie so schön aus wie in der Erfüllung ihrer Pflichten." Er würde nun gehen, in der festen Überzeugung, dass er zwei vernünftige Wesen im Stich ließ, die für ihren Bruch ihrer Gelübde gegenüber einer höheren Autorität als ihm selbst verantwortlich waren. Er würde alles hoffen; er würde hoffen, nein, er war sich sicher, jede Partei bedauerte das Die Transaktionen des Tages, und er vertraute darauf, dass alle Erinnerungen an ihre Bitterkeit beendet waren. Er muss jetzt nach Wetheral zurückkehren .

Sir Foster antwortete nicht mit Worten: Er folgte den sanften Ermahnungen seines Schwiegervaters, denn seine üblichen zwinkernden Bewegungen und sein Lächeln bewiesen sein gutes Gehör; aber Clara verriet ihre zurückgezogene Aufmerksamkeit durch das halb geschlossene Auge und den abgewandten Kopf. Als ihr Vater zum Abschied kam, grüßte sie ihn liebevoll und äußerte den Wunsch, ihn oft in Ripley zu sehen.

„Komm sehr oft, Papa, bete und schau, ob ich noch lebe. Lass mich nicht ganz der Macht der Bestien in der Umgebung ausgeliefert: Die fünf Jungen reichen aus, um eine Riesin zu töten, und das nächste Buch, das mir an den Kopf geworfen wird, reicht vielleicht aus." Unfug."

Oh, diese Neigung, vergangene Unannehmlichkeiten zu wiederholen und anzuspielen ! Clara hatte von ihrer Mutter nicht den Hauch von Taktgefühl übernommen, um den häuslichen Frieden zu wahren. Die rücksichtslose Rede löste erneut Streit aus; denn Sir Foster befürwortete sein eigenes Bildungssystem, indem er ausrief: „Halten Sie den Mund, ja?"

„Ich werde *nicht* schweigen", erwiderte Clara. „Erwarten Sie nicht, mich Ihren vulgären Vorurteilen unterzuordnen, wie es Ihre erste Frau tun musste. Ich bestehe darauf, zu sagen, dass Ihre fünf Jungs in jeder Hinsicht Ihren Terriern ähneln."

Die Anwesenheit ihres Vaters bremste die Handlung , die unter anderen Umständen eine schwere Strafe für den Sprecher bedeutet hätte. Sir Foster biss die Zähne zusammen, aber die geschlossene Faust bezeugte seine Absicht und den Respekt, der ihn dazu veranlasste, seinen Groll zu zügeln. Clara sah die Wirkung der Anwesenheit ihres Vaters auf sein Gemüt und nutzte den Moment wahnsinnig aus, um ihre Beschimpfungen fortzusetzen.

„Sie sind Terrier in ihren Gesichtszügen, Terrier im Wesen und Terrier in ihrer Ernährung."

Sir Foster wurde blass vor Wut: Er war ein Mann weniger Worte, aber sein Zorn war schrecklich anzusehen. Er rief seiner Dame jede Verwünschung entgegen und schwor ängstlich, sie bei der ersten passenden Gelegenheit zu „verprügeln". Sir John hielt Christobelle davon ab, solch schreckliche Blicke und den Klang solch schrecklicher Worte zu ertragen. Er zog sich mit ihr zurück, während ihre Stimmen im Streit immer lauter wurden, und ließ den Schauplatz der Turbulenzen weit, weit hinter sich.

Christobelle hatte tatsächlich das Elend einer Ehe gesehen, die auf dem unbegründeten Gefüge weltlicher Reichtümer beruhte. Sie sah, dass es unheilvoll und voller Leid war. Ihre Fahrt nach Wetheral verlief still und traurig, denn der Vater hatte etwas im Kopf, das die Ruhe verbannte. Claras Natur war zu furchtlos und zu gewalttätig, um sie zu einem Objekt der Wertschätzung zu machen oder auch nur Mitgefühl in ihr zu erwecken. Ihre entschlossene Unverschämtheit und ihr verächtliches Verhalten ihrem Mann gegenüber, ihr kühnes Benehmen und ihre beleidigenden Bemerkungen waren für Auge und Ohr unerträglich. Es war unmöglich, sich für die Sache eines Wesens einzusetzen, wie sehr sich auch die Jugend auf eine Milderung berufen mochte, die absichtlich und heimlich Sir Foster Kerrison geheiratet hatte, trotz der deutlich geäußerten Einwände ihres Vaters, und doch nach drei Monaten Ehe ihre Leidenschaften aufs Äußerste wagte ihres auserwählten Lebensgefährten.

So sehr ihr Vater über das Schicksal seiner Tochter trauerte, konnte er ihre Sache nicht unterstützen; ihre Leidenschaften waren zu mächtig, zu hemmungslos für sein Eingreifen; er konnte Sir Foster nicht tadeln, als er Zeuge der Provokation durch Clara geworden war, und er konnte sein Zuhause nicht noch einmal einer ungehorsamen Frau anbieten. Clara muss von nun an eine Warnung für ihre Bekannten sein, ein Leuchtfeuer, das sie vor den Gefahren warnt, die sie verachtet, denen sie getrotzt hat und denen sie verfallen ist. Aber wer hatte Clara in diese gefährliche Position geführt? Wer hatte ihre Jugend gelehrt, Reichtum zu begehren und ihr Glück unüberlegt gegen Titel und Reichtum zu verwetten?

Oh, Mütter! Was gewinnen Sie bei dieser vorübergehenden Szene, wenn Sie das Wohlergehen Ihrer Kinder gegen einen klingelnden Klang eintauschen? Was werden Sie später gewinnen, wenn die Seelen, die Ihrer Obhut auf der Erde anvertraut sind, von Ihren Händen benötigt werden? Soll der Atheist, der Spieler, der Rücksichtslose und der Gotteslästerer sie annehmen und für ihren verlorenen Zustand auf der großen Rechnung verantwortlich werden? Ich sage Ihnen, es ist nicht so; du hast ihren Verstand an den Mammon verkauft, und du sollst dafür verantwortlich sein, was du empfangen und nicht zurückgegeben hast.

Lady Wetheral hatte Thompsons Flucht entdeckt, als Sir John und Christobelle nach Wetheral zurückkehrten , und ihre Empörung war äußerst groß. Von einem Diener auf diese beleidigende Weise zurückgelassen zu werden, war erniedrigend; Aber dass Thompson von ihren Pflichten hätte abweichen sollen, um eine Ehe einzugehen, war widerlich. Thompson heiratet! und mit all dem Geheimnis einer Erbin! Es war eine Beleidigung, von der sie nicht geglaubt hatte, dass Thompson es sich vorgenommen hätte, sie anzubieten; aber alles war falsch, alles war am schlimmsten, seit ihre Töchter geheiratet hatten. Was blieb ihr jetzt übrig außer dem armen Sir John, der halb Methodist war , und einem ungeschickten Mädchen, das ebenso gebildet wie schlicht war? Es war sehr seltsam, dass ihre Absicht, Bedinfield zu besuchen, vereitelt worden war. Sie nahm an, dass alle ihre Kinder vorhatten, ihre Besuche abzulehnen.

Mit diesen Vorstellungen und Gefühlen konnte man nicht annehmen, dass Lady Wetheral glücklich sein könnte; und ihr enttäuschter Geist beeinträchtigte ihre Gesundheit und ihr Temperament. Christobelle war das Opfer dieses Zustandes; sie konnte nie ausreichend aufmerksam oder angenehm genug sein; sie war ermüdend, unbeholfen oder gebildet; Sie sollte eine alte Jungfer sein, ein Ärgernis in der Gesellschaft, ein streitender, philosophischer Auswuchs, den die Leute meiden und verabscheuen würden; Sie hatte nicht halb so viel Verstand und Konversation wie die arme, liebe Thompson. Christobelles Geister flohen unter ständiger und leichtfertiger Ausübung der Macht der Folter. Sie saß eines Morgens bei der Arbeit, nicht viele Tage nach der Szene in Ripley, mit Lady Wetheral im Boudoir ; Die Gereiztheit ihres Temperaments wurde durch die Erinnerung an frühere Tage und frühere Beschäftigungen noch verstärkt. Sie begann mit ihren üblichen Klagen .

„Ich glaube, dass es mir gesundheitlich und geistig schlechter geht, wenn ich in diesem Raum sitze. Das erinnert mich an meine armen Töchter, die nicht mehr da sind. Jetzt bin ich ziemlich verlassen und verlassen; keine von ihnen lädt mich zu sich nach Hause ein!"

Christobelle erwähnte Brierly und die Zuneigung seiner Insassen.

„Fiddlestick, Bell! Du zitierst immer Brierly! Ich mag Boscawen nicht. Ich habe keine Meinung von einem Mann, der zulässt, dass seine Frau von zwei Pferden getrieben wird, wenn er sich vier leisten kann – ich mag Geiz nicht. Und Isabel Es würde mich so nervös machen, wenn ich ein großes, schweres Baby herumtrage und ihr Kleid durcheinander bringe! Ich werde Brierly nie besuchen.

„Die Pynsents werden bald zu Hause sein, Mama."

„Was geht mich das an, Bell? Glauben Sie nicht, dass ich in Hatton bleiben und mir Mrs. Pynsents Bemerkungen über Ripley und Claras Torheit anhören werde, mit ihrem Mann offen gebrochen zu haben? Die Tom Pynsents hätten Hatton damals akzeptieren sollen." wurde ihnen zuerst vorgeschlagen. Ich werde dort nicht vorbeikommen, bis Anna Maria Herrin des Anwesens ist.

„Aber du wirst zur armen Clara gehen, Mama."

„Warum soll ich nach Ripley gehen ? Um zu sehen, wie meine Tochter misshandelt wird, oder um mich selbst mit Gleichgültigkeit zu behandeln? Clara hatte nicht das Recht, sich durch Streitereien hervorzuheben. Ich wünsche mir, Bell, wenn du reden darfst, dann Du würdest dir bessere Gesprächsthemen aussuchen. Die Bildung deines armen Vaters hat dich nur zu einer Plage gemacht. Ich hasse Mädchen mit Büchern in der Hand und Dumpfheit auf der Zunge."

Christobelle veränderte das Gespräch.

„Mama, deine Kammgarnarbeit sieht auf dieser Ottomane wunderschön aus; ich könnte mir fast vorstellen, dass die Rose parfümiert, sie ist so natürlich."

„Nur die Meinung eines Mädchens, das dem Beruf eines Mannes nachgeht, statt ihren eigenen weiblichen Vergnügungen: Wenn Sie sich mit der Arbeit auskennen würden, hätten Sie es anders gedacht." Ihre Mutter warf der Ottomane einen verächtlichen Blick zu.

„Ich versichere Ihnen, Mama, ich verstehe alle Nähte. Miss Boscawen hat es mir beigebracht."

„Eine alte Jungfer unterrichtet eine andere, Bell."

„Ich glaube nicht, dass es mir nicht gefallen wird, Single zu sein, Mama. Miss Boscawen sieht so schön gekleidet aus, so sauber, ganz und gar nicht wie deine Beschreibungen von alten Jungfern."

„Wenn Sie Angst hätten, wie Ihre Schwestern etabliert zu werden, Bell, könnten Sie mich in meiner Abgeschiedenheit erfreuen und amüsieren. Niemand kommt jetzt in meine Nähe, nicht einmal Miss Wycherly , die immer mit Julia in Wetheral war . Ich verstehe nicht Es. Sie könnten eine Vertrautheit mit Frank Kerrison, Bell, herbeiführen und ihn hierher bitten, mit Ihnen zu lesen. Er wird Ripley beerben, wissen Sie."

„Mama, ich mag Frank Kerrison nicht, er schwört es."

„Unsinn, du nüchternes Ding: Wenn er jetzt flucht , folgt daraus nicht, dass er immer schwören wird."

„Aber Papa sagt, es wird selten weggelassen. Ich mag Frank nicht, er ist so gewalttätig gegenüber seinen Schwestern."

„Aber du wärst seine Frau, nicht seine Schwester, Kind. Was hast du für dumme Vorstellungen!"

Die Hallenglocke läutete heftig. Lady Wetherals Augen leuchteten. –

„ Endlich ist jemand gekommen, um mich zu unterhalten. Ich hoffe, es ist Penelope, die uns um ihre Heirat bittet. Sie sollte es tun, um Julia willen."

Zu ihrem großen Erstaunen öffnete sich die Tür und Clara trat ein. Sie setzte sich mit vollkommener Kühle hin.

„So", sagte sie, „jetzt soll mich das Tier im Haus meines Vaters suchen!"

„Meine liebe Clara, was führt Sie nach Wetheral ? – Ist Sir Foster bei Ihnen? – Werden Sie hier speisen?" fragte Lady Wetheral mit entzücktem Akzent. „Ich kann dir nicht sagen, wie mich ein bisschen Gesellschaft an diesem langweiligen Ort bezaubert. Du hast dir diesen törichten Aufruhr ausgedacht, meine Liebe, und ihr seid beide gekommen, um mit mir zu speisen: Ist es das?“

„Ich bin auf jeden Fall zum Essen und auch zum Schlafen gekommen“, antwortete Clara und nahm die Arbeit auf, die Christobelle überrascht hatte fallen lassen. „ Wo ist dein Fingerhut, Bell? Ich werde diesen Zweig für dich fertig machen.“

„Aber, Sir Foster, meine Liebe – wo ist Sir Foster?“

„Ich kann wirklich nicht sagen: Vielleicht die Kindermädchen treten, da ich nicht in Ripley bin, um an ihrer Stelle zu stehen.“

„Bist du also allein, Clara?“

„Das hoffe ich. Ich habe vor, einige Zeit allein zu sein.“

„Meine liebe Clara, du hast doch bestimmt nicht schon wieder gestritten!“

„Schon wieder! Oh nein! Seit meiner Heirat ist es ein einziger Streit, der schon lange andauert!“

„Ich bin wirklich schockiert über Ihr Verhalten, meine liebe Freundin. Wie oft habe ich Sie alle gebeten, Szenen zu vermeiden, wenn Sie geheiratet haben! Meine liebe Clara, Sie müssen sich an meine ernsthaften Anweisungen erinnern. Das ist eine traurige Missachtung des guten Geschmacks!“

„Du hättest mich nicht mit einem Unmenschen verheiraten sollen“, rief Clara und wurde ungestüm.

„Clara, ich war nicht an deiner Seite, als du mit Sir Foster durchgebrannt bist“, rief ihre Mutter in einem bestätigenden Ton.

„Vielleicht nicht; aber du erinnerst dich vielleicht an die Mittel, die du ergriffen hast, um mich zum Durchbrennen zu bewegen, Mama. Du kanntest den Moment nicht, aber du warst dir der Absicht bewusst, hervorgerufen durch deine eigenen Andeutungen und Ängste, mich in Ripley zu sehen. Bell.“ kann Ihre Bemerkungen und Anspielungen bezeugen.“

„Ich bin sicher, Bell kann das nicht“, antwortete Lady Wetheral alarmiert.

„Bell kann es aber! Bell, ich fordere Sie auf, auf meine Frage zu antworten. Hat meine Mutter mich nicht dazu gebracht, mit meinem Tier davonzulaufen? Sagen Sie die Wahrheit.“

„Das können Sie nicht sagen, Bell“, sagte Lady Wetheral und brach in Tränen aus.

„Bell, antworte wahrhaftig!“ und Clara zerrte sie von ihrem Stuhl und stellte sich vor sie. Christobelle kämpfte darum, freizukommen; aber Clara packte sie mit einer Kraft, der sie nicht widerstehen konnte. „Jetzt, Bell, sag meiner Mutter die krasse Wahrheit!"

„Ich werde nicht befragt – ich werde nicht sprechen – lass mich gehen, Clara, lass mich gehen!"

„Dann geh, du dummer Narr, zu schwach, um die Wahrheit auszusprechen!" Clara ließ ihren Griff los und Christobelle floh auf einen entfernten Stuhl, um die folgende Szene weiterhin zu beobachten.

„Clara", sagte ihre Mutter vorwurfsvoll, „was könnte dich dazu bringen, *mir die Schuld* für dein eigenes unhöfliches Verhalten zu geben? Wenn ich dich als Frau eines hochrangigen Mannes sehen wollte, habe ich dir nie geraten, die Anstandsregeln zu vergessen." Leben."

„Sie haben Sir Foster meiner Ansicht nach als Partner dargestellt, für den Sie gebetet haben, und haben mir gewünscht, dass ich ihn niemals aufgeben solle", erwiderte Clara mit leidenschaftlicher Energie. „Du hast mich mit einem herzlosen Unmenschen verheiratet und jetzt wendest du dich gegen mich!"

„Nein, Clara, ich verdiene diesen Vorwurf nicht; dein Temperament ist zu heftig für deinen Frieden oder meinen." Ihre Mutter weinte.

„Ich weiß, mein Temperament ist wie ein Wirbelsturm, aber du hast dich nie darüber beschwert oder es unterdrückt! Du hast mir nur geboten, es zu verbergen, als Lucy hierher kam, bis ich tatsächlich die Frau eines Monsters war! Ich kann es jetzt nicht verbergen, dafür scheuert sich unter schlechter Behandlung. Oh, wenn Sie es in Ihrer Kindheit nur kontrolliert hätten, dieser Extremität zu begegnen!" Clara wurde fast wahnsinnig leidenschaftlich und leidenschaftlich; Sie warf sich vor ihrer weinenden Mutter auf die Knie. „Wenn mein Elend jemals meine Nachsicht übersteigt, wird es deine Schuld sein, oh! hartherzige Mutter! Du hast mich an einen Unglücklichen verkauft, der mich in die Verzweiflung treiben wird, und du musst dafür zur Rechenschaft gezogen werden! Mein Temperament ist warm – ich weiß es – aber kein anderer Mann hätte mich dazu gebracht, ihn so schrecklich zu verachten. Ich habe ihn provoziert, und ich *werde* ihn provozieren; aber es ist deine Schuld, denn ich verstand die brutale Natur eines Mannes nicht. Ich dachte, sie wären alle wie meine Vater!"

Lady Wetheral geriet vor Aufregung fast in Aufruhr. „Ring für Thompson – Thompson, Bell!" Ach! Thompson war nicht mehr in Wetheral ; aber Christobelle kannte die Sitten ihrer Mutter und brachte ihr die üblichen Heilmittel in die Hand. Sie machte von ihrem Nutzen keinen Gebrauch; ihr Geist war zu beschäftigt, um ihnen zuzuhören; sie schob ihre Tochter beiseite, ohne sich dessen bewusst zu sein.

„Clara, ich hätte nie gedacht, dass sich der Vorwurf eines Kindes gegen mich erheben würde! Ich hätte nicht gedacht, dass eine Tochter ihre Stimme gegen einen Elternteil erheben könnte, der so unaufhörlich nach dem Glück seines Ehelebens gesucht hatte.“

„Auf welche Weise, auf welche Weise?“ fragte Clara und warf sich mit einer Bewegung der Verzweiflung auf den Boden.

„Ich habe dir den Luxus des Lebens gesichert, Clara.“

„Oh, Torheit, Torheit!“

„Ich habe dir eine angemessene Stellung in der Gesellschaft gesichert, Clara.“

„Oh, Torheit, Torheit!“ fuhr Lady Kerrison fort.

„Ich konnte es kaum erwarten, dich ins Leben treten zu sehen, umworben, bewundert und beneidet, meine liebe Clara.“

„ *Wer* bewundert und beneidet mich?“ rief Clara und stand auf. „ *Wer* beneidet mich um meine Situation oder würde mit einem so elenden Geschöpf den Platz tauschen? Beim Himmel, der Zeuge des Opfers meiner Jugend und meiner Hoffnungen auf Glück war, würde ich bereitwillig mit der bescheidensten Frau tauschen, die Steine für ihr tägliches Brot bricht und es verschlingt in Frieden! Oh, Chrystal, heirate niemals, solange du lebst!“

Die Anstrengung der Klage und die mächtigen Leidenschaften, die in Claras Seele kämpften, erschöpften ihre Kräfte nach dieser heftigen Darstellung ihres Leidens; und sie lag auf dem Sofa wie ein Kind, das schluchzend ins Schweigen versunken war. Es war ein feierlicher Anblick, ein so junges und schönes Geschöpf zu sehen, das so tief in den Kampf der Leidenschaft und des Streits vertieft war; der Ausdruck ihres Gesichts war bereits von zornigen Gefühlen geprägt, und ihr schöner Mund verlor allmählich seine gelassene Haltung: Wenn Lady Kerrisons Charakter in dieser frühen Phase ihrer Ehe so vehement war, was würde dann in den folgenden Jahren aus ihr werden?

Clara verfiel in einen Halbschlaf, der so lange anhielt, bis die Glocke im Saal erneut einen Besucher ankündigte. Auch Lady Wetheral bemühte sich , eine Gelassenheit zu erlangen, die sich bei ihrem Ruf nicht zeigen würde; Lady Kerrisons Vorwürfe hatten sie erschreckt und zerstört Ruhe . Ihre Hände zitterten unter den Bemühungen, ihre Beschäftigung wieder aufzunehmen, und Seufzer brachen aus ihrer Brust. Christobelle war froh, dass die Hektik eines Neuankömmlings sich der Tür näherte und ihre Gedanken vom Kummer ihrer Schwester ablenkte. Clara schreckte aus dem Schlaf auf, als sich Stimmen näherten, und erhob sich von ihrem Sofa. Die Diener meldeten Sir Foster Kerrison.

Wetheral oder Christobelle zu beachten , die erstaunt dastanden, als er zum Sofa ging; er zwinkerte nicht einmal mit den Augen. Clara wartete weiterhin hochmütig auf seine Ansprache, den Kopf zurückgeworfen und in ihren Augen blitzte Trotz auf. „Nun, Sir, sind Sie gekommen, um mich nach Wetheral zu bringen ?“ war ihr empörter Ausruf; „Sind Sie hierher gekommen, um zu beweisen, wie brutal Sie eine Frau behandeln können, selbst im Haus ihres Vaters?“

"Nach Hause gehen!" rief Sir Foster. „Geh sofort nach Hause!“

„Ich werde nie zurückkehren, wenn es anderswo ein Dach gibt, das mich schützt!“ gab seine Dame zurück. „Ich habe es satt, unter der Macht eines Tyrannen zu existieren.“

„Das wirst du nicht? Wer ist Meister bei Ripley?“ Sir Foster hob Clara in seine Arme und trug sie trotz ihres Widerstands aus dem Boudoir . Lady Wetheral versuchte einzugreifen; Sie flehte Sir Foster an, sich nicht vor den Dienern – vor der Welt – zu verpflichten, indem er gegenüber seiner Frau Gewalt anwendete; aber er hörte weder auf ihre Bemerkung noch auf ihr Gebet. Clara wurde in die Halle getragen, unfähig, dem Griff zu widerstehen, der ihre Gefangene festhielt. Vergebens schrie sie: „Oh, Vater, mein Vater, rette mich!“ er war nicht in Hörweite. Vergebens drohte sie vehement, ihren Mann zu quälen, bis ihm das Leben zur Last werden würde: Sir Foster gab keine Antwort. Vor dem Haushalt, der sich unter den durchdringenden Rufen von Lady Kerrison und vor den Ripley-Dienern versammelte, die bei der Kutsche standen, trug Sir Foster seine Dame zur Flurtür, und indem er seine Lakaien auf ihren Posten befahl, wurde Clara platziert in der Kutsche mit Hauptgewalt. Sie kämpfte heftig darum, ihre Freiheit wiederzugewinnen, aber ihre zarten Glieder waren dem Kampf nicht gewachsen; sie sank zurück und fiel fast in Ohnmacht wegen ihrer vergeblichen Anstrengung; und als Sir Foster seinen Platz an ihrer Seite einnahm, nickte und zwinkerte er und kicherte, während er ausrief: „Gut gemacht, bei Gott! Jerry, fahre wie ein Zwinkerer!“ Die Ripley-Kutsche raste wütend die Allee entlang.

Lady Wetheral spürte intensiv die öffentliche Aufmerksamkeit, die mit der Wiederaufnahme der Gesellschaft seiner Frau durch Sir Foster Kerrison einherging. Die Aktion selbst war unangenehm – muss für Clara äußerst unangenehm sein –, aber die Art der Sache, die öffentliche Zurschaustellung, die die ganze Angelegenheit umgab, war unentschuldbar! Es stand außer Zweifel, dass die Angelegenheiten von Ripley in den Dienstboten- und Speisesälen der ganzen Nachbarschaft besprochen wurden – eine äußerst schreckliche Idee! Die Menschen mochten so unglücklich sein, wie sie wollten, und sich streiten, wann immer sie Lust dazu verspürten, aber es war eine Beleidigung der Gesellschaft, kleine Missverständnisse vor der Welt zu begehen. Nichts könnte so geschmacklos sein. Clara war sehr dumm und unhöflich, einen Mann wie Sir Foster zu verärgern und ihr die Schuld für die Folgen zu geben. Sie hatte Clara und den Rest ihrer Mädchen immer vor Szenen gewarnt.

Die Erinnerung an ihre heilsamen Warnungen wirkte jedoch weder auf Lady Wetherals Nerven, noch brachte sie Ruhe in ihr Gemüt. Claras Worte hallten in ihren Ohren wider; und ihre Gestalt glitt vor ihren Augen, als sie vorwurfsvoll kniete. Sie konnte diese durchdringenden Ausdrücke nicht vergessen: „Wenn mein Elend jemals meine Nachsicht übersteigt, wird es deine Schuld sein, oh! hartherzige Mutter!“ Die Stimme hallte durch das Haus, sie folgte ihr in die Garderobe; Sie beklagte sich bei Christobelle, dass es sie im Schlaf verfolgen würde und dass ihr Tod aus kindlicher Undankbarkeit verursacht werden würde, nach all ihren Sorgen, das Wohlergehen ihres Kindes zu fördern. „Ich bin mir sicher, dass diese Szenen ausreichen, um mich zu zerstören, Bell, und ich denke, Thompson hätte sich vielleicht ihre Rolle bei der Transaktion ersparen können. Sie hat meine Dosis Salz genau nach meinem Geschmack zubereitet, und jetzt in meiner Not wage ich es nicht, deine zu berühren Mischungen, denn ich wage zu behaupten, dass sie mir den Hals wund machen würden. Mrs. Bevan wird niemals sein, was Thompson war; sie sieht völlig verwirrt aus, wenn ich etwas verlange. Clara hat mich getötet: Undankbarkeit ist in der Tat schwer zu ertragen, und sie wird mich abstoßen Ich verhindere, dass ich selbst weitere Opfer für andere bringe. Ich werde mich nicht um deine Heirat kümmern, Bell. Heirate, wen du willst; aber wenn du weniger gut heiratest als deine Schwestern, komm niemals in meine Gegenwart.“ Christobelle versprach, niemals ohne ihre Zustimmung zu heiraten.

„ Das sagen Sie alle und handeln trotzig, wenn sich die Gelegenheit bietet. Sagen Sie Ihrem Vater Bell nichts über Clara; es war ein Glück, dass er heute Morgen nach Shrewsbury gefahren ist; er hätte mir auch die Schuld gegeben; er hält mir immer Vorträge Jetzt : Sag nichts darüber, bete. Was ist das?“ Ihre Ladyschaft begann. „Oh, es ist diese undankbare Stimme; sie hat ganz klar zu mir gesprochen! Ich bin sicher, ich werde einen Nervenanfall bekommen, wenn diese Stimme mich verfolgt.“

Claras Vorwürfe waren tief in Lady Wetherals Herz eingedrungen, obwohl sie vorgab, diesen Eindruck mit mutigem Auftreten zu ertragen. Vergebens nahm sie wiederholt Dosen Kampfer-Julep, um ihre Nerven zu beruhigen und einen Teil ihrer Lebenskraft wiederherzustellen; das Zittern ihrer Glieder nahm zu, und sie erkannte, dass es unmöglich sein würde, den armen Sir John beim Abendessen zu treffen; Christobelle musste ihren Platz einnehmen und jede beliebige Entschuldigung für ihre Abwesenheit erfinden, damit die Wahrheit vor ihrem Ehemann verborgen blieb. Sie durfte ihn auf keinen Fall über die Vorgänge des Vormittags informieren. Es war ein Glück für Christobelle, dass ihr Vater während ihres einsamen Essens kaum Bemerkungen über die Krankheit seiner Frau machte; aber sein Gemüt war vollkommen frei von Misstrauen oder Neugier, und das Gespräch drehte sich um andere Themen. Christobelle freute sich über eine Nachricht seinerseits. Die Tom Pynsents sollten in der folgenden Woche in England eintreffen. Mrs. Pynsent und Mrs. Hancock waren in Lewis' Laden und teilten ihm ihre sofortige Rückkehr nach Hatton mit. Paris hatte Tom nicht gefallen, und er sehnte sich danach, nach England zurückzukehren; Sie waren sogar zu dem Entschluss gekommen, Shropshire nie wieder zu verlassen. Mrs. Pynsent war voller Aufregung und Freude über die Idee – sie würde Tom jetzt zurückbekommen, und Gott sei Dank waren alle seine Hunde in gutem Zustand – kein Welpe ging verloren. Tom würde alles so vorfinden , wie er es zurückgelassen hatte, und Sal Hancock musste sich auf den Weg zu Lea machen. Mrs. Hancock zwinkerte angesichts der Bemerkung ihrer Schwester.

„Ich sage dir was, Pen, Tom wird ein oder zwei Dinge wissen, wenn er aus Frankreich kommt; zehn zu eins, aber dieses Mal beschäftige ich mich mit Mode.“

„Du wirst gehängt, Sally Hancock!“

„In Frankreich sind sie nicht so weiß getüncht, Pen. Ich bin mir sicher, dass unser Tommy inzwischen schon ein ‚Cherry Amy ‘ hat.“

„Keine deiner Vermutungen, Sally Hancock. Du weißt, ich kann nichts ertragen , was über Tom gesagt wird. Ich werde gehängt, wenn ich dich wegen dieser Lüge nach Hause bringe!“

„Faith, du musst mich irgendwohin tragen, Pen“, antwortete Mrs. Hancock kühl; „Du kannst mich und mein Wildbein nicht hier lassen.“

„Dann halte den Mund zu Tom und ‚Cherry Amys ‘.“

Sir John hielt es für an der Zeit, sich vor den Damen zu verneigen, verließ den Laden und ließ die Schwestern in heftiger Auseinandersetzung zurück. Die Streitigkeiten zwischen Mrs. Pynsent und Mrs. Hancock waren glücklicherweise ebenso kurz wie häufig und öffentlich. Zehn Minuten nachdem Sir John Lewis' Laden verlassen hatte, sah er Mrs. Hancock auf dem Arm ihrer Schwester, wie sie mit großen Schwierigkeiten und offensichtlichen Schmerzen gehen konnte; aber beide Damen lachten maßlos und erregten durch die Lautstärke ihrer Unterhaltung die Aufmerksamkeit der Vorübergehenden .

Christobelle vertraute darauf, dass Tom Pynsents Rückkehr sich positiv auf die Stimmung ihrer Mutter auswirken und zur Wiederherstellung ihres scheinbar sinkenden Gemütszustandes beitragen würde. Sie konnte die außergewöhnliche Veränderung, die in einem von Natur aus so aktiven und lebhaften Menschen stattgefunden hatte, nicht verstehen. Es schien, als ob Claras Ehe wie ein Beruhigungsmittel auf ihre geistigen und körperlichen Energien gewirkt und ihre Lebenskraft geschwächt hätte . Sie war schnell zu einem nervösen, einsamen Wesen herabgesunken, das jeder Anstrengung nicht gewachsen war, der Gesellschaft ihres Mannes gegenüber gleichgültig und allen Mitteln gegenüber tot. Doch Sir Foster Kerrison war der lang ersehnte Gegenstand ihrer Wünsche, und jeder Gedanke ihres Herzens war auf die Verwirklichung dieser höchst ersehnten Verbindung gerichtet. Clara heiratete Sir Foster und bekam Ripley. Was verursachte dann diese Erschöpfung von Körper und Geist? Diese melancholische Ausstellung arbeitsloser Energien? Wie viel Zeit vergingen Sie mit langweiligem Klagen und nervösem Elend? Ihre Töchter waren hoch und wohlhabend; und ihre jeweiligen Ansichten wurden umgehend und erfolgreich umgesetzt.

Was *könnte* eine so schreckliche Veränderung bei der anmutigen Lady Wetheral hervorrufen , die einst und auch in letzter Zeit die fröhlichste aller Schwulen war? jemals belebt, immer erfreulich, selbst für diejenigen, die ihre ehelichen Spekulationen kannten und fürchteten? Weil alles, was triumphierend war, geflohen war; weil alles, was am aufregendsten war, vergangen war. Die Hoffnungen und Ängste, die dem Leben Lebensfreude verliehen hatten, waren leider verstummt, und es gab jetzt nichts, was die Energien lenken und zu Anstrengung zwingen konnte. Die Ursache wurde zurückgezogen, und die Wirkung war verhängnisvoll für ein Glück, das in der unaufhörlichen Sorge bestand, ihren Kindern Einrichtungen zu verschaffen. Alle Sorgen hatten nun ein Ende, und der Geist versank arbeitslos in Lustlosigkeit. Alles wurde in seiner Routine düster; Alles verlief in seinen gewohnten Alltagsformen, aber der Geist, der die Zeremonie belebte, fehlte mehr. Der Schatten blieb immer noch, aber die Substanz war verschwunden, was einen Mantel der Fröhlichkeit und Brillanz über die Vorgänge von Wetheral Castle warf.

Kapitel XVI.

Nichts konnte Tom Pynsents Freude übertreffen, sich selbst in England und in Hatton wiederzusehen. Die Wetheral- Gruppe wurde von der warmherzigen, liebevollen Mutter eingeladen, der Ankunft ihres Sohnes beizuwohnen und sich über seine „zweite Geburt" zu freuen; und eine große Gruppe von Verwandten wurde eingeladen, in Hatton zu speisen und seine Rückkehr zu feiern. Mrs. Pynsent wünschte sich besonders, dass Christobelle bei dieser Gelegenheit erscheinen würde. Sie meinte, die Kleinen hätten in der Ehe genug gelitten; und da „das arme Mädchen noch nicht alt genug war, um den Männern hinterhergejagt zu werden", meinte sie, dass man dem schlaksigen Ding erlauben sollte, sich ein paar Jahre lang zu amüsieren und seine Freuden damit zu beginnen, dass es sich über Toms Ankunft freut. Sir John Wetheral entschied, dass Christobelle die Einladung annehmen sollte; und seine Dame erhob keine Einwände, obwohl ihre Tochter ihre Bemerkungen nicht befriedigte.

„Oh! Gehen Sie auf jeden Fall, Bell, denn Mrs. Pynsent möchte, dass Sie Anna Maria kennenlernen. Sie und Ihr Vater müssen natürlich zu zweit jagen; Ihre Geschmäcker sind so ähnlich und so angenehm. Ich bin viel zu nervös dazu." Schließen Sie sich dieser groben Gruppe an. Natürlich wird Mrs. Hancock da sein; ich kann nicht in Mrs. Hancocks Gesellschaft sitzen. Anna Maria wird mich eines frühen Tages besuchen. Ich muss Sie bitten, sich nicht so vulgär zu färben , wenn jemand da ist spricht Sie an, und versuchen Sie, sich nicht so hungrig und durstig an den Tisch zu setzen, wie Sie es zu Hause schaffen. Beten Sie, essen Sie eine Mahlzeit, bevor Sie aufbrechen, um diesen furchtbar ausgehungerten Blick zu vermeiden, Bell."

„Ich bin immer hungrig nach Bewegung, Mama."

„Nichts kann so unerträglich an schlechtem Geschmack sein. Ich werde nicht in Hatton sein, um unter Ihrer unersättlichen *Enthüllung zu schaudern* , aber ich kann mir vorstellen, dass Sie tausend Fehler begehen. Ich hoffe, dass die Farnboroughs nicht anwesend sein werden, um meine jüngste Tochter zu beobachten. Ich nehme an, ich." Ich muss damit zufrieden sein, einsam zu bleiben und mich für diesen Tag Bevans Aufmerksamkeiten zu unterwerfen. Die frühe Heirat meiner Töchter hat mich zu einem armen, einsamen Wesen gemacht."

Christobelle war bestrebt, nützlich zu sein, und sie versuchte, fröhlich auszusehen, als sie ausrief:

„Dann bleibe ich bitte zu Hause, Mama."

„Nicht als *Begleiter*, Bell. Ich kann mir nicht vorstellen, dass Sie sich als mein Begleiter anbieten. Oh nein! Gehen Sie auf jeden Fall mit Ihrem Vater."

Christobelle war es gewohnt, mit Gereiztheit behandelt zu werden; Es war vergeblich, auf eine Besserung zu hoffen, und ihre Freude über den Gedanken an ihren Besuch schützte ihr Herz vor diesem Schlag. Wie ermüdend war es, zu versuchen, einem zu gefallen, und doch immer erfolglos zu bleiben! Aber der Besuch in Hatton würde viele Verärgerungen ausgleichen: Sie freute sich mit größter Spannung auf die erste Verabredung zum Abendessen, die ihre Existenz verändert hatte; und sie war doppelt dankbar, dass ihr erster Auftritt in der Öffentlichkeit ohne die ängstliche Begleitung durch die Anwesenheit ihrer Mutter stattfinden konnte. Ihr Vater war sicher freundlich und ermutigend. Wie langsam schienen die Tage zu vergehen, bis sie sich für die Festlichkeiten von Hatton anziehen konnte!

Pynsents Ankunft versammelte sich eine ausgewählte Anzahl von Freunden in Hatton . Sir John Wetheral und Christobelle trafen zuerst ein, und die Wycherlys , Charles Spottiswoode und Mrs. Hancock folgten in ihrer eigenen Reihenfolge. *Sie* durften „ Toms" Wiedereintritt in Hatton miterleben – sie allein sollten Zeuge der ruhelosen Freude und Erwartung sein, die in Mrs. Pynsents Herzen und Augen schwelgte . Keine andere hatte den Anspruch, sich in das Glück ihres Sohnes einzumischen oder die ersten Worte, den Blick und die liebevolle Umarmung ihres einzigen Kindes mit sich zu teilen.

Mrs. Pynsent wanderte durch die Räume und schlenderte durch die Halle, während die Zeit auf den erwarteten Moment des Treffens zuging. Die Hunde waren mit dem Peitschenhund im Park stationiert, um ihren Herrn zu begrüßen und ihm Ehre zu erweisen , indem sie tief und laut bellten, als er sich seinem Haus näherte. Die Männer wurden nach Mrs. Pynsents Wunsch in ihre Jagdkostüme gehüllt , damit ihr eigener lieber Junge von allem umgeben sein könnte, was er am meisten liebte, und zwar in der Art und Weise, wie er sie am meisten gefiel, „denn ob verheiratet oder unverheiratet, ihr Tom würde die Hunde und seine lieben." alte Mutter bis ans Ende der Zeit. Mrs. Hancock saß still und still da, bis die unruhigen Bewegungen ihrer Schwester ihre Aufmerksamkeit erregten.

„Ich sage, Pen, du hast die Staffelung."

„Wie kann ich still sein, Sally Hancock, wenn ich Tom erwarte? Ich kann dort nicht wie Bobby sitzen. Schauen Sie sich Bobby an, der mit gekreuzten Beinen da sitzt und sein Gesicht so ruhig ist, als wäre Tom kein Sohn von ihm. "

Pynsent zurief : „Ich sage, Bob Pynsent , Pen könnte ..."

Mrs. Pynsent wandte sich schnell ihrer Schwester zu.

„Sally Hancock, sei jetzt ruhig. Du weißt, dass auch Tom und Bobby deine Witze nicht ertragen werden. Wenn du anfängst zu scherzen, wirst du zu Lea zurückgeschickt, bevor Tom eintrifft.“

Mrs. Hancock ließ sich von der Drohung nicht im Geringsten aus der Fassung bringen.

„Keine deiner großartigen Waffen, Pen. Ich bin so still wie eine Maus. Ich dachte jedoch, ich sollte nie wieder schweigen, als wir Charley Snooks an diesem Renntag in der Kabine erwischten.“

„Sally Hancock, an welche Dinge erinnerst du dich? Werden wir jemals vergessen, wie wir uns in die Grube des Schauspielhauses quetschten und Polly Sydenham dabei erwischten, wie sie uns aus dem Nebenkasten schleppte?“

Wieder waren beide Schwestern in eine Aufzählung vergangener Vergnügungen versunken und lachten maßlos, als die Hunde ihren Schrei ausstießen und in voller Jagd um die Anhöhe des Parks rannten, der vor dem Eingang von Hatton lag. Sie wurden auf die Fährte eines Herings gelegt, der zuvor um den Hügel herumgeschleppt worden war , sobald die Reisekutsche in die Hütte einfuhr. Dies war Mrs. Pynsents besonderer Befehl. Sie war entschlossen, die Ankunft ihres Sohnes auf eine Weise zu feiern, die seinem Geschmack und seinen Gefühlen am besten entsprach, und ihr Herz veranlasste diese Art, ihre Freude über seine Rückkehr zu bezeugen. Der Schrei der Hunde war ein Signal, zur Hallentür zu rennen, und Tom Pynsent schwenkte seinen Hut und jubelte mit aller Kraft, während die Kutsche die Serpentinenstraße vom Tor der Hütte hinaufjagte. Mrs. Pynsent war in ekstatischer Freude.

„Hier, hallo, Bill! Hol das Pferd deines Herrn in einer Minute heraus; er ist seit zwei Stunden gesattelt. Ich weiß, was mein Tom tun wird; seine alte Mutter kennt ihn gut. Jack Ball! Mach dich auf den Weg und treibe die Fohlen.“ in den Park. Macht mit, Jungs! Seht ihn an – segne ihn! Kommt, Sally Hancock, lasst uns Tom anfeuern.“

Sally Hancock war nichts Schlechtes; Sie schulterte ihren Stock mit der Miene eines Korporals, und beide Damen erschreckten ihre Begleiter, indem sie ein lautes und langwieriges Huzza von sich gaben. Tom Pynsent antwortete auf den Ruf. Sein Körper war halb durch das Wagenfenster gedrängt, während er weiter winkte und auf die Szene vor ihm zueilte . Endlich fuhr die Kutsche vor, und Mrs. Pynsents Arme umschlangen noch einmal ihren lieben Sohn. Sie hing entzückt um seinen Hals.

„Mein gesegneter Tom, mein einziger und süßer Junge, deine arme Mutter freut sich, dich wieder zurück zu haben. Den Hunden und Fohlen geht es gut, Tom, den Hunden geht es allen gut, mein Tommy. Deine arme Mutter hat sich gut um sie gekümmert. Und Da ist dein Vater, Tom, der darauf wartet, dir die Hand zu schütteln – und hier ist Sally Hancock!"

Mrs. Pynsent zog widerwillig ihre Arme zurück, und ihr Sohn trat vor, um seinem Vater die Hand zu schütteln. Mr. Pynsents mildes Gesicht strahlte vor Freude, als er ihm zu seiner Rückkehr gratulierte und gestand, wie sehr er seine Gesellschaft vermisst hatte. Tom Pynsent war in Tränen aufgelöst, als er sich auf Hatton-Gelände wiederfand und den liebevollen Reden lauschte, die wieder in reinem Englisch gehalten wurden. Er schüttelte jedem die Hand und grüßte jede Dame.

„Wie geht es euch allen? Wie geht es euch, meine dicke Tante, Hancock? Wie geht es euch, Pen? Warum, Spottiswoode , habt ihr darauf gewartet, dass ich der Mann eures Bräutigams bin? Wie geht es euch, Sir John? Das habe ich." brachte meine kleine Frau nach Hause, ganz rosig, sehen Sie – hier ist sie. Also, kleines Fräulein mit dem langen Namen, wie geht es dir? Bei meiner Seele, ihr seht alle nach ‚Gras'!" Tom Pynsent hielt seine Hand an seinen Mund, und wandte sich wieder der Flurtür zu.

„Tally-ho, da! – Bring sie vorbei , Barton!"

Das gesattelte Pferd wurde herbeigetrabt, und Tom Pynsent sprang auf seinen Rücken. Er winkte der Firma zu.

„Ich verwende keine Zeremonien. – Ein Galopp durch den Park, und ich bin wieder unter euch. Tally-ho, da. Tally-ho!"

Das tapfere Ross stürzte und bäumte sich unter dem gespannten Zügel auf, während sein Herr sprach; aber im nächsten Augenblick stürzte er von der Tür, und man sah das Pferd und seinen Reiter durch den Park fliegen, gefolgt von der ganzen Schar an Hunden und Begleitern. Frau Pynsent blickte ihrem Sohn mit stolzer Freude nach.

„Ich sage, Bobby, da geht er! Habe ich dir nicht gesagt, dass er seine Hunde gerne um sich sehen würde? Gott sei Dank, seine Mutter kannte seinen Geschmack. Da ist seine kleine Frau, die mit ihrem Vater weggegangen ist! Sie bleibt nicht dabei." Schau dir Tom an. *Sie* kümmert sich nicht um seine Launen, Sally Hancock – wie sollte sich ein Wetheral um irgendetwas kümmern ? – Ich kann und kann eine Frau nicht ertragen, der Toms Launen gegenüber gleichgültig sind. "

„Gang nicht gegen die Wetherals , Pen; es ist nur die alte Dame: *Sie* können ihrer Mutter nicht helfen."

„Wie gut sitzt Tom auf einem Pferd!" fuhr Mrs. Pynsent fort , die weder ihren Blick noch ihren Geist für einen Moment von einem Gegenstand abwenden konnte. „Da ist er, Hals hin oder her!"

Mr. Pynsent erinnerte seine Dame daran, dass Anna Maria im Wohnzimmer war und dass sie sie kaum willkommen geheißen hatte. Mrs. Pynsent schnippte mit den Fingern.

„Tom ist mein Sohn, und ich werde mich um niemanden kümmern, bis er zurückkommt. Pen ist bei der jungen Frau. Ich werde mich nicht rühren, bis Tom zurückkommt. Wenn die junge Frau Tom so lieben würde, wie ich ihn liebe, würde sie zuschauen." Er war voller Freude dort und sah so gutaussehend und glücklich aus! Ich mag es nicht, dass sie Tom verlassen hat!"

Frau Hancock war ganz ihrer Meinung, und Frau Pynsent wurde durch ihre Koalition aufgeweicht.

heute hier speisen, wenn Sie versprechen, ruhig zu sein."

„Nun, Pen, was soll ich *jemals* sagen?"

„Ich habe Angst vor dir, Sally Hancock. Du weißt, dass Tom und Bob deine Bemerkungen nicht ertragen werden. Du weißt, dass du nie für die Damengesellschaft geeignet warst, nachdem du diesen Hancock geheiratet hast."

„Was war mit Hancock los, außer dass er betrunken oder wütend war, Pen?"

„Versprichst du mir, still zu sein, wenn ich dich zum Abendessen auffordere, Sally Hancock?"

„Ich werde es versuchen, Pen."

„Ich glaube, du musst schließlich zu Lea zurückkehren, Sally Hancock. Tom wird sehr wütend sein: Er kann deine Bemerkungen nicht ertragen."

heute sehr gut sein : Das werde ich *tatsächlich* , Pen."

Christobelle blieb an der Flurtür stehen, um den jubelnden Anblick der Hunde zu genießen und Tom Pynsents Vergnügen zu beobachten. Als diese Darstellung aus ihrem Blickfeld verschwunden war, flog sie wieder in den Salon und setzte sich zu Anna Marias Füßen. Christobelle blickte ihre Schwester an und bildete sich ein, dass die viermonatige Abwesenheit eine Veränderung bewirkt hätte. Mrs. Tom Pynsent sprach wortgewandt, und ihre Art war weniger schüchtern und angenehm. Ihre einst blassen Wangen waren sehr gerötet , und ihre Augen leuchteten unnatürlich hell und funkelnd: Insgesamt fand Christobelle , dass sich ihre Schwester Pynsent sehr verändert hatte. Als sie erneut einen Gruß von ihren Lippen und ein kurzes Kompliment über ihr Wachstum und ihr Aussehen erhalten hatte, setzte Anna Maria ihre Rede fort.

„Oh, mir gefiel in Paris alles außerordentlich, was die Gesellschaft anging: alles essbar, schockierend – aber der Graf de Nolis versicherte mir, dass die Verbesserung begonnen habe und bei seiner Rückkehr sehr offensichtlich sein würde. Tom mochte Paris nicht. Er verspürte einen Mangel an Sport und lauten Beschäftigungen , die den Parisern zuwider sind. Der Graf de Nolis stellte uns viele entzückende französische Familien vor. Ich muss gestehen, dass es mir zunächst nicht gefallen hat, aber es tat mir leid, Paris verlassen zu müssen. Die englischen Bräuche sind im Vergleich zur Bequemlichkeit der französischen Gesellschaft so ermüdend!“

Sir John Wetheral blickte überrascht über Anna Marias Gefühle und warf einen besorgten Blick auf Christobelle , die dasaß und ihre Schwester anstarrte. Miss Wycherly war über die Veränderung ihres Benehmens überaus amüsiert und amüsierte sich damit, Anna Marias Bemerkungen hervorzurufen. Sie erkundigte sich, wer der Graf de Nolis sei, der in ihrem Gefolge eine so große Rolle spielte.

„Der Graf! Oh, das liebste und lebhafteste Geschöpf, das Sie je gesehen haben. Er ist verlobt, Tom, oder besser gesagt mir, einen Besuch abzustatten, denn ich glaube nicht, dass Tom ihn mochte. Er wird uns im Herbst besuchen. Ich war verpflichtet.“ eine französische Magd nach Hause zu holen, um mich anzuziehen, denn die Zofe einer Dame hier ist nur geeignet, eine englische Frau anzuziehen.“

„Haben Sie auf den Titel einer Engländerin verzichtet, Anna Maria?“ fragte ihr Vater ernst.

„Nein, in der Tat, Papa. Ich werde immer Engländer sein; aber Félicé hat eine solche Art, Farben zu mischen und Kleider zu machen ! – Das müssen Sie selbst beurteilen. Gibt es heute beim Abendessen eine Party? Sollen wir eine *Soirée veranstalten* ?“

Mrs. Pynsent und ihr Sohn betraten den Raum, gefolgt von Mrs. Hancock, während Anna Maria sprach. Tom Pynsent ging auf seine Dame zu.

„Nun, kleine Frau, plaudern Sie! – Sehen Sie, Sir John, wie rosig wir von unserer Reise sind? Ich wünschte, Sie hätten sehen können, wie sie mit De Nolis redete und zwitscherte . Sie wären überrascht gewesen.“

„Mein Himmel! Was für ein paar bemalte Wangen!“ rief Frau Pynsent mit entsetztem Ton aus.

„Ein paar von was?" rief ihr Sohn schnell. Anna Maria wurde merklich beunruhigt: Ihr Mann musterte sie mit Blicken vollkommener Befriedigung und Bewunderung, ohne sich der Ursache ihrer Aufregung bewusst zu sein.

„Ja, sie ist jetzt rosig genug, Gott segne sie! Ich bin froh, dass Frankreich solche Wunder für meine Frau getan hat: Sie sah so gesund aus wie die Besten in Paris. De Nolis riet ihr zunächst, Rouge zu verwenden. Nein, nichts davon , sage ich. Keine meiner Frauen soll malen wie Jezebal . Ich hatte recht, wissen Sie, denn ihre Wangen erblühten bald wie eine Rose – nicht wahr?" fügte er hinzu und warf ihr einen Schlag unters Kinn.

Miss Wycherly lächelte. Anna Maria gewann ihre Selbstbeherrschung zurück und begann eine Tirade gegen die englische Tracht, ohne auf die Bemerkung ihrer Schwiegermutter zu antworten. Sie sprach so viel schneller, als „Miss Wetheral " jemals gesprochen hatte. Sie schien eine so große Wachsamkeit in Sprache und Verhalten erlangt zu haben – so viel Offenheit bei ihren Bemerkungen –, ihre Augen waren so hell und ihre Wangen trugen eine so tiefe *rosa Farbe* , dass Christobelle mit starrer Aufmerksamkeit da saß und ihre Bewegungen beobachtete. Sie fand, dass Anna Maria sich persönlich bemerkenswert verbessert hatte; sie bewunderte die Lebhaftigkeit ihres Gesichtsausdrucks und ihres Auftretens; aber sie war nicht mehr die schlichte und elegante Anna Maria, so sanft und so sanft – dass viele Meinungen sie für fade gehalten hatten. Alle schienen sie mit nahezu gleicher Überraschung und Aufmerksamkeit zu beobachten. Mrs. Pynsent stand da, die Arme in die Seite gestemmt, und ihr Blick war auf ihren Sohn gerichtet; aber die anderen hörten Mrs. Tom Pynsent alle aufmerksam zu , während sie sich über die schreckliche *Tournee* der englischen Modefrau äußerte.

„Ich versichere dir, Penelope, du konntest eine Engländerin sofort erkennen , wenn sie auf der Straße auftauchte. Ihr Gang ist fest und gut, aber ihr Schal und ihre Haube sind nur englisch. Ich habe so einen Vortrag von De Nolis gehalten! Er hat mich dazu gebracht, beiseite zu legen." alle meine Shropshire-Habitionen, und ich musste von Le Boi komplett umgerüstet werden .

„Nun, bei Jupiter!" rief Tom Pynsent , „das war nicht *meine* Schuld: De Nolis war der Favorit der Damen , und er verdrehte meiner kleinen Frau in Sachen Kleidung den Kopf. Sie gefiel mir genauso gut in ihrem dicken Seidenpelz, der mich an Wetheral und Shrewsbury erinnerte." ."

Anna Maria legte spielerisch ihre Hand auf die Lippen ihres Mannes.

„Sei ruhig, Tom, und sei nicht so sehr englisch."

Tom Pynsent küsste die kleine Hand, die das Schweigen erzwang, und hielt sie in seiner eigenen großen Handfläche. Anna Maria rückte ihren Stuhl näher an ihren Mann heran und setzte ihre Rede fort, indem sie ihren Kopf an seine Seite lehnte, als er in der Nähe stand.

„Auf mein Wort, Papa, ich mochte Paris sehr, aber Tom beschwerte sich darüber und mochte jenes nicht. Er wollte sein Abendessen nicht essen, weil es aus geschmorten Fröschen bestand; er sagte, er würde keine Frösche essen – er würde keinen sauren Wein trinken – Er würde nichts tun, um sich wohl zu fühlen.

„Ich wollte in vierzehn Tagen nach Hause kommen", sagte Tom, immer noch mit der Hand seiner Dame spielend; „Aber meine kleine Frau wollte nicht auf mich hören. De Nolis und sie selbst führten mir einen hübschen Tanz vor, das kann ich Ihnen sagen. Hören Sie mich, wenn ich ihren Jargon in Paris verstand, und ich kannte nur Jack Smith und Tom Biddulph, um zu reden mit. Spottiswoode war in Florenz; De Nolis plapperte überall mit meiner Frau herum , während ich und Jack uns damit amüsierten, Biddulph zu befragen. Meine Frau hatte nie die Muße, nach Hause zu schreiben oder mit *mir zu reden* ."

„Mein lieber Tom!"

„Nein, ich schwöre, du hast immer mit diesem Franzosen und seinem verfluchten gebrochenen Englisch gelacht und geredet."

„Aber wer hat mich jemals ohne *dich gesehen* , Tom? Und welches Vergnügen hätte ich gehabt, wenn du nicht in meiner Nähe gewesen wärst?"

Anna Maria drückte die Hand ihres Mannes mit einer so liebevollen Miene und Art, dass alle Anwesenden sich ihres häuslichen Glücks sicher waren. Das ausdrucksstarke Gesicht ihres Vaters wurde lebendiger, und Mrs. Pynsent gab Anna Maria fast unwillkürlich einen überraschenden Schlag auf die Schulter, während sie rief:

„Ich bin eine glückliche Frau, da mein Tom von uns allen gleichermaßen geliebt wird. Ich sage dir was, junge Frau, ich dachte, du könntest meinen Sohn nicht lieben, weil du nicht geblieben bist, um seine Freude mit den Hunden mitzuerleben; aber jetzt Ich sehe, dass du ihn *liebst* , obwohl du die Zuneigung seiner alten Mutter nie verstehen wirst.

Anna Maria zuckte bei dem Schlag zusammen, aber sie reichte Mrs. Pynsent die Hand und versicherte ihr, dass jeder Tom, der bei ihm lebte, lieben müsse. Er hatte sich gegen seinen Willen in Paris aufgehalten, um *ihr zu gefallen* . Um *ihr Genugtuung* zu verschaffen, hatte er jede unangenehme Belästigung stillschweigend erduldet ; und Tom hatte nie Einwände gegen irgendeine Laune oder Unterhaltung gehabt, die sie selbst brauchte. Wie könnte sie dann anders vorgehen, als ihn über jedes irdische Geschöpf hinaus zu lieben?

Tom Pynsent sah während des Dialogs, der zwischen seiner Frau und seiner Mutter stattfand, völlig erstaunt aus. Es kam ihm nicht in den Sinn, dass die Liebe seiner Anna Maria weniger aufrichtig war als die Zuneigung seiner Mutter, und was die Rekapitulation seiner Tugenden durch seine Frau anbelangte: „Wer zum Teufel hat eine Frau geheiratet, wenn er ihr nicht nachgeben wollte?"

Diese kleine Szene und Anna Marias öffentliche Aussage zugunsten der Güte ihres Mannes hatten jedoch große Auswirkungen, so natürlich und ahnungslos sie auch gesprochen worden war. Mrs. Pynsent war von der einfachen und liebevollen Aussage ihrer Schwiegertochter entzückt und sie war das Hauptstück in Hatton. Von diesem Augenblick an warf Mrs. Pynsent jedes gute Gefühl auf Anna Marias Seite ; und ihre Zuneigung zu ihrer Tochter drohte der Zuneigung zu entsprechen, die sie zu ihrem Sohn hegte. Sie sagte zu ihrer Schwester Hancock, Anna Maria könnte ihre Wangen so scharlachrot anmalen wie das Kleid der babylonischen Frau, wenn sie wollte, *sie* würde keine Einwände erheben. Sie kümmerte sich nur um Tom, und wenn seine Frau ihn liebte und glücklich machte, konnte sie so viel von diesem Franzosen malen und reden, wie sie wollte.

Die Dinnerparty erschien Christobelle als das *Nonplusultra* menschlichen Glücks. Jedermann kümmerte sich um sie; und niemand schien von ihrer Unbeholfenheit oder der Vulgarität ihrer Manieren überrascht zu sein. Lady Wetherals suchendes Auge war nicht zu sehen; Ihre strengen Bemerkungen hörten sich nicht an, und sie genoss tiefen inneren und körperlichen Frieden. Keine spätere Dinnerparty hatte jemals eine vergleichbare Wirkung auf ihren Kopf und ihr Herz wie dieser Tag. Sie saß zwischen ihrem lieben Vater und Charles Spottiswoode , genoss ihre Unterhaltung und blickte in glückliche Gesichter. Miss Wycherlys lebhafte Stimmung war immer amüsant, und ihre lebhaften Dialoge mit ihrem Cousin Tom erschienen Christobelle als die konzentrierte Essenz von Witz und Klugheit: Sie lachte den ganzen Abend über hemmungslos und freudig.

Sir Foster Kerrison und Clara gehörten zusammen mit Lucy zu den Gästen des Abendessens. Claras Gesichtsausdruck war äußerst hochmütig, und sie blickte Sir Foster während des Abends weder an, noch sprach sie ihn an. Sir Foster selbst hatte seit seinem letzten Auftritt sein gewohntes „ *far niente* " wiedererlangt . Als die Herren auf die Einladung zum Tee in den Salon zurückkehrten, ließ sich Sir Foster in einem Sessel nieder, ohne einen seiner Nachbarn anzusprechen . Er betrachtete die Vergnügungen und die verschiedenen Gruppen mit einem Lächeln, während er bis zu seiner äußersten Länge dasaß; Sein Auge blinzelte mit erträglicher Schnelligkeit, und ein gedämpftes Lachen von Zeit zu Zeit zeigte, dass sein Geist Freude an einem Teil der Unterhaltung hatte, der von Zeit zu Zeit an sein Ohr drang. Clara allein bewahrte vor allen ein hochmütiges Schweigen und wirkte kalt und empört. Lucy Kerrison, deren Alter dem von Christobelle am nächsten kam , saß nach dem Tee neben ihr und vertraute ihr an, wie sie Ripleys Nöte gehört hatte.

„Ich erkläre, Miss Wetheral , Ripley ist einsamer und unangenehmer als je zuvor. Papa und Clara streiten sich so schrecklich, dass wir nicht erwarten können, dass sich jemand dem Haus nähert." Hier senkte Lucy ihre Stimme. „So eine Szene gab es an dem Tag, als Papa Clara von Wetheral wegbrachte ! Oh! Miss Chrystal, was für schreckliche Dinge sie zueinander gesagt haben! Papa ist, wissen Sie, sehr gewalttätig, obwohl er so still und still aussieht, und Clara war sehr provozierend. Papa hat sie einmal geschlagen, und doch hat sie nicht geschwiegen; sie war sehr unverschämt, und Papa hat gedroht, sie vor dem Butler aus dem Haus zu werfen. Es war sehr schrecklich. Nun, Clara ist weggelaufen, und Papa, wissen Sie , brachte sie zurück. Meine Güte! Wie hat Clara ihn im Flur vor allen Dienern beschimpft! Papa hat da nur gelacht. Ich versichere dir, sie haben sich heute Morgen schlimmer denn je gestritten ; Papa vergisst es, sobald es vorbei ist, aber Clara macht sich weiterhin Sorgen , Sorge, Sorge, bis ein neuer Streit beginnt. Ich wünschte, jemand würde mich bitten, bei ihnen zu bleiben: Lady Wetheral hat versprochen, mich bei sich zu haben; aber ich wurde nie gefragt, seit Clara Papa geheiratet hat.

Christobelle erwähnte die Krankheit ihrer Mutter und ihre Niedergeschlagenheit.

„Es tut mir sehr leid. Ripley ist jetzt nichts weiter als ein Schauplatz von Streitereien. Mir war Claras Temperament gegenüber Wetheral nicht bewusst ihre Entschlossenheit, das letzte Wort zu haben. Was kann es bedeuten, wer in einem Streit das erste oder letzte Wort hat?"

Christobelle war ebenso überrascht von Lucys Beschreibung von Claras Talent zum Quälen. Sie wusste, dass ihr Gemüt sehr warmherzig war und dass sie zu Gewalt angeregt werden konnte; aber sie hatte nie die Neigung gezeigt, zu provozieren. Christobelle hatte sie immer für zu stolz gehalten, um mutwillig zu provozieren, und für zu gleichgültig gegenüber ihrem Mann, um eine Auseinandersetzung zu ertragen, nachdem die Sache vorbei war, was Unmut hervorrief. Claras schlimmste Gefühle wurden vielleicht durch Sir Fosters Gewalttätigkeit in die Tat umgesetzt. Hätte ihr gutes Genie eingegriffen, um die unglückliche Vereinigung zweier so unpassender Wesen zu verhindern , wäre Clara eine glücklichere und bessere Frau und Sir Foster eine respektablere und intelligentere Nachbarin und Freundin gewesen. Christobelle blickte Clara an, während Lucy ihre Bemerkungen fortsetzte, und bemerkte, wie sie die Stirn senkte und ihren hübschen Mund zusammenpresste. Der Grund für den Streit am Morgen war, wie Lucy darlegte, in der Tat leichtfertig und in seiner Torheit erbärmlich.

„Dieser schreckliche Fischhändler war heute Morgen in Ripley, und Clara fing wieder an, Papa mit der alten Angelegenheit zu ärgern – meine Güte! Wie sehr hat sie ihn geärgert! Naja, Papa vergisst im Moment nie, sich zu rächen, also ging er in die Dienerschaft Die Halle, und brachte einen großen Fisch ins Wohnzimmer – Gott, wie er roch! Papa kicherte sehr, also wusste ich, dass er Unfug schmiedete; und er warf das Tier in Claras Schoß, auf ihr wunderschönes Seidenkleid – auf meinen Ehre ! Clara sagte ihm, er sei ein Rohling, zu brutal für seine eigene Dienerschaft; und es gab so einen Dialog! Ich rannte weg; aber die Diener lauschten an der Tür und hörten alles. Pelham sagt, es sei ein richtiges Billingsgate gewesen auf der Seite des Papas, und auf der Seite der Clara erst kurz davor. Papa hat es jetzt vergessen; aber Clara wird sich noch einen Monat lang daran erinnern.“

Das war eine traurige Aussicht: Clara, so jung und unerfahren, war bereits mit Meinungsverschiedenheiten verbunden und begann ihre junge Karriere voller Bitterkeit! Clara, voller Elan und energischem Charakter, vertiefte die Schatten des Bösen durch einen unweiblichen und ungebührlichen Streit mit dem Ehemann, den sie gegen den Willen ihres Vaters gewählt hatte. Was muss die Folge sein, dass die starken Leidenschaften zwischen Sir Foster und Lady Kerrison ständig aufeinanderprallen , da ihre frühe Ehe so uneinig war? Miss Wycherly sprach besorgt und gefühlvoll mit Anna Maria über das Thema.

„Dies ist ein schreckliches Spiel, meine liebe Frau Tom, und Ripley wird das Grab der Seriosität Ihrer Schwester sein. Die Streitigkeiten der Kerrisons sind bereits Gesprächsthema an jedem Tisch, an dem Ihre Familie nicht anwesend ist. Können Sie Lady Kerrison dazu raten?“ Sei geduldig? – wird sie jede Einmischung ertragen?“

Anna Maria hoffte auf alles, als sie sich in Hatton besser einlebten. Tom würde sich vielleicht ein wenig einmischen, und wenn irgendjemand etwas bewirken könnte, wäre es sicher Tom, er hatte so ein besonders angenehmes Wesen. Sie würde mit Tom über das Thema sprechen.

Claras Augen richteten sich auf die Gruppe und sie erhob sich, um sich ihnen anzuschließen.

„Worüber redet ihr alle so ernsthaft?“ Sie beobachtete, wie sie Platz für sie machten. Sie setzte sich zwischen ihre Schwestern. „Machen Sie mit Ihrem Thema weiter: Was war das?“

Miss Wycherly antwortete für alle.

„Wir haben über die Ehe gesprochen, Lady Kerrison.“

Claras Augen funkelten in tausend Feuern, als sie leicht mit der Hand wedelte.

„Lassen Sie mich mit Ihnen fortfahren, Miss Wycherly , denn ich kann aus Erfahrung sprechen. Wer ist der Anwalt für diesen Staat? Ich bin entschieden auf der anderen Seite.“

„Wir haben nur beobachtet, wie viel Macht die Frau durch Sanftmut, Geduld und sanfte Worte über den Geist des Mannes besaß, unter Prüfungen, meine liebe Lady Kerrison.“

„Sanftmut! Geduld!“ bemerkte Clara mit einem verächtlichen Lachen : „Fragen Sie mein Tier geduldig etwas !“

Anna Maria ergriff ihre Hand, als sie sie Sir Foster verächtlich entgegenstreckte.

„Nun, liebe Clara, sei nicht energisch. Ich werde Tom fragen, was er denkt. Tom sagt Dinge immer so angenehm.“

„Ich werde sagen, was wahr ist, wenn es sich als unangenehm erweist“, antwortete Clara, indem sie ihre Hand aus Anna Marias leichtem Griff zurückzog und mit einer anmutigen Bewegung ihre Aufmerksamkeit wieder auf Sir Foster richtete, der schweigend dasaß und mit den Augen zwinkerte. „Wenn es ein Geschöpf gibt, das geboren wurde, um der Frau ein Segen zu sein – geduldig, sanft und interessant – dann schauen Sie sich *diesen* Mann an.“

Sir Foster zwinkerte heftig. Anna Maria beugte sich zu Lady Kerrison.

„Still, meine liebe Schwester. Beleidigen Sie Sir Foster nicht, ich flehe Sie an. Beten Sie, dass Sie nicht die Aufmerksamkeit der Leute auf sich ziehen. Meine liebe Clara, haben Sie Nachsicht!“

„Nein, er ist an sich schon attraktiv genug“, bemerkte Lady Kerrison mit erhobener Stimme; „Kein Wort von mir kann ihn unter der rohen Schöpfung höher erheben, als er seiner Natur nach steht.“

Frau Tom Pynsent war über die Dreistigkeit ihrer Schwester beunruhigt und winkte ihrem Mann, der neben Frau Tyndal saß , sich dem kleinen Kreis anzuschließen. Er rückte sofort vor.

„Nun, meine kleine Frau, was wünschst du dir? Der liebe Graf ist nicht hier, oder? Deshalb willst du *mich* unter dir haben.“

„Jetzt sei still, Tom.“ Mrs. Tom Pynsent blickte sich um und entdeckte einen ausgerückten Stuhl. Ihr Mann bemerkte den fragenden Blick und setzte sich auf den Teppich.

„Nun, wozu wurde ich nun gerufen?“

„Mein lieber Tom“, antwortete seine Dame lächelnd, „ich wünsche mir insbesondere, dass Sie mir vor den hier versammelten jungen Damen Ihre Meinung zum Thema Ehe mitteilen.“

„*Meine* Ehe, bitte“, bemerkte Lady Kerrison, „werden Sie gebeten, sich einen umfassenden Überblick über *meine* Ehe zu verschaffen.“ Sie blickte hochmütig zu Sir Foster, der in Hörweite saß. „Da sitzt mein Tier: Sollen wir uns für die Art entscheiden?“

„Still, Clara, still!“ flüsterte Frau Tom Pynsent leise .

„Meine liebe Lady Kerrison!“ platzte aus den Lippen von Miss Wycherly .

„ Jeder hat einen Namen und einen Platz“, fuhr Lady Kerrison fort, ohne Rücksicht auf alle Vorsicht und Ratschläge. „Beten Sie, Tom Pynsent , bringen Sie Ihre Meinung so klar zum Ausdruck wie ich meine und sagen Sie mir, was eine Mutter verdient, die ihr junges und ahnungsloses Kind mit einem Untier verheiratet, ohne über ihr zukünftiges Schicksal nachzudenken? Beten Sie, Tom Pynsent , was ist das?“ Wird es in dumpfem Elend ruhen oder wird der empörte Geist seine Fesseln sprengen?“

Tom Pynsent tat so, als wüsste er nicht, was Lady Kerrison meinte: Er sah, wie Miss Wycherly und Lucy Kerrison Sir Foster alarmierte Blicke zuwarfen, der sehr schnell zwinkerte; Er sah auch, wie seiner Frau Tränen in die Augen stiegen – es musste etwas getan werden: Er stand hastig auf.

„Anna Maria, das ist eine sehr *englische* Party, ganz nach deinem kleinen, protzigen, neuen Geschmack! Dein französischer Graf hätte dich belehrt, weil du so lange an einem Ort gesessen hast . Komm, Chrystal und Lucy, lass uns ein Rundenspiel spielen oder …“ ein Country-Tanz. Wer wird uns einen Country-Tanz vorspielen? Stift, rassel mit den Tasten für uns.

Miss Wycherly war begierig darauf, die Konferenz aufzulösen, und sie spielte mit großem Elan ländliche Tänze: So waren bald fünf Paare arrangiert, und Christobelle wurde von Charles Spottiswoode geführt . Als sie am Ende der Vorstellung angelangt waren, wandte sich Mr. Spottiswoode geheimnisvoll an seine Partnerin und erkundigte sich mit leiser Stimme, ob sie in letzter Zeit etwas von oder von Bedinfield gehört habe . Christobelle konnte keine zufriedenstellende Auskunft geben. Sicherlich war kürzlich ein Brief bei Wetheral eingegangen , dessen Inhalt ihr jedoch nicht bekannt gegeben worden war. Mr. Spottiswoodes Antwort war für Christobelle sehr lobend : Sie empfand es außerordentlich.

„Miss Wetheral , ich spreche Sie als keine gewöhnliche Person an; und ich bin überzeugt, dass eine junge Dame, die die Begleiterin von Sir John Wetheral war , über ihr Alter hinaus vorsichtig sein muss. Penelope hat auf mehrere an Lady Ennismore gerichtete Briefe nie eine Antwort erhalten , und ich bin bestrebt, die Ursache zu verstehen. Ihre Schwester ist hoffentlich nicht krank?"

Christobelle konnte nicht einmal diese einfache Frage beantworten ; Sie wusste nichts und hatte nichts über die Ennismores gehört .

„Es ist sehr außergewöhnlich!" war Mr. Spottiswoodes schnelle Antwort, aber es wurde nichts weiter gesagt, denn sie waren wieder unermüdlich mit dem Tanzen beschäftigt, bis Sir John Wetheral um elf Uhr auf seine Tochter zuging und ihr riet, sich auszuruhen, bis die Kutsche angekündigt sei. Als sie sich seinem Wunsch entsprechend hinsetzte, hörte Christobelle , wie Frau Pynsent mit einiger Heftigkeit zu Frau Tyndal sprach.

„Auf mein Wort, es wird bald eine schreckliche Explosion geben: Ich ging zu Sally Hancock in der Ponykutsche, und wer sollte in der Halle sein, wenn nicht diese beiden Leute, die sich gegenseitig beschimpfen. Diese Heiratsvermittlerin hat tausend Sünden zu begehen." Antwort für: Sie wird für all das bezahlen, Jane Tyndal , in der nächsten Welt!"

Christobelle war überzeugt, dass es sich dabei um die Kerrisons handelte. Ihre Augen suchten sie, aber sie befanden sich in keinem der Salons. Voller Angst wandte sie sich an Mrs. Pynsent und erkundigte sich nach Clara.

„Oh! mein Lieber, sie haben sich inzwischen gegenseitig umgebracht, soweit es Absichten gibt. Sie haben vor einer halben Stunde in der Halle gekämpft."

Christobelle wurde vor Kummer blass, und Mrs. Pynsent , deren Herz ebenso gütig war wie ihre Manieren und ihre Ansprache schroff, bedauerte ihre Leiden. Sie legte ihre Hand sanft auf Christobelles Schulter und sprach mit Nachdruck.

„ *Du* kannst nichts dagegen tun, mein armes Mädchen; *du* brauchst dich nicht zu ärgern: Es wird alles an die richtige Person kommen, aber das wirst nicht du sein. Pass nur auf, dass du nicht das nächste Opfer bist, und verkaufe dich selbst." Geld nach Belieben der Leute.

„Oh! Mrs. Pynsent ", rief Christobelle , „Wo ist Papa?"

„Hier, kommen Sie mit mir, junge Dame, und ich bringe Sie zu Ihrem Vater. Erinnern Sie sich jedes Wort in Ihrem Herzen, das *er* ausspricht." Mrs. Pynsent legte Christobelles Arm um ihren Arm und fuhr fort, als sie den Raum verließen: „Einige ihrer Jungen haben sich trotz ihr gut entwickelt. Ich hoffe, das wird es ihr später zeigen. Machen Sie sich jetzt keine Sorgen." , und bringen Sie Ihren armen Vater dazu, sich bei Old Nick zu wünschen: Er wird Trost bei Wetheral wollen , und Sie müssen ihn trösten. Hier, Sir John, ich habe Ihr gutes Mädchen zu Ihnen gebracht: Lassen Sie sie nicht so schnell heiraten „Warte Schafe! Nimm sie in deine Obhut und verstecke sie für die nächsten sieben Jahre."

Sir John Wetheral empfing seine Tochter mit lächelnder Freude, und sie verabschiedeten sich von der übrigen Gesellschaft. Der Tom Pynsents war verlobt, den nächsten Tag in Wetheral zu verbringen , und Frau Pynsent lud sich ein, sie zu begleiten. Sie hatte nicht die Absicht, Tom zu verlassen, gerade als er von fremden Orten zurückgekehrt war. Es mochte die Familienfeier in Wetheral stören , aber sie sah ihm gerne dabei zu, wie er wieder das gute Roastbeef aus Old England und selbst gebrautes Bier genoss, und sie würde ihm nach Old Nick folgen, um ihn so fröhlich und glücklich zu sehen. „Bobby könnte Sally Hancock haben, die ihm Gesellschaft leistet; er hatte nichts gegen sie, wenn er allein war."

Sir John Wetheral bat insbesondere um die Freude an Herrn Pynsents Gesellschaft, um den Familienkreis zu vervollständigen.

„Na ja, ich werde ihm sagen, was Sie sagen", antwortete Frau Pynsent . „Bobby hat diese zwei Stunden geschnarcht: Er kann es überhaupt nicht ertragen, spät dran zu sein. Wir kommen morgen ohne ihn sehr gut zurecht, denn er sitzt nur da und leckt sich die Lippen. Bobby hat nie viel geleuchtet – aber ich werde deine Nachricht überbringen . Sally Hancock wird sich sehr gut um ihn kümmern: Es ist eine Wohltat für sie, wissen Sie."

Der Abschied der Wetherals dauerte ziemlich lange, da sie viele Freunde hatten, mit denen sie sich unterhalten konnten. Miss Wycherly blieb einige Zeit um sie herum, als müsste sie etwas preisgeben, was Mühe erforderte. Sie ergriff plötzlich Sir Johns Hand, als er den Raum verließ, und sagte schnell: „Haben Sie in letzter Zeit etwas von Bedinfield gehört ?"

„In letzter Zeit nicht mehr; warum scheinen Sie so besorgt zu sein, meine liebe Miss Wycherly ?"

„Ich fühle mich wegen Julia sehr unwohl", antwortete sie: „Ich habe drei Briefe geschrieben, ohne eine Antwort zu erhalten. Ich bin sicher, dass die Witwe da ist; und ich bin ebenso sicher, dass sie Julia von ihren Freunden trennt. Julia hat ihre Freunde immer geliebt, und Es stimmt etwas nicht, wenn eine Frau gezwungen ist, ihre alten Gefährten fallen zu lassen. Es ist nicht Julias Schuld; ich werde meine Existenz auf Julias wahres Herz setzen: Irgendwo gibt es Doppeldelikte, Sir John.

Sir John äußerte seine Absicht, Bedinfield in der folgenden Woche zu besuchen, und Christobelle sollte ihn begleiten. Er würde gerne einen Brief von Miss Wycherly überbringen . Miss Wycherly war sehr erleichtert.

„Oh! Wenn Sie gehen, Sir John, wird alles gut. Ich werde die Wahrheit von Ihnen hören, und Sie werden feststellen, wie unverändert die liebe Julia ist.

Sagen Sie ihr von mir, dass meine Liebe und Dankbarkeit unveränderlich ist und dass meine Ihr Zuhause ist für immer und ewig ihr Zuhause. Sag ihr, dass mir ihr Schweigen egal ist, denn das ist es nicht *ihr* Tun; Und auch wenn wir uns vielleicht nie wieder treffen werden, wird sie Julia Wetheral sein , so frisch und liebevoll meine Freundin, wie damals, als sie einen Mann heiratete, der sie nicht verdienen konnte. Sagen Sie ihr das von mir, Sir John.

Miss Wycherly ging mit ihrem Geliebten weiter, und die Wetherals betraten schweigend ihre Kutsche. Sir John seufzte schwer und ließ sich während der Heimfahrt nicht auf ein Gespräch mit seiner Tochter ein: Zweifellos war in seinen Gedanken Bitterkeit. Christobelle verlor alle schmerzhaften Erinnerungen an die Emotionen, die Mrs. Pynsents Gespräch hervorgerufen hatte , und erinnerte sich wohltuend an die Freuden des Tages. Sie hatte sich mit dem reinen, ungetrübten Glück vergnügt, das die Jugend begleitet, bevor sie von Sorgen verfolgt wird und bevor sie Enttäuschungen erduldet. Sie betrachtete diesen Tag als den glücklichsten Teil ihres Lebens. Sie war von allen freundlich und gastfreundlich empfangen worden , und kein Wort des Vorwurfs oder des Ekels war gegen sie gerichtet worden. Alle schienen erfreut zu sein, sie nach Herzenslust essen und tanzen zu sehen. Nichts konnte das Vergnügen dieses Tages übertreffen – nichts hatte es jemals erreicht !

Sir John trennte sich im Flur von seiner Tochter. Er küsste sie wie immer, aber seine Stimme war melancholisch und der Abschied kurz.

„Gute Nacht, meine Liebe – ich gehe in mein Arbeitszimmer."

„Gute Nacht, lieber Papa!"

Sir John wandte sich ab, und Christobelle lauschte seinem Schritt, der durch die Halle hallte, bis er die Kapellentür hinter sich schloss. Dann zog sie sich in ihr eigenes Zimmer zurück und schlief tief und fest, trotz der Vorfreude auf Vorträge ihrer Mutter über angebliche Unzulänglichkeiten in Hatton.

Kapitel XVII.

Lady Wetheral war äußerst beunruhigt über die Kenntnis von Mrs. Pynsents geplantem Besuch an diesem Tag. Die Frühstücksstunde verging langsam und kläglich für Christobelle , die die ganze Last ihrer Gereiztheit trug und durch das Schweigen, mit dem sie ihre Gereiztheit zu zerstreuen hoffte, Anstoß erregte. „Sie war überhaupt nicht wie ihre anderen Mädchen. Clara hatte ein warmes Temperament, aber sie hatte immer etwas Scharfes oder Witziges zu sagen. Christobelle war das langweiligste Geschöpf, mit dem sie jemals in Gesellschaft sein musste. Thompson war ein großer Verlust.“ , arme, liebe, dumme Frau; das beste Geschöpf der Welt und der größte Dummkopf, einen Mann geheiratet zu haben, der ihr nichts ausmachen konnte. Wenn Christobelle die Freundlichkeit hätte, ihr mitzuteilen, wie Clara aussah, wäre sie für diese Information äußerst dankbar . Vielleicht war das ein Thema, zu dem sie sich herablassen könnte, zu sprechen.“

Christobelle erzählte ihrer Mutter alles, was sie gesehen und gehört hatte; und wie viel Angst sie hatte, dass ein weiterer Streit zwischen den Kerrisons entstanden sein könnte , der Claras Gewalt verstärken würde. Lady Wetheral lächelte ungläubig.

„Clara wird bald feststellen, dass sie Sir Foster nicht mehr gewachsen ist, und dann muss sie nach und nach nachgeben. Der eine oder andere muss dominieren, und der Kampf wird kurz sein: Clara wird sich gezwungen fühlen, ihr Temperament rechtzeitig zu zügeln, und all dieser Unsinn wird es sein.“ vergessen. Die Leute vergessen immer die Fehler der Reichen. Clara muss einen großartigen Ball geben, wenn er umgeblasen wird. Wie schien es Anna Maria zu gefallen, Gast in Hatton zu sein?“

„Sie war so glücklich und angenehm.“

„Sie ist also ganz anders als ihre Mutter. Ich würde Wetheral nie besuchen , bis die lästige alte Mutter deines Vaters gestorben ist und Christobelle ihrem Beispiel gefolgt ist. Ich erwarte, dass deine Schwester überall ‚Mrs. Tom‘ genannt wird . Orte auf dem Land sind so zweit–“ Ich hoffe, niemand wird sich vor *mir eines solchen schlechten Geschmacks schuldig machen* .“

Christobelle hatte zu keinem Thema etwas vorzubringen, das ihrer Meinung nach amüsant sein könnte ; und schwieg deshalb erneut. Ihre Mutter klopfte ein paar Sekunden lang auf den Tisch.

„War Mrs. Hancock gestern beim Abendessen?“

„Ja, Mama.“

„Und wie hat sie sich verhalten?“

„Sie war ganz still.“

„Mrs. Pynsent wird geduldet, weil sie aufgrund ihrer Stellung im Leben an die Spitze des Landes gehört; aber Mrs. Hancock ist für die Damengesellschaft ungeeignet – ich wollte sagen, für den Umgang mit Frauen; aber sie mischt sich nicht oft ein." Miss Wycherly ist ein abgemildertes Ebenbild von Mrs. Pynsent . In solch ausgeprägter Unverblümtheit liegt eine große Unverschämtheit, die man nur in abgelegenen ländlichen Gegenden findet."

Noch eine lange Pause.

„Dein Vater hat vor, nächste Woche Bedinfield zu besuchen , und er hat die Absicht, dich dort zu stören. Ich denke, ich werde die arme, liebe Isabel und ihr Kind holen lassen."

Christobelle war völlig erstaunt. Was! ruft die Brierly-Gruppe herbei, die sie immer missbilligt hat! Ihre Überraschung war in ihrem Gesicht sichtbar.

„ Gibt es irgendetwas Außergewöhnliches, Bell, wenn ich meine Tochter sehen möchte? Ich wünschte, Sie würden sich bemühen , die Unverschämtheit in Ihrem Aussehen und Ihren Bewegungen zu unterdrücken , bevor Sie das Haus verlassen. Warum sitzen Sie da? Bitte, ziehen Sie sich zu Ihren Beschäftigungen zurück."

Christobelle ging in das Arbeitszimmer ihres Vaters – das Allerheiligste für schmerzhafte Gefühle und beschämte Geister – und blieb dort, bis die Hatton-Kutsche ankam. Sie führte ein langes und ernsthaftes Gespräch mit ihren freundlichen Eltern über viele Themen. Er sprach sehr gefühlvoll über die seelische Not, die er ertragen musste, und respektierte Claras Verhalten und Schicksal. Er hatte in Hatton vermutet, dass die Kerrisons sich nicht einig waren; und obwohl Sir Foster nicht der Mann war, dem er die Fürsorge für eine Tochter anvertrauen würde, fürchtete er dennoch, dass Claras turbulente Stimmung ihr eigenes Elend noch verschlimmerte und sich der Kontrolle ihres Mannes widersetzte. Er flehte seine jugendliche Tochter an, unaufhörlich für einen milden und lehrreichen Geist zu beten, damit ihre zukünftigen Tage nicht von Elend erfüllt sein mögen. Er wies auf die weltlichen und geizigen Gefühle hin, die Clara zur Heirat bewogen hatten; und von dem er befürchtete, dass er den Frieden von Lady Ennismore zerstören würde.

Lord Ennismore und Sir Foster Kerrison waren selbstsüchtige Männer – Männer, denen ihr *eigenes* Vergnügen am Herzen lag, nicht das Glück derer, die mit ihnen zusammenlebten . Was hatte Clara aus ihrer Verbindung mit der Familie Kerrison geerntet ? – Streit und Ekel. Was hatte Julia durch die frühe Trennung von ihrer Familie gewonnen? Er glaubte fest daran, dass sie ein Opfer der äußerst herrischen und faszinierenden Lady Ennismore war, die auf jeglichen Einfluss auf die Gedanken ihres Sohnes eifersüchtig war und einen Rivalen in ihrer Macht nicht dulden würde.

Christobelle hörte in traurigem Schweigen den Ängsten ihres Vaters zu; So jung sie auch war, sie war schon zu lange seine Gefährtin, als dass sie nicht eindringliche Einblicke in die großen Wahrheiten gewonnen hätte, die er immer zu vermitteln versucht hatte. Sie war auch zu lange seine Begleiterin gewesen, um seine Unruhe nicht zu verstehen und zu empfinden. Sie warf ihre Arme um seinen Hals und versprach, sich bei jeder Handlung ihres Lebens von seinem Rat leiten zu lassen; aber sie flehte ihn an, sich nicht die Schuld für Claras vorsätzliches Verhalten oder Julias Entschlossenheit zu geben , Lady Ennismore zu werden. Ihr Vater lächelte, widersetzte sich aber nicht ihrem Gebet. Christobelle war zu jung, um zur Vertrauten seiner Gefühle gemacht zu werden – viel zu jung, um den Grund für seine Selbstvorwürfe zu erkennen. Er konnte *ihr nicht* von jemandem erzählen, den er als Ursache für Claras Elend verachtete; dass er, als es zu spät war, um die Macht trauerte, die er in unsichere Hände delegiert hatte. Er würde ihr nicht sagen, dass seine Nachsicht gegenüber seiner Frau verräterisch und sogar böse gehandhabt worden war; dass er seine Zuneigung einem weltlichen Wesen geschenkt hatte und dass die Konsequenzen nun an seinem Herzen nagten.

Freilich konnte er sich mit Vergnügen an Anna Maria und Isabel wenden und *sie* glücklich sehen. Sie hatten Männer mit Prinzipien geheiratet – Männer, die er anerkannte und schätzte; aber wer würde die Tränen aus Claras Augen wischen ? – von Julias einst lächelnden Wangen? Nicht der Beschützer, der geschworen hat, jedes junge und unerfahrene Geschöpf am Altar zu würdigen. Nicht die Welt, die ihre irrenden und unglücklichen Mitglieder mit rücksichtsloser Hartnäckigkeit verurteilt und bestraft. Sie müssen sich an einen anderen und barmherzigeren Richter wenden, um Vergebung und Frieden zu erlangen; Und hatte man ihnen beigebracht, in Zeiten der Not um Hilfe zu beten? Ein Vater könnte dies alles nicht dem jugendlichen Geist seines Kindes entfalten; obwohl sein melancholischer Ton und sein melancholisches Gesicht ihre Aufmerksamkeit erregten, als er zu ihr von irdischen und himmlischen Dingen sprach. Sie konnte die Züchtigung seines Geistes *damals nicht verstehen, aber sie lauschte mit tiefer Aufmerksamkeit seinen Geboten;* und bildete sich ein, dass nichts auf dieser Welt die Macht haben könnte, sie von dem wegzuziehen, der sie so sehr liebte und schätzte. Heiraten und das Studium aufgeben, seine Stille, seine Bücher, seine glücklichen Assoziationen! Oh! Lucy Kerrison möchte vielleicht Ripley und die Familienstreitigkeiten, die seinen Rest ruinierten, verlassen; Aber Christobelle hatte das Gefühl, dass sie niemals einen Menschen mögen könnte, da sie ihren Vater ehrte und liebte.

Die Pynsents kamen in bester Stimmung in Wetheral an, und der Anblick
von Anna Maria belebte das Gesicht ihrer Mutter eine Zeit lang. Sie fand,
dass ihr Aussehen sich deutlich verbessert hatte, und es war nicht ihre Schuld,
dass Anna Maria sich vor ihrer Heirat nicht geschminkt hatte; Aber Sir John
hatte viele Vorurteile, und das war eines davon. Tom Pynsent war begeistert.

„Nun, ich höre gerne alle sagen, dass meine kleine Frau geschminkt ist; das
beweist, wie rosig sie geworden ist. All meine Fürsorge, Lady Wetheral , all
meine Fürsorge. Ich ließ sie tun, was sie wollte; Biddulph und Jack Smith,
und ich gingen ihr nach, und der Graf; jeder Ort hielt sie im Blick, wissen
Sie. Sie redete sich in dieses hübsche rosige Gesicht ein.

„Du warst nicht auffällig, meine Liebe, hoffe ich“, sagte ihre Mutter lächelnd.

„Oh nein; Tom mochte es, wenn ich mein Französisch unterhielt, nicht wahr,
meine Liebe?“

„Ich mochte es, wenn du dich glücklich machst“, antwortete Tom liebevoll.
„Du hast *mich* glücklich gemacht, weil du so eine schöne, gesunde Blüte
bekommen hast.“

Ein liebevoller Blick und ein Druck der Hand bezeugten die Dankbarkeit
und Liebe seiner Dame, obwohl sie bei der Bemerkung ihres Mannes ihr
Rouge errötete .

„Wenn wir zu Mittag gegessen haben“, fuhr Tom Pynsent fort und nahm
fast eine halbe Taubenpastete auf seinen Teller, „wenn wir gerade den Rand
des Hungers überwunden haben, werden wir einen Ausritt machen, Anny,
und das Alte durchgehen.“ Wieder auf dem Boden. Du musst hier irgendwo
eine alte Angewohnheit haben; lass uns gehen und uns unsere alten
Liebesplätze ansehen.

Anna Maria war nichts Unrechtes; Ihre Ehe dauerte erst vier oder fünf
Monate , und sie waren immer noch ein Liebespaar. Sie war durchaus bereit,
eine angenehme Fahrt mit ihrem lieben Tom zu unternehmen.

„Lassen Sie uns auch den Kleinen haben“, rief der gutmütige Tom Pynsent ;
„Gewohnheiten und Pferde für zwei, und du wirst die Welt sehen, Missy.“

„Ich werde Bell wollen“, sagte Lady Wetheral , verärgert über die Idee eines
Tête-à-Tête mit Mrs. Pynsent .

„Ja, Miss Bell, bleiben Sie bei uns, ich möchte eine ausschlaggebende Stimme,
und ich möchte, dass Sie mir Sir Johns Arbeitszimmer vorstellen“, rief Mrs.
Pynsent und gab nach Christobelle klopfte ihr auf die Schulter. „Ich muss
Sie kennenlernen, junge Dame.“

Lady Wetherals Benehmen verbarg den Ekel, den sie über diese Bewegung empfand. Sie wandte sich an ihre älteste Tochter und fragte, zu welcher Stunde sie ihr Pferd ausgerüstet haben wolle.

„Oh, meine arme Lady Mary, lass sie bitte um drei Uhr satteln. Ich denke, drei Uhr, Tom, reicht aus."

„Herr, Frau Tom, Sie werden heiß wie Feuer sein, wenn Sie in der prallen Sonne reiten", rief Frau Pynsent aus .

„Vielleicht würde Mrs. *Tom Pynsent* ihre Fahrt um vier Uhr vorziehen", bemerkte Lady Wetheral .

„Meine Tochter Tom wird dahinschmelzen", antwortete Frau Pynsent und berührte sie mit dem Ellbogen. „Angenommen, Ihr hübsches Gesicht schmilzt dahin, nicht wahr, Mrs. Tom? Das wäre doch ein hübsches Geständnis, nicht wahr?"

„Um wie viel Uhr, Frau Pynsent ?" forderte ihre Mutter, wandte sich an Anna Maria und schenkte Mrs. Pynsent , der Älteren, keine Beachtung.

„Dann sagen Sie vier auf einmal", fuhr Frau Pynsent fort , „und verwechseln Sie nicht Mutter und Tochter ; ich bin Pen Pynsent , und das ist meine Tochter Tom – Frau Tom, bis ich unter der Erde bin und raus." der Weg."

Lady Wetheral verneigte sich mit viel Höflichkeit und Höflichkeit vor ihrem unkultivierten Begleiter. „Es war ihr eine große Freude, ihre Tochter, Frau Tom Pynsent , zu würdigen , die Frau eines hervorragenden und ehrenwerten Mannes, der in der Grafschaft eine hohe Stellung einnimmt."

„Natürlich – und ich freue mich sehr, ihn zu haben. Nicht jedes Mädchen kann einen so strengen Jungen wie Tom heiraten; ein so guter Sohn, wie er noch nie die Augen einer Mutter getröstet hat. Er ist keiner von deinen Idioten , wie ich weiß, wer; oder einer schimpfender, gewalttätiger Ehemann, wie Foster Kerrison. Er ist durch und durch gut, Tom; und Mrs. Tom sieht vielleicht am besten von allen ins Gesicht."

Tom Pynsent zwinkerte seiner Dame zu und fuhr fort, dem Taubenkuchen seine *Dienste zu leisten*. Lady Wetheral konnte niemals mit Mrs. Pynsent streiten , und es folgte eine kurze Stille. Mrs. Pynsents energische Art, ihre Ideen auszudrücken, und ihre völlig gegensätzlichen Ansichten zu jedem Thema verhinderten jede Hoffnung auf eine Koalition mit Lady Wetheral , die Schroffheit oder das, was die Welt als „eine gute, ausgesprochene Person" bezeichnete, nicht ertragen konnte. Ihre Ausbildung im gehobenen Leben ermöglichte es ihr nicht, ihre Gefühle und Handlungen dem Ton der Landgesellschaft anzupassen, die so weit von der Atmosphäre höfischer Phrasen entfernt war; und von all ihren Bekannten entsprach Mrs. Pynsent ihrem Geschmack am wenigsten. Sie mochte keine „wahrheitssagenden" und unangenehmen Menschen; Sie missbilligte Menschen, die zu jedem Punkt und zu jeder Zeit „ihre Meinung äußerten"; Kurz gesagt, Mrs. Pynsent war nie anders zu ertragen als als die Mutter von Tom; Und da er nun in Sicherheit war, konnte nichts unerträglicher sein als ihre Anwesenheit.

Mrs. Pynsent nahm nach dem Mittagessen ihre Arbeitstasche und setzte sich zum Knoten. Lady Wetheral stellte sich höflich neben ihren Gast und schien mit ihrer Kammgarnarbeit beschäftigt zu sein . Anna Maria blickte zu Christobelle hinüber , während diese damit beschäftigt war, eine Zeichnung für ihren Vater zu kopieren; und Tom Pynsent saß eine Stunde mit ihm im Arbeitszimmer und redete über Paris, bis die Reitpferde auftauchten. Frau Tom Pynsent lobte ihre Schwester zu ihren ersten Aufsätzen in Landschaftsmalerei und prognostizierte, dass sie die einzige versierte Miss Wetheral der Familie sein würde. Ihre Mutter lächelte sie an.

„Ich kann sicherlich gestehen, dass Sie die ‚Schöne' sind, meine liebe Anna Maria. Ich gratuliere Ihnen sehr zu der Zugabe von etwas Rouge."

„Ich bin sicher, ich würde einer Tochter nie zu ihrem bemalten Gesicht gratulieren", rief Frau Pynsent aus ; „Eine Frau mit geröteten Wangen ist wie die armen Dinger auf der Straße."

Anna Maria errötete, war aber mit ihrer Schwiegermutter vollkommen gut gelaunt . Sie antwortete auf die Bemerkung mit einem Eingeständnis, dass sie angebracht sei, und drückte ihren Wunsch aus, dass ihr Mann nicht erfahren sollte, dass sie Kunst zur Verbesserung ihres Teints einsetzte .

„Ich war sehr töricht, überhaupt Rouge zu verwenden, weil Tom die Idee davon nicht gefiel; aber der Graf von Nolis drängte darauf, einer Dame, die von Natur aus blass war, eine materielle Verbesserung zu verschaffen, dass ich es nach und nach ein wenig versuchte; und Der arme, liebe Tom hatte eine solche Freude an der Vorstellung, ich würde aufblühen, dass ich es nie ertragen konnte, ihn zu enttäuschen. Ich versichere Ihnen, es geschah nur, um Tom zu gefallen.

Mrs. Pynsent war durch dieses offene Geständnis sofort besänftigt: Alles , was eine Bedeutung oder einen Ausdruck von Zuneigung gegenüber ihrem Sohn hatte, gewann ihre sofortige Zustimmung. Sie war davon überzeugt, dass das Motiv gut war, und unterstützte ihre Schwiegertochter von dieser Stunde an dabei, ihren Mann zu täuschen. Ihre Zustimmung enthielt jedoch einen Vorbehalt.

„Es ist ein böser Trick, Frau Tom, und ein schlechter Trick; aber wenn Sie Ihren Mann lieben und ihm gefallen wollen – Gott steh mir bei! –, habe ich nichts zu sagen. Wer Tom liebt, hat mein Herz und mein Wohl –" werde. Aber lass es so bald wie möglich weg."

„Es ist sehr anständig", bemerkte Lady Wetheral , „und es wird in allen hochmodernen Kreisen praktiziert."

„Ja, es ist *geschehen* , Mylady Wetheral , und das gilt auch für viele abscheuliche Praktiken. Ihre hohen Damen spielen und intrigieren, Mylady Wetheral ; aber ich hoffe, Sie würden die modische Wendung Ihrer Tochter in dieser Hinsicht nicht gutheißen."

Ihre Ladyschaft mochte in ihrem Katalog der Ärgernisse auf dem Lande auch „Heimstöße" nicht. Sie antwortete nicht auf Mrs. Pynsents Bemerkung, sondern erkundigte sich kühl bei Anna Maria, wann Miss Wycherlys Hochzeit voraussichtlich stattfinden würde.

„Oh! Ich kenne höchstwahrscheinlich die Angelegenheiten meiner Nichte", fuhr Frau Pynsent fort ; „Meine Tochter Tom kann Pens Absichten nicht erklären. Bill Wycherly überlässt Lidham dem jungen Paar."

„Eine sehr ausgezeichnete Lösung", bemerkte Lady Wetheral mit Nachdruck.

„Das glaube ich überhaupt nicht. Bill sollte den Stab selbst in der Hand behalten: Ich bin sehr wütend auf ihn. Lass die Jungen auf die Alten warten, ist meine Maxime."

„Die Alten sind vielleicht besser für den Ruhestand geeignet", bemerkte Lady Wetheral trocken .

„Man kann sie eher als Narren bezeichnen, die auf ihr Erstgeburtsrecht verzichten", erwiderte Mrs. Pynsent , „und das habe ich Bobby gesagt, als er Hatton Tom anbot. Mein Sohn wusste es besser, als es anzunehmen. Tom vergisst nie seine Pflicht und seine Frau." kann ihre Gebete dafür sprechen, dass sie ihn gefangen hat.

„Ich würde geneigt sein, diesen Gesichtsausdruck abzuschwächen", bemerkte Lady Wetheral mit ihrem sanftesten Akzent; „Die Vorstellung, einen jungen Mann zu fangen, ist keine erfreuliche Redewendung."

Mrs. Pynsent lachte kurz und laut. „Aber, Mylady Wetheral , wir werden uns nicht auf Worte verlassen; ich drücke mein Sachwissen in wenigen umständlichen Phrasen aus. Ich sage, was ich denke, und ich kann nicht anders, als dass die Kappe zu eng sitzt, um angenehm zu sein."

Anna Maria sah, wie sich Lady Wetherals Abscheu in ihrer gesenkten Augenbraue äußerte. Ein leichtes Stirnrunzeln war das einzige öffentliche

Zeichen der Abneigung, das jemals zum Vorschein kam: Ihre Ladyschaft widerlegte nie, widersprach nie. Sie behauptete, es sei ein unbestreitbares Zeichen von schlechter Erziehung, schlechtem Geschmack und schlechter Laune. Sie runzelte die Stirn und ihre Tochter wusste, was es bedeutete. Es war unmöglich, zwei so ungleiche Gefährten zusammenzulassen; Die unverhohlenen Gefühle von Mrs. Pynsent , geäußert mit männlicher Energie in Art und Stimme, würden ihre bewusste, aber gebildete Begleiterin überwältigen – vielleicht einen Nervenanfall auslösen und eine Krankheit auslösen. Frau Tom Pynsent gab jede Absicht auf, mit ihrem Mann zu reiten. Ihre Anwesenheit könnte die Lebhaftigkeit ihrer Schwiegermutter beeinträchtigen; Es würde ihrer Mutter sicherlich Freude bereiten, und es muss eine Befriedigung für Christobelle sein . Mrs. Pynsents Gutmütigkeit nutzte sogar die ausdrückliche Absicht ihrer Schwiegertochter zu Christobelles Vorteil.

„Sehr guter Schachzug, Mrs. Tom – sehr guter Schachzug. Sie und ich sind sozusagen alte Frauen; wir werden hier sitzen und mit My Lady Wetheral plaudern , aber lassen Sie es alle sind an der Reihe. Tom wird mit der armen Miss Bell reiten und sie amüsieren: Das arme Ding ist hier zu Tode eingesperrt.

„Meine Tochter Bell hat alle Vorteile. Ich glaube eher, dass meine Tochter die Gesellschaft ihrer Mutter als ausreichend angenehm empfindet", sagte Lady Wetheral und beugte sich höflich, aber hochmütig zu ihrem Gast.

„Betrachtet einen Geigenstock, Mylady Wetheral !" antwortete Frau Pynsent und verknotete mit großer Energie. „Welches junge Mädchen hält sich für angenehm, wenn es keine Spielkameraden und eine hüftige Lady-Mutter hat? Nein, nein; Luft, Mylady – Bewegung, Mylady – Gefährten, Mylady: *Das* ist die richtige Unterhaltung für die arme Miss Bell. Tom wird mit ihr reiten , armes Ding."

Lady Wetheral ließ sich nicht herab, auf diesen Ausfall zu antworten. Ganz gleich, wie demütig Christobelle in ihren Augen wirkte, wie gereizt sie auch gegenüber dem „dummen, unbeholfenen Mädchen *selbst* ", dem „armen Ding" sein mochte ! klang für ihr Ohr am beleidigendsten. Anna Maria mischte sich erneut ein, indem sie die Glocke läutete und darum bat, Mr. Tom Pynsent aus der Bibliothek zu rufen. Sie wusste, dass Toms Anwesenheit immer und überall wünschenswert war ; aber die Aufmerksamkeit seiner Mutter würde auf ihren Sohn gerichtet sein, und Lady Wetheral würde der unvermeidlichen Auseinandersetzung entgehen, die ihren eigenen Bemerkungen folgte. Dies war das erste Mal, dass die Damen einen ganzen Morgen lang nebeneinander saßen. Anna Maria war sich sicher, dass es diesen Besuch nie wieder geben würde. Jede Partei lehnte einen zweiten Tag Familienverkehr ab.

Tom Pynsents Auftritt bei Sir John bewirkte eine Veränderung in der Situation aller. Christobelle sollte reiten; Frau Pynsent entschied sich für diese Maßnahme, und ihr Vater setzte sie durch. Anschließend sollte er seinem Gast die Ehre des Wintergartens und der Gärten erweisen , während Mutter und Tochter *unter vier Augen arbeiteten und sich unterhielten* . Bisher war alles klug arrangiert und Frieden versprochen.

Christobelle war von ihrer Fahrt begeistert. Tom Pynsent verfügte nicht über die Fähigkeit zu Gesprächen , aber sein Mangel an Talent wurde durch unbesiegbare Gutmütigkeit und männlichen Mut an Körper und Geist mehr als ausgeglichen. Christobelle liebte ihn wegen seines gütigen Herzens und seines sehnsüchtigen Wunsches, jeden Menschen glücklich zu machen; und sie liebte ihn für die Hingabe, die er Anna Maria zu jeder Zeit und an jedem Ort zum Ausdruck brachte. Es war keine übertriebene Zuneigung, verweichlicht und nervig anzusehen. Tom Pynsent liebte die Frau, die seinen Namen trug, von ganzem Herzen und sollte sein Vermögen teilen. Er liebte sie mit einer männlichen Zärtlichkeit, die sich in tausend Formen zeigte und ihm durch die Verschmelzung mit seinem bloßen Dasein öffentliches Ansehen verschaffte. Es verband seine Frau mit dem Stall und dem Zwinger; es verband sie mit all seinen Vergnügungen. Sie war ein wesentlicher Bestandteil von allem , worum es ihm ging. Was für ein Mann hatte Julia von sich geworfen, bevor er Anna Marias Liebe und Leiden entdeckte!

Tom Pynsent zeigte Christobelle mit unendlicher Befriedigung die Orte, die der Erinnerung am meisten geweiht waren, als Schauplätze der Geständnisse Anna Marias. Er schien mit Vergnügen in der Gasse zu verweilen, wo seine Frau zum ersten Mal ihr lange verborgenes Elend offenbarte und wo er abgestiegen war, um ihr tausend Handküsse aufzudrücken. Sein Ton änderte sich, als er sein Erstaunen und seine Freude noch einmal zum Ausdruck brachte.

„Bei Gott, wenn ich an all das denke, könnte ich es nie ertragen, hierher zu reiten, wenn meiner kleinen Frau etwas zustoßen würde; aber ich hoffe nicht – ich hoffe, sie wird mich in meinem Grab begleiten und sich bei euch allen wohlfühlen. Sie würde ohne mich sehr gut zurechtkommen, aber ich könnte ohne sie nicht existieren. Dann sollte ich Kerrison den Zwinger überlassen und den Jägern die Schuhe ausziehen. Bei Gott, dann könnten sie vielleicht ein Leben lang bleiben.

Christobelle hörte den Bemerkungen ihres Bruders mit großem Interesse zu; Sie konnte die tiefe Zuneigung seines Herzens zu diesem Zeitpunkt nicht verstehen, aber sie war sich des Kompliments bewusst, die Hüterin seiner Gedanken zu sein. Sie freute sich über seine Aufmerksamkeit und

Aufmerksamkeit; und spürte seinen angenehmen Einfluss besonders, weil ihre Mutter sie in Wetheral täglich und stündlich unterschätzte und ihr Vorwürfe machte . Es tat ihr sehr leid, als ihre Fahrt zu Ende ging, und sie kehrte erneut in ihre Wohnung zurück, um sich für das Abendessen umzuziehen.

Anna Maria schloss sich ihrer Schwester an; Ihr französischer Diener Félicé hatte ihr Haar zu riesigen Locken geformt und ihre Locken zu Schleifen gekräuselt. Félicé folgte ihrer Herrin in grüner Seide . Eine solche Neuheit war in Shropshire selten und alarmierend; Sie hatten gehört, dass sich die alliierten Herrscher zu diesem Zeitpunkt in London aufhielten, aber in Shrewsbury war noch nichts aufgetaucht, was einem Ausländer ähnelte. Félicé war ein Geschöpf, das man anstarren konnte, und Anna Maria würde erst dann in Mode kommen, wenn man von ihrer Ankunft erfuhr. Anna Maria sagte: „Sie hatte ihre Zofe zum Frisör mitgebracht Christobelles sehr englische Haarpracht wirkt sozusagen. Sie forderte sie auf, in den Spiegel zu schauen und über ihr Haar zu lächeln, das vorne gerade gekämmt und hinten gerade hochgesteckt war. Es war etwas, das De Nolis im Herbst entsetzen würde . Sie muss es auf jeden Fall richtig angezogen haben.

„Sehen Sie, Félicé . Miss Wetherals Haare müssen so frisiert werden.“

„ *Commeça* , *Madame* “, wiederholte die lächelnde, *hübsche* Félicé .

„Ja, *wie gesagt* : Frisieren Sie diese schreckliche Ernte in Locken, *Bouclés* , Félicé – *großartige Bouclés* , wie meine. *Donnez mademoiselle un* very nice *tournure* , und lass sie *très bien mise sein* . Du magst lachen, Bell, aber ich versichere dir, dass es so ist Parisian versteht vollkommen, was Sie meinen, wenn Sie nur die Wörter „ *Coiffure* “, „ *Parure* “ oder „ *Tournure* “ verwenden; Sie füllen den Rest des Satzes intuitiv aus.

Christobelle ließ sich mit großer Genugtuung der Folter mit Kamm und Lockenstab aussetzen. Was in Paris in Mode war, muss in England bewundert und beneidet werden, und ihre Mutter würde sich freuen, wenn sie von der Hand bewährten guten Geschmacks dekoriert würde.

Die Haare waren nicht die „ *ultima thule* “ von Félicés Fürsorge. An Christobelles Taille war ein „ *Wirbel* “ angebracht , und die Falten ihres Musselinkleides waren mit größter Sorgfalt darüber gezogen; Ihr Kleid wurde nach unten gezogen, um der Taille ein längeres Aussehen zu verleihen, und das Band wurde so festgezogen, dass sie kaum noch atmen konnte. Frau Tom Pynsent und ihr „ *Künstler* “ waren vom Ergebnis ihrer Bemühungen entzückt. Félicé sprach einen langen Satz, den Christobelle ihrer Schwester übersetzte, deren Sprachkenntnisse durch den viermonatigen Aufenthalt in Paris keineswegs verbessert wurden. Es war ein wohlüberlegtes Kompliment für die Veränderung im Aussehen der jungen Dame. Anna Maria bedauerte, dass Lady Wetheral sich so wenig um ihre Ausbildung gekümmert hatte .

„Papa hat dir so viele Fertigkeiten beigebracht, Bell! Du zeichnest, sprichst Französisch und zitierst wunderbar", sagt Charles Spottiswoode . Du hattest viele Vorteile gegenüber uns. Der Graf de Nolis sagte, ich würde mich in Französisch schnell verbessern, und er gab mir Ratschläge Ich möchte bald nach Paris zurückkehren, um den Akzent zu lernen; aber ich kann ihn nicht halb so fließend sprechen wie Sie. Ich frage mich, was Mama zu Ihrem Kopf sagen wird? Ich finde ihn perfekt."

Ihr Erscheinen sorgte zweifellos für Aufsehen im Salon, denn Lady Wetheral hob mit überraschtem und zufriedenem Gesichtsausdruck ihr Glas und musterte Christobelle sehr aufmerksam. Mrs. Pynsent warf einen Blick auf ihren zusammengerollten, krausen Kopf und verneigte sich in alle Richtungen; und sie rief: „Guten Tag, Miss Bell, was ist jetzt los? Sie haben einen Tanzhund aus Ihnen gemacht!"

„Sie haben von Ihrer Schwester eine sehr freundliche Tat vollbracht, meine liebe Frau Tom Pynsent ", sagte Lady Wetheral und blickte Christobelle immer noch durch ihr Glas an. „Sie haben ihren Stil und ihr Aussehen ziemlich christianisiert ."

„Ha, ha!" lachte Frau Pynsent , „arme Miss Bell! Nun, jetzt *haben sie* es geschafft. Lockenköpfige Christen. " für immer , Frau Tom! Wen wirst du als nächstes taufen?"

„Aber wird Bell nicht zu ihrer Taufe?" fragte Anna Maria lächelnd.

„Sie ist immer ein hübsches Mädchen; und was noch viel besser ist, sie ist ein gutes und gutherziges Mädchen; aber Ihre französische Mode gefällt mir nicht."

„Bete, Bell, lass deine Haare in Zukunft gepflegt werden", sagte Lady Wetheral und hielt immer noch ihr Glas ans Auge. „Ich bin mit deinem jetzigen Aussehen zufrieden. Ich kann es nicht ertragen, dass dir das dichte, kurze Haar über die Augen hängt."

„Bei weitem das Natürlichste in ihrem Alter", bemerkte Frau Pynsent ; „Ein junges Mädchen, das diese Figur verkleidet, ist sehr unnatürlich und lächerlich."

Lady Wetheral antwortete nicht. Tom Pynsent war über die Verwandlung sehr amüsiert, als er den Raum betrat. Er scherzte Christobelle mit großer Gutmütigkeit über die Verwüstung, die sie schon in den nächsten Ferien in den Herzen der Schuljungen anrichten würde, wenn sie darauf beharre, ihr

Haar zu Würstchen zu drehen; und er hatte Mitleid mit dem armen Frank
Kerrison, der sicherlich darauf verzichten würde, Maikäfer zu ermorden, um
Verse über ihre Schönheit zu schreiben. Sir John lächelte und streichelte die
Wange seiner Tochter, äußerte sich jedoch nicht zu ihrer Person. Der
Umstand war fast zu unbedeutend, um auch nur die langweilige halbe Stunde
vor dem Abendessen zu unterhalten. Eine Laune von Mrs. Tom Pynsent
hatte sie dazu veranlasst, das Haar ihrer Schwester zu frisieren; und sein Ende
wurde beantwortet, indem es ein paar Lächeln und einen Scherz hervorrief.
Der Vorfall verging und wurde in der Einladung zum Abendessen vergessen;
Aber gerade dieses unbedeutende Ereignis legte den Grundstein für viel
zukünftiges Elend: Es weckte Lady Wetherals schlummernde Energie und
veranlasste sie, über die Errichtung eines Geschöpfs zu spekulieren, auf das
sie bis zu diesem Moment als unbeholfen und vulgär verzichtet hatte – ein
Mädchen, das ihr gehörte ausschließlich ihrem Vater, dessen Zukunft ihr
selbst gleichgültig war. Ursachen, so unbedeutend ihr Ursprung auch sein
mag, schwellen durch die Einwirkung der Schwachen oder Bösen zu
furchterregenden Auswirkungen an.

Als die Damen in den Salon zurückkehrten, genossen Anna Maria und
Christobelle während *der Siesta* ihrer Mutter ein kurzes *Tête-à-Tête* . Anna
Maria sagte, es sei unmöglich, auf einen angenehmen Verkehr zwischen den
Häusern Pynsent und Wetheral zu hoffen . Die beiden Damen waren
während Christobelles Abwesenheit in keinem Punkt einer Meinung gewesen
und wirkten beide gereizt und müde. Auf der einen Seite war es eine völlig
abrupte Wahrheit und auf der anderen Seite hochmütiges Schweigen seitens
ihrer Mutter: Sie war sich ganz sicher, dass die Ereignisse dieses Tages keine
erfreulichen Folgen haben würden. Ihre beiden Verwandten hatten noch nie
zuvor einen Tag miteinander verbracht und waren auf die Gesellschaft des
anderen angewiesen; und es hatte sie nur gelehrt, wie unmöglich es sein
würde, sich zu diesen Bedingungen wieder zu treffen. Sie würde Tom ihre
Gedanken mitteilen, sobald sie in Hatton ankamen – Tom konnte alles
bewältigen –, sie glaubte nicht, dass irgendjemand Toms angenehmer Art,
Dinge zu regeln, widerstehen könnte: Vielleicht würde Tom seine Mutter
bitten, Lady Wetheral nicht so direkt zu widersprechen.

Das war eine beunruhigende Nachricht: Wenn Lady Wetheral sich durch
Mrs. Pynsents eigentümlichen Umgangsstil gestört fühlte , würden
Christobelles glückliche Aussichten sofort ein Ende haben; sie wurde
eifersüchtig auf die Gesellschaft ihrer Tochter, obwohl sie Gleichgültigkeit
bekundete; und sie konnte wenig von der Gesellschaft ihrer Schwester sehen,
wenn Mrs. Pynsent unbedingt in der Einladung enthalten war, die die Tom
Pynsents jederzeit in den jetzt tristen Hallen von Wetheral Castle
willkommen hieß. Lady Wetherals gekränkter Geschmack war eine seelische
Wunde, die sich nie schloss. Sie war dem Laster gegenüber nicht hart – es

könnte sich von selbst erlösen; aber unhöfliches Benehmen oder eine vulgäre Ausdrucksweise lagen außerhalb der Grenzen der Verzeihung. In beiden Einzelheiten hat Frau Pynsent mit Sicherheit einen Verstoß begangen; und die Bemerkungen Ihrer Ladyschaft nach ihrer Abreise zeigten ihren Ekel und ihre Abneigung gegenüber der Gesellschaft ihres verstorbenen Gastes.

„Ich fühle mich dankbar, Bell, für Ihr Schweigen zu den Ereignissen dieses abscheulichen Tages. Lassen Sie mich, wenn möglich, vergessen, dass ich acht Stunden lang der Begleiter stentorischer Grobheit und Vulgarität gewesen bin. Ich muss es bereuen, Ihre Schwester gesehen zu haben." selten, wie ich befürchte , dass ich es tun werde. Ich kann mich nicht mit einer Frau auskennen, die die Dame ihres Sohnes „Mrs. Tom" nennt: Rufen Sie jetzt, bitte, für mein *sal volatile an* ."

Die Post vom nächsten Tag brachte einen Brief von Frau Boscawen: Der Inhalt war äußerst erfreulich. „Sie war sehr darauf bedacht, dass Christobelle erfuhr, wie schön ihr Liebling heranwuchs und dass er seinen ersten Schürzen entwachsen war. Boscawen liebte den Liebling so sehr, wie sie nur sein konnte, und Christobelle würde sich amüsieren, wenn er ihn stillen sah Sie schlief ein, während sie ihr kleines Kleidchen herumstampfte. Fräulein Tabitha war weggegangen, um ein paar Wochen bei Mrs. Ward in Worcester zu bleiben, und jetzt war niemand mehr in Brierly, der sie wegen Hitze oder Kälte, weil sie zu wenig getrunken hatte, beunruhigte Sie aß zu viel. Sie war vollkommen zufrieden mit ihrem lieben Boscawen, stillte und lachte den ganzen Tag – keine Bücher – keine Vorträge. Oh, wenn Chrystal sie *jetzt nur sehen könnte* !"

Ein von Herrn Boscawen handgeschriebenes Nachwort war ebenso wertvoll und bereitete Sir John Wetheral tiefe Befriedigung . Das waren seine Worte:
–

„Ich habe viele Jahre in Abgeschiedenheit und im tristen Elend einer langen Junggesellenzeit gelebt; aber ich werde mit einem Glück belohnt, das zu sehr geschätzt wird, um es beschreiben zu können. Der Rest meines Lebens wird damit vergehen, eine unschuldige und vorbildliche Ehefrau und Mutter zu sein, so glücklich, wie es die Sterblichkeit zulässt und wie die arme menschliche Natur es genießen kann.

"Hochachtungsvoll,

„ C. BOSCAWEN ."

Für Sir John Wetheral war es ein dankbares Glück , über das Schicksal von Isabel nachzudenken. Boscawens Alter bot für ein junges Geschöpf, das an jugendlichen Vergnügungen interessiert war und den Zwängen des Unterrichts abgeneigt war, wenig Aussicht auf die Zukunft. Aber Sir John war der Meinung, dass die hohen Prinzipien des Mannes, dem er das Wohlergehen seines Kindes anvertrauen sollte, dies auch tun würden der Schutz ihres Glücks. Die Atmosphäre in Wetheral war für die geistige Kultur ungünstig . In Brierly würde die Gesellschaft ihres Mannes Isabels Geist mit Vorräten aus seinen eigenen reichen Ressourcen bereichern; und ihr Herz würde durch Boscawens strikte Integrität im Denken und Handeln verfeinert und erhöht werden. Er hatte richtig geurteilt. Isabel liebte Boscawen wegen seiner Herzensgüte; und die Geburt ihres Kindes verbanden ihre Gefühle zu einem einzigen teuren Objekt ständig wachsender Fürsorge, das sich nie wieder auflösen wollte. Anna Maria war auch glücklich mit ihrem ehrlichen und liebevollen Tom Pynsent ; aber was sollte Claras Hoffnung sein? – Wolken und Dunkelheit ruhten darauf.

Christobelle sollte sich nun auf ihren Besuch in Bedinfield vorbereiten . Sie wunderte sich über die plötzliche Absicht ihres Vaters, uneingeladen zu Lord Ennismore zu gehen; aber sie war nicht an den Ereignissen beteiligt – falls es welche gab –, die den Anlass für den meditierten Besuch gaben. Christobelles Jugend hinderte sie daran, an den Beratungen ihres Vaters teilzunehmen oder sich an der Korrespondenz zu beteiligen: Sie konnte nur vermuten, dass alles nicht in Ordnung war, als er von Bedinfield sprach , denn sein Lächeln verschwand und sein Gesichtsausdruck wurde melancholisch; aber die Ursache war ihr völlig fremd. Sie war vollkommen zufrieden mit dem Wissen, dass sie sich darauf vorbereitete, Julia zu besuchen und mit ihrem Vater zu reisen. Am Abend bevor sie Wetheral verließen, sprach ihre Mutter sehr ernst mit ihr .

Bedinfield begleiten . Ich bewundere den Geschmack von Miss Willis in Bezug auf Ihre Kleider: Sie ist konkurrenzlos in ihrer Auswahl, und Ihre Figur hat sich erheblich verbessert, seit Félicé Ihnen ein paar allgemeine Anweisungen gegeben hat. Die lange Taille ist extrem." wird zu dir. Deine Haare verleihen deiner ganzen Person jetzt einen völlig veränderten Ausdruck, Bell."

„Ich freue mich sehr, Mama, dass du damit einverstanden bist."

„Das tue ich sehr: Ich hoffe, dass Sie Ihren Schwestern im Aussehen ebenbürtig sein werden. Wenn Sie beharrlich auf Ihr Haar achten, das für eine Frau eine so anmutige Zierde ist, werde ich ein wenig stolz auf Ihr Wohlergehen sein. I Ich habe dich noch nie angesehen, Bell, du warst so ein schäbig aussehendes Geschöpf. Geh durch den Raum – Kopf hoch, Bell: Wirklich, dieses Kleid steht dir sehr gut."

Christobelle ging mehrmals im Boudoir auf und ab, damit ihre Mutter ihre Beobachtungen vervollständigen konnte. Sie sollte den Kopf anmutig zurückwerfen – sie sollte einen Knicks machen, als wäre sie dabei, Gesellschaft zu empfangen –, sie wurde aufgefordert, mit einer Miene entspannter Gelassenheit nach vorne zu kommen und einen Fächer anzubieten. Sie führte viele unangenehme, aber äußerst notwendige Entwicklungen durch, um ihrer Mutter Zufriedenheit zu verschaffen; und leider trugen ihre Kleidung und ihr Eifer, die Lektion zu Ende zu bringen, zu ihrem Erfolg bei. Es wurde entschieden, dass es ihr nicht an einer bestimmten Ausstrahlung mangelte, und wie Landscape Brown es ausdrücken würde, verfügte sie über „große Fähigkeit“, mit strenger Beschneidung und viel beharrlicher Entschlossenheit zu glänzen. Auch wenn Christobelle die folgenden drei Jahre gut nutzte, gab ihre Mutter nicht auf, sie noch höher als Lady Ennismore zu bringen. „Ein sehr französischer Kleidungs- und Gangstil würde sich als große Neuheit erweisen und Herren anziehen, die die Neuheiten, die sie nicht bewunderten, immer gutheißen. Sie würde Aufsehen erregen und einige Meinungsverschiedenheiten hervorrufen, die sie unweigerlich zur höchsten Mode in Shropshire machen würden.“ ."

Dies war eine unerwartete Veränderung in der Politik von Wetheral . Christobelle hätte kaum gedacht, dass Félicés Hand einer ahnungslosen, unspekulativen Kreatur wie ihr so viel Böses angetan hätte. Sie ahnte nicht, dass sie unter ihrer geschmackvollen Hilfe mit einem Sprung von der „unbeholfenen, langweiligen Bell – Sir Johns lästiger, gelehrter Tochter“ zu einem Objekt der Spekulation werden würde, das die Kräfte ihrer Mutter wieder in die Tat umsetzen würde Ziehen Sie sie aus der glücklichen Ruhe in Szenen ablenkenden Streits. Sie war froh, dass der Besuch in Bedinfield sie von einer zweiten Lektion über anmutige Bewegungen abhalten würde. Sie konnte in diesem Moment nicht in die Zukunft eintauchen oder Schlussfolgerungen aus der Gegenwart ziehen: Sie freute sich nur, um Vorträgen über Stil und Zurechtweisungen für ihr spontanes Handeln zu entgehen. Christobelle hoffte, in Bedinfield Freiheit und glückliches Vergnügen zu finden , und dieser erfreuliche Gedanke gab ihr Mut, die unaufhörlichen Bemühungen ihrer Mutter zu ertragen, „eine richtige Eitelkeit“ in ihrem Geist zu wecken und sie dazu zu bringen, sich auf einen Herzog oder zumindest auf einen Herzog zu freuen Krone eines Marquis.

Wetheral befreit sein und die ersten Vorteile genießen, die ein Tanzmeister bieten kann. Ich werde versuchen , Ihren armen Vater zu überreden, uns ein oder zwei Tage in London oder eine Reise nach Paris zu ermöglichen.“ . Paris würde mir am meisten zusagen. Félicé hat mich mit ihrer geschmackvollen Ausstrahlung sehr entzückt.“

„Ich bevorzuge Wetheral , Mama, und meine angenehmen Lektüren mit Papa in der Bibliothek, bitte.“

„Junge Damen sind nicht die besten Richter in ihrem eigenen Fall“, antwortete ihre Mutter trocken; „Vielleicht ziehen sie Trägheit der Aktivität vor, und eine Zeit lang sind sie vielleicht blind gegenüber ihren eigenen Fehlern; aber am Ende werden sie darauf achten, die Konsequenzen ihrer Torheit auf ihre Eltern abzuwälzen, wie Clara es getan hat. Sie hat es vergessen.“ Ihre eigene, sehr unerträgliche Wutausbrüche und ihr Versuch , mir die Schuld für ihre hohe Position als Lady Kerrison zuzuschieben, waren unangemessen. *Ich* finde die Einrichtungen meiner Tochter gut, aber ich erwarte von *ihnen* , *dass sie* diese Situation mit Anstand füllen.“

„Sir Foster ist seinem ganzen Volk gegenüber sehr gewalttätig, Mama “ , bemerkte Christobelle und hoffte, Clara vor Bemerkungen zu schützen.

„Deine Schwester wusste das, Bell: Jeder wusste, dass Sir Foster ein langweiliger Rohling war. Sie hätte niemals mit ihm in Konflikt geraten dürfen. Wenn er seine Diener trat, würde er seine Frau wahrscheinlich nicht ohne Provokation schlagen. Clara ist äußerst provozierend. "

Es stimmte tatsächlich. Lady Kerrison handelte höchst unvorsichtig, als sie eine unruhige Natur aufstachelte, während sie tatsächlich in Ruhe war; aber wer lenkte ihre Aufmerksamkeit auf das Spiel und milderte jeden Bericht ab, der Sir Fosters Gewalttätigkeit in der Nachbarschaft verbreitete ? Sicherlich waren Lucy Kerrisons Bemerkungen über das Temperament ihres Vaters ein Signal für die Eltern, den häuslichen Treibsand von Ripley zu meiden – doch Christobelle war anwesend und hörte, wie ihre Mutter Sir Fosters Behandlung des Fischhändlers rechtfertigte und auf die Zulässigkeit der Verbindung drängte. Lady Wetheral Fortsetzung:—

„Ich bin überhaupt nicht zufrieden damit, dass die jüngeren Pynsents Gäste im Land sind – Frau Pynsent wird ihnen überall hin folgen und ihren Freunden „Mrs. Tom“ zitieren. Ich kann nicht sagen, dass dieses Spiel für mich Freude bereitet hat. Lady Ennismore, die Witwe, hat sich in ihrem Verhalten beleidigend verhalten, indem sie sich anmaßte, das Haus ihres Sohnes für seine Freunde zu verschließen . Bedinfield ist kein angenehmer Zufluchtsort für *mich* , das sehe ich. Ich kann Claras Streitereien nie miterleben – und außerdem ist Brierly so zurückgezogen Isabel, die das Kind immer bei sich hat, dass ich in *dieser* Hinsicht keine Befriedigung habe. Welchen Trost habe ich in den Ehen meiner Mädchen? Du musst diese traurigen Enttäuschungen bei mir wiedergutmachen, Bell. Du sollst Lord Selgrave heiraten , wenn ihr beide seid ins Leben eingeführt.“

„Lord Selgrave , Mama! Ich habe ihn noch nie in meinem Leben gesehen.“

„Umso besser: Die Einführung liegt bei mir. Lord Farnborough wird Shropshire nicht verlassen, und Selgrave , der Junge, wird unter uns sein. Farnborough Stacey wird die Lieblingsresidenz sein , selbst wenn er Herzog von Forfar wird . Sie sollen Lady sein Selgrave , Bell, die zukünftige Herzogin von Forfar : Weckt dieser Titel nicht Ihre kleine Eitelkeit und weckt ehrgeizige Wünsche?“

„Nein, in der Tat, Mama, ich möchte lieber in der Bibliothek sitzen und Papa vorlesen.“

„Wenn es etwas gibt , das ich verabscheue“, rief Lady Wetheral mit großer Schärfe aus, „dann ist es ein träges und gemeines Gemüt, das sich damit zufrieden gibt, in Niedrigkeit zu schleichen – unberührt von Ehrgeiz –, das in Stumpfheit kauert und blind für Wohlstand ist. Verlasse meine Gegenwart , Bell. Geh in deine Kammer und lass mich dich nicht mehr sehen.

Christobelle bereitete sich darauf vor, der strengen Aufforderung Folge zu leisten. Sie zündete ihre Kerze an und drehte sich um, um „Gute Nacht“ auszusprechen. Ihre Mutter winkte ab.

„ Sagen Sie nichts. Ich lasse mich morgen nicht durch Ihr Erscheinen beunruhigen. Ich habe keine Rücksicht auf blinden Eigensinn – gehen Sie bitte schweigend weiter.“

Christobelle verließ unter Tränen das Boudoir. Warum war ihr frühes Leben mit Vorwürfen über Dinge erfüllt, die vielleicht nie eintreten würden? und warum sollte ihr Geist zu Projekten gefoltert werden, die weder ihr Herz noch ihre Lebenszeit beeinflussen konnten? Sie eilte zum Arbeitszimmer ihres Vaters und warf sich weinend in seine Arme. Er war überrascht über die Bewegung und noch mehr über ihre Worte: „Oh, Papa, lass mich nicht zur Heirat gezwungen werden. Lass mich nicht an Lord Selgrave denken ; denn ich habe ihn nie gesehen und kann es auch nicht.“ heirate ihn."

„Mein lieber Chrystal“, rief er erstaunt, „ich kann dich nicht verstehen.“

Christobelle erklärte ihm die Wünsche ihrer Mutter und ihre Wut darüber, dass sie die Ehe mit Lord Selgrave ablehnte . Er lächelte.

„Das ist eine traurige Torheit, mein liebes Kind. Ich sollte mir nicht erlauben, mich von deiner Besorgnis unterhalten zu lassen, denn ich sehe die verderblichen Auswirkungen der Bildung auf dich selbst. Aber weine nicht, Chrystal. Niemand soll dich von mir nehmen, ohne Ihre Zustimmung.“

„Vielleicht lebe ich immer bei dir, Papa, und bleibe in Wetheral ?“ sie fragte, als die Tränen über ihre Wangen liefen.

„Du sollst mich nie verlassen, bis du sagst: ‚Papa, ich möchte dich verlassen, um in das Haus eines anderen zu gehen.‘"

„Und das wird niemals sein, mein lieber Papa!" Christobelle umarmte ihn voller freudiger Dankbarkeit und lächelte unter Tränen.

„Dann sei glücklich, mein Kind, und denke nicht mehr an den kleinen Lord Selgrave . Wenigstens sollst du mir künftig keine Charakterschwäche mehr vorwerfen. Geh und schlafe süß und bereite dich auf die morgige Reise vor."

Christobelle erhielt den Segen ihres Vaters und ihr Herz war nicht länger traurig. Er würde auf sie aufpassen und sie beschützen! Sie würde sich nicht dazu drängen lassen, Lord Selgrave zu heiraten und auf ihre friedliche Stellung an seiner Seite zu verzichten. Sie könnte bei ihm leben und ihm für immer vorlesen ! Sie beruhigte sich und die wütenden Blicke ihrer Mutter verschwanden aus ihrer Erinnerung. Christobelle zog sich in dieser Nacht friedlich in ihren Schlaf zurück.

Kapitel XVIII.

Bedinfield schien eine königliche Residenz zu sein. Das Herrenhaus stand mit seinen Türmen und Zinnen vor den Augen des Reisenden und bot einen großartigen und imposanten Anblick. Hätte Lady Wetheral ihren Mann begleitet, wäre sie zu dem Schluss gekommen, dass in diesem stattlichen Anwesen das Glück unkontrolliert herrschen muss. Es herrschte Erhabenheit und Ruhe in der Szene, als sie auf den riesigen Gebäudehaufen zugingen; und als sie an den Portalen ankamen, herrschte eine stattliche Zeremonie.

Es war sieben Uhr nach der Kapellenuhr, als Sir John Wetheral und seine Tochter die Halle von Bedinfield betraten und ein Zug von Lakaien in prächtiger Livree ihre Namen rief, bis sie in ein riesiges, reich mit Eichenholz geschnitztes Zimmer geführt wurden. Es war unbewohnt: Auf einem kleinen silbernen Tisch stand eine Vase mit seltenen exotischen Pflanzen, die offenbar in aller Eile von irgendjemandem verlassen worden war , denn einige der Blumen waren auf den Perserteppich gefallen und ihre Stiele waren nass und frisch gepflückt. Christobelles junge Ideen hatten Wetheral Castle als Kriterium für Eleganz betrachtet , und ihre eifrige Neugier untersuchte überraschend die prächtige Dekoration der Umgebung. Die prächtigen Silbertische – die kostbaren Schränke – der ganze Stil der großartigen Einfachheit entzückte ihren Geschmack und überraschte ihren Geist. Sie wandte sich voller Ekstase an ihren Vater.

„Kann es irgendetwas Größeres geben als das, Papa? Kann es einen schöneren Ort geben? Oh, sieh dir diesen schönen Schrank an – diese Reihe von Schränken – und diese Gemälde! Wie glücklich muss Julia sein!"

„Macht das alles Glück, Chrystal?"

„Oh nein, das war ein falsches Wort – aber wie *erfreut* muss Julia sein, wenn sie diese Dinge ansieht und denkt, sie wären ihre eigenen! Aber warum kommt Julia nicht zu uns, Papa? Hat sie uns heute nicht erwartet?"

Christobelle auf ihrem Weg durch die Wohnung begleitete , und sprach sie ernst an.

„Chrystal, mach keine Beobachtungen irgendwelcher Art und stelle keine Fragen an mich oder Julia. Ich erwarte große Besonnenheit von dir. Du bist jetzt mein Begleiter und Freund, und du musst lernen, viel Überraschung durch Schweigen zu verbergen. Sei sehr." Sei vorsichtig, mein Kind, und sag deiner Schwester nichts."

„Ich werde sehr vorsichtig sein, Papa", antwortete Christobelle flüsternd. Die Weite des Raumes und das Geheimnis, das in den Worten ihres Vaters zum Ausdruck kam, erfüllten sie mit Ehrfurcht. Sie hatte bereits das Gefühl, dass die Stille mit so großer Erhabenheit herrschen müsse und dass die Meinungsfreiheit nicht in hohen Gemächern zu Hause sei. Sie betrachtete weiterhin schweigend ein Porträt von extremer Schönheit, von dem sie wusste, dass es die Witwe Lady Ennismore in ihrer Jugend darstellte. Es behielt immer noch einen beträchtlichen Grad an Ähnlichkeit bei – das Auge konnte sich nie ändern – sein außergewöhnlicher Ausdruck war da – und der hochmütige Blick, der durch den Zusammenstoß der High Society gedämpft wurde, kam in dem Gemälde bewundernswert zum Ausdruck. Christobelle fühlte sich von dem Porträt unwiderstehlich angezogen, und sie betrachtete es, bis sich in ihrer Nähe eine Tür öffnete und ihre Aufmerksamkeit erregte. Eine Wärterin näherte sich. Sie war eine große, stattliche Person, gekleidet mit besonderer Ordentlichkeit und Präzision. Sie überbrachte Lady Ennismores Willkommensgrüße. Ihre Ladyschaft lud ihre Gäste ein, sich in ihre Gemächer zurückzuziehen. Sie würde das Vergnügen haben, sie im Salon zu treffen, wenn die große Glocke läutete und ihre Gäste sich erfrischt hatten, indem sie ihre Kleidung wechselten.

Sir John Wetheral trat vor und verneigte sich leicht vor dem stattlichen Boten.

„Ich glaube, ich spreche einen Diener von Lady Ennismore an?“

„Ich habe die Ehre , der Gräfinwitwe von Ennismore beizuwohnen“, lautete die Antwort.

„Ihre Nachricht ist von Lady Ennismore, meiner Tochter, nicht wahr?“ bemerkte Sir John besorgt.

„Meine Nachricht ist von der Gräfinwitwe“, antwortete ihr Begleiter.

„Lady Ennismore ist wahrscheinlich von zu Hause?“

„Die junge Lady Ennismore ist in ihrer Umkleidekabine“, war die Antwort. „Ich habe den Auftrag, Miss Wetheral zu ihrer Wohnung zu begleiten .“

Das war außergewöhnlich. War Bedinfield nicht Eigentum von Julia und ihrem Herrn? Dennoch übermittelte die Gräfinwitwe die Botschaft des Kompliments, als ob sie immer noch über das Gemüt und den Besitz ihres Sohnes walte. Es lag etwas zutiefst Verdächtiges in diesem kalten, höflichen Empfang, der das Herz des Vaters erschütterte. Christobelle wollte wissen, ob ihr Zimmer in der Nähe des Schlafzimmers ihres Vaters lag, und sie drehte sich mit einem Ausdruck ernster Besorgnis zu ihm um. Er lächelte.

„Miss Wetheral ist unter Fremden etwas nervös. Darf ich fragen, ob die für uns bestimmten Zimmer nahe beieinander liegen?“

„Sie sind in der Nähe“, war die lakonische Antwort, und Christobelle bereitete sich auf den Abschied vor. Als gerade ein Diener eintrat, um Sir

John seine Dienste anzubieten, begaben sie sich gemeinsam auf die große Galerie, in die sich ihre Gemächer öffneten. Die stattliche Frau zeigte auf eine reich geschnitzte Eichentür, als sie Christobelle vorausging . „Sir John Wetheral schläft in der purpurnen Kammer.“ Dann öffnete sie die Tür eines großen, düsteren Zimmers, das Christobelle gehörte . „Ihre, Miss Wetheral , ist die mit Wandteppichen geschmückte Kammer.“ Dann machte sie einen Knicks und zog sich zurück.

Taylor befand sich in einem angrenzenden Ankleidezimmer und legte die Garderobe ihrer jungen Dame aus, und Christobelle betrachtete die Schrecken des mit Wandteppichen ausgestatteten Zimmers, von dem sie sicher war, dass es allein schon ihren Schlaf stören würde. Der „Mord der Unschuldigen“ stand in enormen Ausmaßen am unteren Ende des Zimmers gegenüber ihrem Bett, das an seiner Oberseite mit Zobelfedern geschmückt war. Die kräftigen Arme der Soldaten, die die kleinen Kinder packten, ihre schrecklichen Augen und die Waffen , die sie über den Köpfen der unglücklichen Babys schwangen, wirkten auf ihre Fantasie und versetzten sie in Angst und Schrecken. Christobelle war sich ziemlich sicher, dass der grelle Glanz der hohen Wachslichter sie, wenn sie sich für die Nacht zurückzog, zu lebenden Körpern erwecken würde, die zu ihrem äußersten Entsetzen „leben und sich bewegen und ihr Dasein haben“ würden. Die tiefen Nischen, die dunklen Eichenmöbel – alles zusammen machte den Raum schrecklich. Selbst im Boudoir von Wetheral hätte sie Welten dafür gegeben, in diesem Moment zu sein .

Sir John klopfte an die Tür seiner Tochter, als er sich bereit machte, in den Salon hinunterzugehen: Christobelle war angezogen und bereit, ihn zu begleiten. Sie flehte ihn an, sie jeden Abend sicher bis zu ihrer Zimmertür zu bringen, und gestand, dass sie beunruhigt sei über den Gedanken, so viele Stunden an einem Ort voller Schrecken zu verbringen. Wenn er nur die schrecklichen Gegenstände sehen könnte, die an den Wänden ihres Zimmers glitzerten, würde er sich über ihre Unruhe nicht wundern!

Sir John bemühte sich , Christobelle zur Ruhe zu bringen , und fragte, warum ihre Ruhe durch bildliche Darstellungen der Geschichte der Heiligen Schrift gestört werden sollte. War die Hand ihres Schöpfers nicht ebenso barmherzig ausgestreckt, um sie inmitten von Gobelin- Wandteppichen zu unterstützen, wie in den Papierbehängen von Wetheral ? Christobelle gab zu, dass es so war. Sie wurde zum Schweigen gebracht; Sie konnte ihre Ängste nicht verteidigen , konnte sie aber nicht unterdrücken. Dieses Zimmer würde niemals ihre „Schlafwohnung“ sein. Sie sollte niemals in der Lage sein, ihre Augen zu schließen.

Ein Diener wartete, um sie anzukündigen, als sie in die Halle hinabstiegen. Die Falttüren wurden aufgerissen, ihre Namen wurden mit gebührendem

Nachdruck gerufen, und sie befanden sich in der Gegenwart von Lord und Lady Ennismore und der Gräfinwitwe . Letztere erhob sich und ging mit ihrer gewohnten Höflichkeit voran. Sie nahm beide Hände von Sir John in ihre.

„Mein lieber Sir John, das ist eine echte und unerwartete Ehre . Ich freue mich, Sie zu sehen. Miss Wetheral , Sie sind herzlich willkommen: Julia ist, wie ich sehe, darauf bedacht, Sie sich anzueignen – fliegen Sie zu ihr, meine Liebe. Wir sind klein Sie sehen, es ist eine Familienfeier, Sir John Wetheral ; aber wir werden uns bemühen , Sie in Bedinfield zu unterhalten . Lady Wetheral geht es hoffentlich gut.

Sir John antwortete höflich, dass seine Dame gesund sei.

„Ich hoffe, Sie finden unsere liebe Julia wohlauf und so gutaussehend wie eh und je. Unsere Luft in Staffordshire ist ausgezeichnet, und Julias Blüte ist, glaube ich, gewachsen. Julia, ich darf deinen Vater nicht monopolisieren . Das wäre nicht gerecht, also ich kündige ihn widerwillig.

Die Witwe führte Sir John zu der jungen Lady Ennismore, die ihn mit fast wilder Zuneigung empfing. Lord Ennismore meldete sich ebenfalls.

Wetheral , und auch Sie, Miss Wetheral, willkommen zu heißen . Ich hoffe, Sie beide bei guter Gesundheit zu sehen.“

Lord Ennismore verneigte sich tief und nahm wieder Platz. Die Witwe Lady Ennismore sprach für ihren Sohn.

„Mein lieber Ennismore fühlt mit mir die Ehre und das Vergnügen dieses unerwarteten Besuchs. Ich habe Sir John viel zu zeigen, jetzt, wo er uns mit seiner Gesellschaft beschenkt hat. Ich werde ihm mit großer Freude die Ehre des Parks erweisen Bitten Sie ihn um seine Meinung zu unserer neuen Loge.

„Sie werden unserem Gast, Sir John, zweifellos die neue Straßenlinie durch die Plantagen zeigen, meine liebe Mutter.“

„Mein lieber Ennismore, unsere allererste Fahrt wird durch die Plantagen führen. Ich bin stolz, Ihren Geschmack zu zeigen; er wird immer seinen Platz in meiner Erinnerung behalten, als unser Löwe von Bedinfield .“

„Das war nicht mein Vorschlag, meine liebe Mutter“, antwortete der arme, langweilig aussehende Lord Ennismore.

„Mein lieber Sohn, du hast meine Idee gebilligt, was sie zu deiner eigenen Angelegenheit macht. Der neue Antrieb ist sicherlich eine Angelegenheit deiner eigenen Durchführung. Ich hatte wenig damit zu tun. Der Architekt ist, wissen Sie, zweitrangig. Die Füllung." Das Aufstehen erfordert Wissen und Geschmack: Das war deine Aufgabe, lieber Augustus.

Ein zufriedenes Lächeln huschte über das blasse Gesicht von Lord Ennismore, aber es konnte den bleiernen Ausdruck seiner Augen nicht erhellen, als sie auf dem Gesicht seiner Mutter ruhten.

„Ich freue mich, dass du diesen Weg hoch schätzt, meine liebe Mutter."

„Ich denke, es ist die schönste Arbeit auf dem Anwesen, mein lieber Sohn. Ich habe gestern versucht, Julia meine enthusiastische Freude einzuimpfen."

„Julia bewundert es nicht so wie Sie", bemerkte Lord Ennismore, erhob sich von dem Stuhl neben seiner Dame und nahm neben seiner Mutter Platz.

„Wir haben nicht alle den gleichen Geschmack", antwortete Ihre Ladyschaft. „ Bedinfield ist seit vielen Jahren mein Zuhause, und du, mein lieber Augustus, wurdest hier geboren. Es muss ein geschätzter Ort in meinem Herzen sein."

„Ich hoffe, es wird immer dein Zuhause sein."

Lord Ennismore nahm die Hand seiner Mutter und hielt sie in seiner, bis das Abendessen angekündigt wurde.

Julia hörte weder das Gespräch, das zwischen Lord Ennismore und ihrer Schwiegermutter stattfand, noch bemerkte sie die Veränderung der Situation ihres Lords: Sie erfuhr die Nachricht von Wetheral aus den Lippen ihres Vaters und ihre ganze Aufmerksamkeit war auf ihn gerichtet und die Mitteilungen, die ihr Herz tief berührten. Christobelle hörte, wie sie sich über das Schweigen all ihrer Freunde beklagte; sie beschäftigte sich energisch mit dem Schweigen von Miss Wycherly und trauerte, wenn sie daran dachte, wie schlecht ihre Freundschaft die Prüfung einer mehrmonatigen Abwesenheit überstanden hatte. Sie hatte Penelope eingeladen, Bedinfield zu besuchen , aber selbst aus Höflichkeit hatte Lidham keine Antwort hervorgerufen . Sie empfand das Verhalten ihrer ersten Freunde sehr, aber Lady Ennismore hatte sie ernsthaft gewarnt, dass dies der Fall sein würde, und ihre Freundlichkeit war Julias größter Trost.

„Hast du nicht *einmal etwas* von Penelope gehört?" fragte ihr Vater leise.

„Ich habe seit meiner Heirat nie einen Brief aus Shropshire erhalten, Papa." Julias Augen füllten sich mit Tränen bei dem Gedanken an entfremdete Zuneigungen.

„Penelope hat mich mit vielen Botschaften beauftragt, Julia . Sie wollte, dass ich ihr sage, dass ihr Herz, ob abwesend oder schweigsam, unverändert blieb und Lidham dein Zuhause war, ebenso wie Bedinfield und Wetheral ."

„Liebe Penelope!" rief Julia mit gefalteten Händen, „ich wollte nicht glauben, dass sie mich weniger liebte; aber ihr glückliches Schicksal sollte sie nicht dazu bringen, ihrem alten Freund gegenüber zu schweigen!"

Julias Bewegung erregte die Aufmerksamkeit der Witwe. Sie wandte sich erneut an Sir John.

„Mein lieber Sir John, was halten Sie von der Landschaft von Staffordshire? Wir überlassen die Palme der Schönheit keiner Grafschaft im südlichen Teil Großbritanniens. Sagen Sie mir genau Ihre Route."

Sir John gab einen kurzen Bericht über ihre kleine Reise, der von Ihrer Ladyschaft lebhaft kommentiert wurde. Mit zunehmender Energie begann sie, die Landschaft von Staffordshire und die Aristokratie von Staffordshire zu beschreiben, wobei sie ihre ganze Aufmerksamkeit auf sich selbst richtete und sich keine Ruhe gönnte, um ein Gespräch mit Julia wieder aufzunehmen. Lady Ennismore unterhielt sich sogar in der riesigen Halle und bis zum Esstisch. Christobelle beobachtete auch, wie die ältere Lady Ennismore mit unkontrollierbarer Überraschung ihren Platz am Kopfende des Tisches einnahm, während Julia sich ruhig an die Seite ihres Vaters stellte. Christobelle blickte ihren Vater an, um seine Bewegungen zu beobachten; sie sah ihm nicht in die Augen; sein Gesichtsausdruck und seine Haltung waren sehr ernst, aber er gab keinen Anschein, den Umstand bemerkt zu haben: Er unterhielt sich gerade mit Julia über die Ankunft der Tom Pynsents .

Das Abendessen verlief in feierlicher Erhabenheit. Für ein allgemeines Gespräch war die Gesellschaft zu klein, und die Anwesenheit vieler Bediensteter verhinderte jegliche Herangehensweise an Bemerkungen, die über alltägliche Anspielungen auf das Wetter und Klima von Staffordshire hinausgingen. Christobelle bewunderte die Schlichtheit der Wohnung, ihre großartigen Proportionen und den großartigen Architekturstil, aber sie war froh, als das Essen zu Ende war und die Diener sich zurückzogen.

Damals wurde die Witwe Lady Ennismore von großem Vorteil gesehen: Christobelle konnte nicht anders, als die Perfektion ihrer Manieren zu bewundern, die sie für jeden , mit dem sie in Kontakt kam, so faszinierend machte. Trotz Julias Stellung, die als Frau von Lord Ennismore so entschieden nachteilig für sie selbst und unangemessen war – angesichts dieser Unangemessenheit, trotz der Abneigung gegenüber Lady Ennismore, als Ursache für Julias gegenwärtige Situation, Christobelle betrachtete sie mit großer Bewunderung. Sie war angezogen von dieser raffinierten Aufmerksamkeit, dieser Macht des Gefallens, so zart, so taktvoll, begleitet von großer persönlicher Schönheit, die die Sinne gefangen nimmt, selbst wenn wir gegen ihre Macht ankämpfen. Sie bewunderte den Zauber ihrer Augen, als sie auf jede Person diese fesselnden und schmeichelhaften Bedeutungen blickte, denen nur wenige Gemüter widerstehen konnten, und sie war unbeschreiblich entzückt von den Aufmerksamkeiten, die ihrem jugendlichen Alter entgegengebracht wurden, das wie Öl auf sie einwirkte die Gewässer. Die Witwe hatte ihre *Premiere jeunesse* längst hinter sich ; doch die Lebhaftigkeit ihrer Unterhaltung und die Anständigkeit ihres Kleidungsstils verliehen ihrer gesamten Person einen Hauch unbeschreiblicher Anziehungskraft. Sir John schien Ihre Ladyschaft mit großer Aufmerksamkeit zu beobachten; Kein Wunder also, dass Christobelles ahnungsloses Alter weitgehend von ihrer Faszination trank, dass sie sich nie die tiefe Bosheit ihrer Natur vorstellen konnte oder glauben konnte, dass hinter solchen gewinnenden Manieren ein herrischer und gefährlicher Geist steckte. Ihre ganze Aufmerksamkeit galt ausschließlich der Witwe Lady Ennismore.

Alle zogen gemeinsam in den Salon. Die Gräfin entschuldigte sich lachend für Bedinfields enthaltsame Gewohnheiten und brachte ihre Genugtuung darüber zum Ausdruck, dass ihr lieber Sohn die Freuden des Tisches nie liebte – Freuden, die insgesamt so grob und unintellektuell waren, dass sie sich wunderte, dass sich Herren zu einem nervigen und ekelhaften Konsumenten des Daseins eignen könnten .

„Wir sind sehr nüchterne Menschen, Sir John, und unser kleines Familientrio trennt sich nach dem Abendessen nie. Ich betrachte Sie auch in diesem liebevollen Licht, deshalb werden wir während Ihres Aufenthalts die Gesellschaft des anderen nicht verlieren. Ich muss Sie dazu bringen, einen kleinen Ring zu bilden." um mich herum, damit ich die Unterhaltung jedes Einzelnen genießen kann. Meine liebe Miss Wetheral , Sie müssen in meiner Nähe bleiben; ich vergesse meine junge Freundin nicht. Meine liebste Julia, Sie werden wie immer Ihre kleine *Siesta halten.* "

Julia lehnte eine *Siesta ab* ; sie drückte ihr Unwohlsein zum Schlafen aus; Sie wollte ihrem Vater zuhören und nach Neuigkeiten aus Shropshire fragen. Sie konnte nicht schlafen, während ihr Vater und ihre Schwester in Bedinfield blieben .

„Meine liebste Julia, ich werde ernsthaft beunruhigt sein. Mein lieber Sohn, lasst uns Julia davon überzeugen, nicht auf ihre *Siesta zu verzichten, die von Dr.* Anstruther so dringend empfohlen wurde und für ihre Gesundheit in dieser Zeit so sehr notwendig ist!"

„Meine liebe Mutter, Sie haben immer Recht; ich stimme Ihnen zu und denke, Lady Ennismore sollte ihre *Siesta nicht auslassen* ", bemerkte Seine Lordschaft mit besonders stumpfer Miene.

„Ich fühle jetzt überhaupt keine Notwendigkeit mehr, liebe Mutter“, bemerkte Julia, indem sie Lady Ennismores Hand liebevoll drückte und ihr flehend ins Gesicht blickte. „Mein lieber Vater und Chrystal nehmen jegliche Neigung zum Schlafen.“

„Ich werde meine Tochter nicht verlieren, egal was die Welt zu bieten hat“, rief die Witwe und warf ihre Arme um Julia. „Meine liebe Julia, willst du mir nicht den Gefallen tun?“

„Aber, liebste Lady Ennismore, heute *Abend*, nur um über Wetheral zu reden !“

„Meine Liebe, ich vertraue darauf, dass dein Vater beabsichtigt, uns an manchen Tagen zu ehren . Ennismore und ich sind unruhig. Du wirst uns keine Unruhe bereiten, Julia? Sir John wird keinen abrupten Systemwechsel befürworten, da bin ich mir sicher. Kommen Sie uns, meine Güte liebste Julia.“

Julia stand auf, um Freude zu bereiten; Wann hat sie jemals der Aufforderung widerstanden! Sie grüßte ihren Vater liebevoll: „Lieber Papa, ich werde nicht mehr lange von dir entfernt sein. Lady Ennismore hat solche Angst um meine Gesundheit, dass eine *Siesta* für unverzichtbar gehalten wird. Vielleicht wird Chrystal mich mit Geschichten über Wetheral in den Schlaf wiegen . Komm.“ mit mir, Chrystal.

Die Gräfin ergriff Christobelles Hand, als sie aufstand, um Julia zu begleiten.

„Mein lieber junger Freund, ich fürchte, ich muss wie ein Monster erscheinen, aber ich habe Angst; meine Julia muss sich ausruhen und darf sich nicht mit lieben und nahen Verwandten unterhalten. Es ist zu aufregend für sie. Meine liebe Julia lässt sich nie beunruhigen – sie ist sich dessen bewusst meine Befürchtungen. Komm mir und Ennismore entgegen, liebe Julia.“

Julia zog sich mit unwilligen Schritten zurück. Lord Ennismore reichte seiner Dame den Arm und begleitete sie zur Tür ihres Ankleidezimmers; Anschließend kehrte er an die Seite seiner Mutter zurück. Sie beobachtete ihn einige Augenblicke mit besorgter Miene; und während Sir John einige exquisite Gemälde untersuchte, hörte Christobelle den folgenden Dialog zwischen Lady Ennismore und ihrem Sohn: es geschah mit leiser Stimme, als sei es nicht dazu bestimmt, andere Ohren zu erreichen.

„Mein lieber Augustus, hast du deine Abendtablette genommen?“

„Ja; und das Pulver eine halbe Stunde vor der Pille.“

„Ich hoffe und glaube, Julia hat dich daran erinnert; ich bin froh, dass sie so nachdenklich war, liebes Mädchen.“

„Nein, meine liebe Mutter, das war dein Hinweis. Erinnerst du dich nicht daran, heute Nachmittag etwas von Pillen zum Abendessen gesagt zu haben? Es hat mich daran erinnert, eine zu nehmen.“

„War das mein Hinweis, mein lieber Sohn? Mütter sind töricht aufmerksame Geschöpfe, Augustus; sie sind immer so ängstlich. Ich fürchte oft, ich sei ermüdend!“

„Du kannst nie mühsam sein, meine Pillen zu nehmen, meine liebe Mutter. Ohne sie würde es mir sehr schlecht gehen.“

„Meine liebe Julia vergisst es, Augustus; ich bin mir sicher, dass es keine Absicht ist.“

„Aber das vergisst *man* nie. Julia hat heute Morgen mein Sodawasser nicht ausgeschüttet. Mir war eine halbe Stunde lang ziemlich schlecht.“

„Junge Frauen sind gedankenlose Geschöpfe, Augustus. Eine Mutter hat, wissen Sie, einen alten, reflektierenden Kopf auf ihren Schultern.“

„Ich bin sehr froh, dass du uns nicht verlassen hast, meine liebe Mutter; Julia hätte mich inzwischen vergiftet.“

„Oh nein, mein lieber Sohn, *ganz* so schlimm ist es nicht; ein paar Fehler vielleicht, aber keine so schreckliche Katastrophe. Ich könnte mir wünschen, dass du morgen bei Delancy vorbeischaust, Augustus; der General hätte es sehr gern getan. “ Fragen Sie nach Ihrer Meinung zu einem politischen Punkt.

„ Ganz sicher werde ich Huish besuchen, wenn du es wünschst.“

„Julia wird mit dir reiten: Die Welt sollte dich immer zusammen sehen. Es ist auf jeden Fall politisch. Ich werde –“ Lady Ennismores Stimme versank in einem Flüstern. Wieder Christobelle verstand ihre Worte.

„Es wird keine lange Angelegenheit sein. Machen Sie eine Runde Anrufe, und das wird die Zeit füllen, wissen Sie.“ Noch ein langes Flüstern. „Mein lieber Sir John, Sie sind mit diesem Spagnoletti zufrieden ; es ist ein Bild von großem Wert. Der verstorbene Lord Ennismore war ein großartiger Sammler.“

Ihre Ladyschaft sprach nun von Bildern: Sie erzählte die Geschichte jedes Gemäldes und erläuterte detailliert die Forschungen ihres verstorbenen Herrn, der durch Europa reiste, um die prächtige Sammlung in Bedinfield zusammenzustellen . Als Lady Ennismore aufhörte zu sprechen, war es Zeit für einen Kaffee, und Julias Wiederauftauchen wurde von ihrer Schwester sehnsüchtig erwartet. Mit der gleichen peinlichen Aufmerksamkeit verließ

Lord Ennismore erneut die Wohnung und kehrte mit seiner Dame unter dem Arm zurück. Er stellte sie in die Nähe der Gräfin, verneigte sich und bot ihr mit kalter Förmlichkeit und einem ausdruckslosen Lächeln an, ihr eine Tasse Kaffee zu versüßen. Julia schien erfreut über die unbedeutende Aufmerksamkeit zu sein.

„Hast du geschlafen, liebste Julia?" fragte die Gräfin , während sie an ihrem Kaffee nippte.

„Nein, in der Tat; ich dachte an Wetheral und konnte meine Augen nicht schließen. Ich wünschte, ich hätte hier bleiben dürfen, liebste Mutter."

„Unartiges Mädchen!" Ihre Ladyschaft tippte leicht auf Julias Arm. „Wie können Sie mit meiner Angst herumspielen? Sir John, wie geht es unserer lieben Julia?"

„Sie scheint bei ausgezeichneter Gesundheit zu sein. Julia erfreute sich immer einer guten Gesundheit", sagte ihr Vater; „Sie war die blühende Rose in Wetheral ."

„Wir wachen mit unendlicher Sorge über sie", erwiderte die Gräfin . „Was sollen wir tun, mein lieber Herr, ohne Julia?"

Lord Ennismore warf Julia einen ernsten Blick zu und lächelte. „Dr. Anstruther gilt als klug; ich vertraue darauf, dass in Bedinfield kein unglücklicher Unfall passieren wird . Sie, meine liebe Mutter, sind äußerst scharfsinnig und werden vieles Unangenehme abwenden."

„Sie schmeicheln mir, mein lieber Herr; aber meine Ängste wecken Wachsamkeit, und oft, fürchte ich, stören sie meine süße Julia. Sir John, wir sind eine Whist-Party; darf ich Sie zum Spielen herausfordern? Ich werde es meinem jungen Freund geben Ich erinnere mich an Miss Wetherals Vorliebe für das Lesen. Mein schlechtes Gedächtnis bewahrt jedoch die Erinnerung an die Vorliebe meiner Freunde. Es wird mir eine große Ehre sein, Ihnen seine Bibliothek vorzustellen. Erlauben Sie mir um eine Kerze anzuzünden.

Die Gräfin erhob sich mit anmutiger Leichtigkeit und leichtem Schritt, um ihr Ziel zu erreichen. Auch Lord Ennismore erhob sich und verneigte sich vor Christobelle . Er sprach *so* schwer und mit so dumpfer Präzision.

„Es wird mir eine Freude sein, Miss Wetheral die Ehre der Bedinfield-Bibliothek zu erweisen . Ich kann mir nicht schmeicheln, dass sie die sehr schöne Sammlung in Wetheral Castle übertrifft, dennoch beansprucht sie eine Auszeichnung. Machen Sie mir die Ehre , Miss Wetheral , meinen Arm anzunehmen." "

Christobelle legte ihren Arm unter den unbeholfen ausgestreckten Ellbogen, den Lord Ennismore ihm entgegenstreckte, und sie gingen zur Bibliothek.

Seine Lordschaft stand in der Mitte des Raumes und hielt eine Ansprache mit dem Ton und der Art eines Schaustellers, der auswendig beschreibt, was sein Verstand nicht verstehen kann.

„Sie sehen hier, meine liebenswürdige Miss Wetheral , eine Sammlung der besten Autoren. Rechts sehen Sie die anerkanntesten Autoren der Antike, links die anerkanntesten modernen Autoren. Vor uns sehen Sie eine prächtig gebundene Sammlung der Werke unserer Romanautoren wie Fielding usw.; und hinter uns liegt eine ebenso erlesene Sammlung von Theaterstücken, von unserem großen Shakespeare bis fast zur Gegenwart.“

„Das ist in der Tat eine großartige Bibliothek, Lord Ennismore.“

„Das wird angenommen, Miss Wetheral . Bedinfield hat in Staffordshire seit langem die Vormachtstellung inne; vielleicht irre ich mich nicht, wenn ich behaupte, dass es vielen Herrenhäusern in den benachbarten Grafschaften überlegen ist.“

„Ich werde, mein Herr, bitte Shakespeare ausleihen, während Sie spielen. Ich verspreche, das Buch zu ersetzen.“

„Wir haben eine Bibliothekarin, die die verschiedenen Werke ersetzt und sich um die Sache kümmert, Miss Wetheral ; machen Sie sich nicht die Mühe. Meine Mutter ordnet alles in perfekter Ordnung.“

„Dann nicht Julia?“ rief sie erstaunt und ohne nachzudenken aus. „Arangiert meine Schwester Julia nicht alles in Bedinfield ?“

„Nein, Miss Wetheral ; die Gräfinwitwe hat die Verwaltung meiner Angelegenheiten in der Hand. Es würde mir äußerst leid tun, die Kontrolle über alles in andere Hände zu legen. Die Gräfinwitwe leitet die Einrichtung in Bedinfield .“

„Ich dachte, die Gräfin wäre zu Besuch! Ich dachte wirklich, Julia und du wohnten in Bedinfield .“ Christobelle blickte Lord Ennismore äußerst überrascht an.

„Die Gräfinwitwe bleibt bei uns“, erwiderte Seine Lordschaft. „Wir waren bestrebt, meine liebe Mutter in Bedinfield zu behalten . Sie ist so freundlich, alle Angelegenheiten für mich zu regeln. Ich bin kein Freund von Geschäften, und die Gräfinwitwe meint, ich sei gesundheitlich nicht in der Lage, ernsthafte Aufmerksamkeit auf irgendein Thema zu richten. I Ich bin sehr glücklich, einen Verwandten zu haben, der es fast als Vergnügen ansieht, die Sorgen von Bedinfield zu ignorieren .

„Julia war immer äußerst klug“, rief Christobelle aus , die darauf bedacht war, ihren Talenten gerecht zu werden. „Julia galt bei Wetheral immer als äußerst klug .“

„Niemand kann sich an Klugheit mit meiner Mutter messen, Miss Wetheral : Alles ist in bester Ordnung, und ich werde immer mit Geld versorgt, wenn ich es brauche. Die Gräfinwitwe kümmert sich sogar um meine Privatkonten: Ich habe keine Probleme."

„Aber *Julia* kümmert sich selbst um ihre Ausgaben, Lord Ennismore?"

„Die Gräfinwitwe ist so freundlich, sich um alles zu kümmern , Miss Wetheral ."

Die Bibliothekstür öffnete sich und die „Gräfinwitwe" erschien, auf Julias Arm gestützt. Sie scherzte Christobelle und ihren Sohn über ihre lange Abwesenheit.

„Sie haben eine ebenso große Vorliebe für das Lesen von Buchtiteln wie Dr. Johnson, wenn das Ihr Beruf war. Mylord war sehr darauf bedacht, die Ehrungen ordnungsgemäß durchzuführen, Miss Wetheral ."

„Wir haben nicht nur von Büchern gesprochen", antwortete Seine Lordschaft und reichte Julia mechanisch seinen Arm.

„Was könnte Sie so sehr interessieren, Miss Wetheral ? Wenn Bücher nicht Ihr Thema wären, freuen wir uns auch über Ihre Bemerkungen." Die Gräfin richtete ihren Blick mit forschendem Gesichtsausdruck auf Christobelle . Christobelle gefärbt , blieb aber stumm.

„Meine liebe Mutter, wir haben von dir gesprochen", sagte Lord Ennismore und nahm ihre Hand.

„Von *mir , Augustus? Ich kann mir nicht vorstellen, dass ich ein Thema für Miss* Wetherals Betrachtung bilden kann . Bitte, lasst uns in den Salon zurückkehren." Dies geschah in einem Tonfall leichten Unmuts.

„Ich glaube nie, dass jemand ohne Freude von dir sprechen kann, meine liebe Mutter. Ich rede gern von dir."

„Ich bin sicher, liebste Mutter, Tausende sind Gesprächsthema über Sie", rief Julia zärtlich und legte ihre Hand auf den Arm Ihrer Ladyschaft.

„Meine lieben Kinder, ihr seid sehr schmeichelhaft in eurer Zuneigung." Lady Ennismores Gesichtsausdruck nahm wieder seinen ausdruckslosen Ausdruck an. „Ich muss mich in der Liebe zweier Wesen, die mir so lieb sind, glücklich fühlen. Mögen wir immer vereint weitermachen, meine geliebten Kinder! Miss Wetheral , Sie sind überrascht über diese kleine Szene."

Die Gruppe kehrte in den Salon zurück. Lady Ennismore arrangierte die Whist-Party, so wie sie alles organisierte, was mit Bedinfield zu tun hatte , und Christobelle saß am Tisch und las ihren Lieblings- Shakespeare. Die

Whist-Party löste sich, um eine kleine Erfrischung zu sich zu nehmen, und dann war es Zeit, sich für die Nacht zu trennen. Christobelle hoffte zwar, dass Julia sie in das mit Wandteppichen geschmückte Zimmer begleitet hätte, aber sie zog sich mit Lady Ennismore zurück, nachdem man sich gegenseitig „gute Nächte" gewünscht hatte. Christobelle wurde von ihrem Vater schweigend in ihr Zimmer begleitet. Sie wünschte sehr, mit ihm zu sprechen und ihn von ihrem kurzen Gespräch mit Lord Ennismore zu unterrichten; sie bat ihn daher, einige Minuten bei ihr zu bleiben.

„Komm in mein Zimmer, Chrystal; ich habe keine Zofe, die meine Worte belauschen könnte."

Christobelle durchquerte die breite Galerie und betrat das purpurrote Zimmer. Es war mit dunkelrotem Satin behangen, ebenso düster, aber nicht so abscheulich wie die mit Wandteppichen geschmückte Wohnung. Dann erzählte sie ihrem Vater den Inhalt ihres Gesprächs in der Bibliothek und bemerkte auch Lady Ennismores unzufriedenen Gesichtsausdruck. Er hörte der Enthüllung ernst zu und bemerkte: „Ja, das habe ich mir vorgestellt – ich kann alles sehen."

„Was siehst du, Papa?"

„Du würdest meine Ansichten nicht verstehen, wenn ich sie zum Ausdruck bringen würde, meine Liebe; dein Leben ist jung, und im Moment wären meine Bemerkungen für deinen unschuldigen Geist ein Rätsel. Die Welt wird dich nach und nach über das Böse aufklären, wenn deine Rolle gespielt werden soll sein Stadium: Bleiben Sie bis dahin unbefleckt und glücklich. Aber wenn Sie sich seinen Sorgen widmen, bedenken Sie die Notwendigkeit, an Integrität festzuhalten. Es sichert das Glück hier und im Jenseits. Und nun, gute Nacht, mein lieber Chrystal."

Christobelle kehrte in ihr Zimmer zurück und sah die großen Augen eines riesigen Zenturios auf sie gerichtet. Sie konnte sich nicht gegen die Angst wehren; und Taylor saß bei ihr, bis sie einschlief. Sie bemühte sich , ihre junge Geliebte mit einer Beschreibung der Szenen zu unterhalten, die sich im unteren Departement von Bedinfield abspielten .

„Herr, helfen Sie uns, Miss Wetheral , wenn Sie nur den Stolz der beiden Butler, Mr. Spice und Mr. Hornby, sehen könnten! Miss, sie werden die anderen Diener nicht ansehen oder mit ihnen sprechen; und die große Haushälterin, Sitzen Sie mit ihren beiden Helfern allein in einem Raum. Mr. Spice steht nur an der Anrichte und Mr. Hornby hinter meiner Dame, der Gräfin , nur zum Anschauen. Und wissen Sie, Miss – das war die arme Miss Julia – ist galt überhaupt als niemand. Alles gehört meiner Lady Gräfin.

„Glauben sie das, Taylor?"

„Ich höre, wie die Bediensteten, mit denen ich Umgang habe, Miss, seltsame Beobachtungen machen, da wir manchmal untereinander über Dinge reden; und sie sagen, dass die Gräfin eine sehr entschlossene Frau ist und meinen Herrn vollständig verwaltet. Die arme Miss Julia hat keine Macht überhaupt; aber die Lady Countess ist sehr freundlich zu ihr, und es heißt, Miss Julia sei sehr zufrieden damit, auf die Seite gestellt zu werden.

„Lady Ennismore, bitte, Taylor.“

„Ah! Sie ist keine Lady Ennismore, Miss, es sei denn, sie hat ihre angemessene Stellung in diesem Haus. Was Mylord betrifft, Miss, ich versichere Ihnen, dass die Lakaien auf sehr seltsame Weise über ihn sprechen.“

"Inwiefern?"

„Warum einer von ihnen beim Abendessen offen das Wort ‚Arsch‘ sagte, Miss Wetheral , und ein anderer sagte, er könne seiner Nase nicht ohne die Gräfin an seiner Seite folgen: Sie alle haben Mitleid mit der armen Miss Julia und sagen, sie sei zu schade für ihn."

„Ich werde es Papa sagen, Taylor.“

„Oh, gnädige Frau, Miss Wetheral ! Sprechen Sie mich nicht mit solchen Dingen an; ich könnte wirklich, auf meinen Eid, vor niemandem erscheinen, um nichts in der Welt. Ich muss den Mund halten.“

„Nein, sprich weiter, Taylor: Du musst mich zum Schlafen überreden .“

„Nun, in der Tat, Fräulein! Der Lakai, Nummer 7, wie sie ihn nennen – denn sie werden nach Nummer und nicht nach Namen genannt – ist seit einigen Jahren in Bedinfield ; und er sagt, die Lady Countess hatte große Macht über ihren Ehemann, der verstorbene Herr. Es war immer langweilig und angenehm, mit ihr zu sprechen, wenn sie nichts beleidigte, aber Nummer 7 sagt, es sei ein Anblick gewesen, sie *wütend zu sehen* . Sie hat niemandem vergeben und wird niemandem erlauben, mit ihr anderer Meinung zu sein. Fräulein Julia ist so sanft! Das ist eine Sache; sie wird niemals beleidigen; aber wenn sie es jemals tut, sagt Nummer 7, dass es für sie noch schlimmer sein wird.

„Wie kann Nummer 7 etwas sagen , Taylor?“

„Oh! Miss Wetheral , er sagt Dinge, die man kaum glauben kann; aber niemand hat ihm widersprochen. Er sagt, dass seine Dame sich niemals von der Macht trennen wird, bis sie in ihrem Grab liegt, und dass Miss Julia nur ein ruhiges Leben führen wird, solange sie nachgibt . Ich denke, meine Lady Kerrison und meine Lady Ennismore haben sich nicht so gut geschlagen, Miss, obwohl sie von hoher Qualität sind. Ich muss sagen, ich würde gerne die Erste in meinem eigenen Haus sein – ich sollte damit rechnen – wenn mein Mann – tatsächlich, sagt ich – "

Taylors Worte schienen gebrochen zu sein und erloschen allmählich. Christobelle schlief während ihrer langen Rede ein.

KAPITEL XIX.

Lady Ennismore und Julia waren bereits im Frühstücksraum, als Christobelle und ihr Vater am nächsten Morgen herunterkamen. Lord Ennismore saß mit einer Karaffe Wasser vor ihm auf dem Tisch; und er hatte verschiedene Flaschen darum aufgestellt, aus denen er bestimmte Pulver abwog, und tauchte das Ganze in einen Kelch mit Wasser. Seine Lordschaft war zu beschäftigt, um sich bei ihrem Eintreten zu erheben, aber er entschuldigte sich für den offensichtlichen Mangel an Tapferkeit.

„Entschuldigen Sie, Sir John Wetheral , und ich bitte Sie auch um Verzeihung, Miss Wetheral , für meine Sitzhaltung; aber ich bereite gerade meinen Morgentrank zu. Ich werde jedoch viel Freude daran haben, auf Ihre Gesundheit zu trinken, wenn die Vorbereitung ist abgeschlossen.“

„Ich werde mich Ihren Worten anschließen, mein lieber Augustus“, sagte die Gräfin; „Ich bin besorgt über die angegebenen Pulvermengen und bitte Sie, bei der Prüfung der Maße vorsichtig zu sein. Drei Gran ist, wie ich weiß, die richtige Menge. Drei Gran von jedem. Meine liebe Miss Wetheral , ich hoffe, Sie haben gut geschlafen. Sir John, ich werde Sie unbedingt mit mir durch den Park tragen. Nur drei Grains, mein lieber Sohn.

„Vielen Dank, meine liebe Mutter. Ich bin sehr genau: Ich habe gerade meine Dosis beendet.“

Lord Ennismore erhob sich mit einer Miene, die seiner Meinung nach malerisch und galant sein sollte. Seine Lordschaft hielt den Kelch in einer Hand und einen Teelöffel in der anderen, während er sich tief vor Christobelle und ihrem Vater verneigte.

„Ich habe die Ehre , auf Ihr Wohlergehen anzustoßen und auch unsere Freude darüber zum Ausdruck zu bringen, dass Sie uns die Ehre Ihres Unternehmens erweisen.“ Dann rührte Seine Lordschaft die Flüssigkeit zum Sprudeln und trank den Inhalt des Kelchs. Julia streckte ihre Hand aus, um den leeren Kelch entgegenzunehmen, aber die Gräfin verhinderte dies.

„Nein, meine liebe Julia, ich werde es von meinem Sohn bekommen. Ich weiß, dass du Pulver und Brausetrank nicht magst; junge Leute mögen sie selten. Lass mich das Glas von deinem Mann nehmen.“ Ihre Ladyschaft bemerkte, dass der Kelch noch nicht ganz von seinem Inhalt befreit war. „Mein lieber Augustus, ich bin nicht einfach. Ich wünschte, ich hätte die Ruhe von Julia, aber ich *werde nie* so selbstbeherrscht sein; ich mache mir immer kleine Sorgen um dich. Du hast ein Weinglas voll in diesem Kelch gelassen, und Sie werden seine wohltuende Wirkung nicht spüren.“

Man konnte Lord Ennismores Zufriedenheit über die Fürsorge erkennen, die in den Bemerkungen seiner Mutter zum Ausdruck kam. Julia wusste überhaupt nichts von dem verborgenen Zweck, der hinter der Besorgnis Ihrer Ladyschaft lauerte. Sie lächelte nur über die völlig unbegründeten Ängste ihrer Mutter und scherzte scherzhaft über deren unbegründeten Einsatz. Die Gräfin tätschelte Julias Wange.

quälenden , wenn auch vielleicht törichten Ängste einer Mutter nicht kennen . Eine junge Frau ist sich der Natur unangenehmer Symptome nicht bewusst, wie ich fürchte, im Körper meines Sohnes auftauchen zu sehen. Sir John, ich denke, wir kann es als Tatsache behaupten, dass die Angst eines Elternteils noch akuter ist als die Beunruhigung seiner Frau."

Sir John war mit Ihrer Ladyschaft nicht einverstanden. Er glaubte, dass die Schmerzen der Eltern für jedes Herz eine bittere Prüfung sein müssten; Aber das Wohlergehen einer Frau oder die Gesundheit eines Mannes müssen ein vorrangiges Interesse sein. Seiner Vorstellung nach muss sich die Zuneigung einer Mutter der einer Ehefrau beugen.

„Meinen Sie, Sir John?" Die Gräfin lächelte ihren Sohn bezaubernd an. „Ich glaube, ich habe meine Pflicht gegenüber meinem Herrn erfüllt; ich glaube, ich habe mich seinen Wünschen ergeben; aber ich empfinde sicherlich eine noch intensivere Liebe zu meinem Sohn. Vielleicht", fuhr die Gräfin seufzend fort, „vielleicht interessierte sein sehr empfindlicher Gesundheitszustand meine Gefühle." zu mächtig für meine Ruhe.

„Ich bin und muss es sein", sagte Seine Lordschaft in höchst sentimentalem Tonfall, „das große Glück, einen Verwandten zu haben, der so sehr an meinem Wohlergehen interessiert ist. Ich bin sicher, meine ausgezeichnete Frau empfindet für mich eine echte und lebhafte Zuneigung; aber Wie die Gräfinwitwe bemerkt, mangelt es der Jugend an Reflexion, die nur die Älteren durch Erfahrung erlangen.

„Mein lieber Herr", rief Julia mit sanfter Ernsthaftigkeit aus, „ich sollte der einzig richtige Aufseher sein, und ich sollte auch ein äußerst bereitwilliger sein, wenn Sie mir erlauben würden, Ihre Medikamente zu mischen – aber Lady Ennismore hat es so oft versichert Mich...."

„Komm, komm, meine süße Julia, weg mit Selbstvorwürfen oder Vorwürfen jeglicher Art! Ich bezeuge deinen Wert und deine Freundlichkeit; lass uns damit beginnen, unser Frühstück zu versenden , damit ich Sir Johns Gesellschaft beanspruchen kann." Die Gräfin ließ im Gespräch keine Pause, damit Julia ihre Beobachtung fortsetzen konnte.

„Sir John, ich freue mich auf große Belobigungen von Ihrer Seite. Der Geschmack meines Sohnes kommt in der neuen Auffahrt, die eine Strecke von drei Meilen umfasst, bewundernswert zum Ausdruck. Meine liebe Miss Wetheral , Sie haben den Appetit einer guten Dame: Bedinfield wird sicherlich Wirkung zeigen eine Abwechslung. Ich bin mir sicher, dass meine

Julia ein oder zwei Stunden Spaß daran haben wird, mit dir zu plaudern, mein junger Freund, während wir abwesend sind. Ein kleiner Plausch über Wetheral- Themen. Julia redet mit so viel Inbrunst über ihre Freunde in Shropshire!"

„Ich wünschte, sie würden alle mit gleichem Interesse an mich denken und bessere Korrespondenten werden", bemerkte Julia energisch.

„Apropos Korrespondenz", sagte die Gräfin an Sir John gerichtet, „wie wenige unserer frühesten Freunde pflegen jemals den entzückenden Verkehr extremer Jugend. So viele neue Objekte, so viele neue Wahrnehmungen! Wir können selten lange in der Beziehung ausharren." Verlauf unserer frühen Karriere."

„Der Freund meiner Tochter macht die gleiche Bemerkung. Miss Wycherly beschwert sich über Julias Schweigen", bemerkte Sir John.

„Ich habe oft geschrieben, Papa", rief Julia, während ihr ganzer Körper von dem Thema belebt wurde. „Ich habe Penelope sogar nach Bedinfield eingeladen , ohne eine Zusage oder Ablehnung zu erhalten. Was kann meine Freundin vorbringen, um ihre Vernachlässigung zu mildern? Ich hatte erwartet, zu ihrer Hochzeit geladen zu werden. Ich habe versprochen, ihrer Vorladung Folge zu leisten."

„Sie haben mir diese Vereinbarung nicht mitgeteilt, Julia", bemerkte die Gräfin ; „Mir war nicht bewusst, welche Freude ein weiterer Besuch in Shropshire mit sich bringen würde."

dich geantwortet , liebe Mutter. Ich wusste zu diesem Zeitpunkt nicht von deiner Absicht, in Bedinfield zu wohnen . Ich habe Penelope, Lord Ennismore und mir nur versichert, dass sie ihr Gefolge vergrößern würden."

„Sie haben Ihren Vorsatz natürlich geändert", sagte die Gräfin mit trockener Stimme.

„Nein, in der Tat: Ich möchte Penelope überraschen. Papa, wir werden mit dir nach Wetheral zurückkehren , wenn mein Herr keine Einwände hat."

„Kein Plan kann mir eine größere Freude bereiten, meine Liebe. Lassen Sie uns gemeinsam zurückkehren, wenn Sie möchten. Wenn Ihre Ladyschaft Ihre Gesellschaft hinzufügt, wird Wetheral stolz sein, Sie zu empfangen. Lady Wetheral wird sich freuen, Sie zu sehen."

„Oh! Lasst uns alle mit Papa zurückkehren", rief Julia und wandte sich eifrig an ihren Herrn; „Lasst uns alle mit Papa zum lieben Wetheral zurückkehren !"

„Ich bin mir der Höflichkeit von Sir John bewusst", erwiderte Seine Lordschaft, „vor allem, da ein Luftwechsel für jede Verfassung von Vorteil ist. Ich werde Wetheral gerne noch einmal besuchen , wenn die Gräfinwitwe keine Verpflichtungen hat, die sie daran hindern könnten, Bedinfield zu verlassen ."

„Meine liebe Mutter, du bist nicht verlobt? Du wirst uns begleiten, nicht wahr?" sagte Julia liebevoll und eifrig.

„Es tut mir leid, dass es außerhalb meiner Macht liegt, Sir Johns höfliche Einladung anzunehmen", antwortete die Gräfin mit viel Höflichkeit.

„Oh! Es tut mir so leid! Aber, mein Herr, *Sie werden mich nach* Wetheral bringen ; *Sie* werden mit mir nach Shropshire zurückkehren", fuhr Julia fort und beobachtete ängstlich das starre Gesicht ihres langweiligen Herrn. „Du hast keine Verlobung, Augustus?"

„Überhaupt nichts, meine liebe Lady Ennismore", war die Antwort Seiner Lordschaft; „Aber wenn meine Mutter ihre Verlobungen nicht verschieben kann, sollten wir unseren Besuch vielleicht besser verschieben."

„Ich habe jede Hoffnung", sagte Sir John und verneigte sich höflich vor der Gräfin , „ich habe jede Hoffnung, dass Lady Ennismore uns noch mit ihrer Gesellschaft beglücken wird . Vielleicht lassen sich mit ein wenig Überlegung ein oder zwei Verpflichtungen aufgeben uns Ehre ."

„Ich werde mich mit meinem Sohn beraten", antwortete die Gräfin mit ihrem bezauberndsten Lächeln. „Ein Besuch in Wetheral muss ein Vergnügen sein, das zu angenehm ist, um darauf zu verzichten, wenn wir weniger angenehme Verpflichtungen verschieben können. Ich werde es nicht versäumen, in *einem Viertel* auf meine Erfindung als Ausreden zurückzugreifen . Meine liebe Julia, ich hoffe, dass wir einen Besuch in Wetheral schaffen werden." . Ich hoffe, dass die Gesundheit meines Herrn bestehen bleibt; aber mir gefällt seine blasse Gesichtsfarbe heute Morgen nicht."

„Sehe ich unwohl aus?" fragte Seine Lordschaft in besorgtem Ton: „Erscheine ich heute verändert, meine liebe Mutter?"

„Diese blasse Wange gefällt mir nicht, mein lieber Sohn. Julia, fällt dir ein kleiner hektischer Fleck auf – ein sehr kleiner Fleck, direkt auf dem Wangenknochen?"

Julia blickte in das bleierne Gesicht ihres Herrn. „Nein, ich finde keinen Ort, ich kann keinen hektischen Ort wahrnehmen – oder, Papa?"

„Meine liebste Julia, ist es möglich, dass du ein wenig fieberhaftes Aussehen nicht erkennen kannst? Ich sehe es aus dieser Entfernung mit großer Beunruhigung."

„Nun, Papa, du sollst zwischen uns urteilen. Seht ihr Anzeichen von Flecken oder Fieber auf der Wange meines Herrn?"

Sir John setzte seine Brille mit ernster Feierlichkeit auf. „Bin ich in dieser Angelegenheit zum Richter ernannt?"

„Oh ja, Papa, du sollst den genauen Stand der Sache erklären", rief Julia lachend.

„Niemand muss für *mich urteilen*. Niemand kann für das schnelle Auge einer Mutter urteilen", sagte die Gräfin spielerisch, „aber dennoch steckt in der Vielzahl der Berater Weisheit; deshalb würde ich gerne Sir Johns Meinung hören."

Sir John Wetheral untersuchte Lord Ennismores Wange mit großer Beherrschung seines Gesichtsausdrucks: Es gab keinen Fleck oder auch nur den geringsten Farbtupfer ; alles war farblos , still und schwer: langweilig, trostlos und unangenehm.

„Mein guter Herr", sagte er, „ich freue mich, meine Tochter in ihrer glücklichen Furchtlosigkeit zu begleiten, und noch mehr freue ich mich, die Befürchtungen Ihrer Ladyschaft zerstreuen zu können . Ich glaube, in Ihrer Wange ist nichts Besorgniserregendes zu sehen. Ziemlich blass, aber ich." kann keine hektische Tendenz wahrnehmen."

Lord Ennismore wandte sich besorgt seiner Mutter zu. Ihre Augen waren ängstlich auf ihn gerichtet: Er wandte sich Julia zu; Sie war mit dem lustigen Gedanken an ein Huhn beschäftigt. Er wandte sich erneut an die Gräfin .

„Meine liebe Mutter, du bist mit der Meinung von Sir John Wetheral nicht zufrieden : Ich sehe, du denkst, es geht mir schlecht, und du beobachtest mich immer, deshalb verstehst du meine Konstitution besser als irgendjemand sonst. Ich glaube nicht, dass ich es bin." Heute Morgen ging es mir sehr gut. Ich könnte mir fast vorstellen, dass mein Kopf sich unwohl anfühlte."

„Du gibst nie der Fantasie nach, mein lieber Sohn, deshalb geht es dir nicht gut. Ich kann den Ausdruck deiner armen, schweren Augen heute Morgen lesen: Ich bin sehr unruhig." Die Gräfin erhob sich bestürzt vom Frühstückstisch.

Auch Lord Ennismore erhob sich. „Entschuldigen Sie, Sir John Wetheral , entschuldigen Sie, Miss Wetheral , wenn es mir so vorkommt, als würde ich Ihre Firma überstürzt verlassen. Ich werde, wenn Sie es wünschen, heute Morgen in den Ruhestand gehen; ich fühle mich auf jeden Fall sehr unwohl, und ein paar ruhige Stunden werden beruhigend sein. Beten Sie." Stehen Sie nicht auf, Lady Ennismore; meine Mutter wird mir ihre Hilfe in meinen Gemächern gewähren; meine liebe Mutter, wären Sie so freundlich, mir eine Audienz zu gewähren?"

Julia erhob sich und reichte Lord Ennismore ihren Arm, aber er lehnte ihre Hilfe erneut ab. Die Gräfin näherte sich mit Jubel in ihrem Aussehen und in ihrem Benehmen; aber sanfte Worte waren auf ihren Lippen.

„Ich glaube, dass wir alten Menschen besser für Krankenschwestern geeignet sind, meine liebe Julia. Deine Sorge wäre in jedem Notfall vielleicht größer als meine eigene, aber ein alter Kopf ist eher an kritische Situationen gewöhnt. Meine liebste Liebe, wirst du uns begleiten? Kommen Sie mit Ihren Freunden ins Wohnzimmer und kommen Sie dann zu uns; Sie werden sehr gespannt sein, die Wirkung meiner altmodischen Heilmittel zu sehen. Mein lieber Sir John, ich werde Sie wiedersehen, um unsere Fahrt zu arrangieren.

Lord Ennismore verließ den Frühstücksraum mit einem Blick echter Niedergeschlagenheit. Sein herbeigerufener Kammerdiener folgte seiner Lordschaft, indem er sich auf den Arm der Gräfin stützte . Ihr angedeuteter Verdacht hatte sich so tief im schwachen Geist ihres Sohnes eingenistet, dass er aufgrund seiner Einbildung glaubte, er sei ernsthaft krank. Seine Lordschaft ging sanft, mit der Miene eines Menschen, der sich sicher fühlte, dass er plötzlich von einer beunruhigenden und schmerzhaften Krankheit gepackt worden war: Seine Person schrumpfte zu noch größerer Bedeutungslosigkeit, sein Blick hatte einen schwereren Ausdruck – er war das perfekte Beispiel für Molières „ Malade" . Imaginaire ", während er sanft durch die großzügige Wohnung ging. Was für ein Geschöpf, eine so schöne Frau wie Julia zu besitzen und der Vertreter der Grafschaft Ennismore zu sein! Die Baronialhallen von Bedinfield zu besitzen und sich selbst als Mann zu bezeichnen !

Sir John Wetheral ließ Julia nicht gehen, als sie das Wohnzimmer betraten. Er ließ sie neben sich auf dem Sofa Platz nehmen und hielt ihre Hand, während er sie liebevoll ansah. Julia lächelte und fragte ihn, „ob er die hektischen Erscheinungen auf *ihrer Wange* untersuchte ."

„Nein, mein Kind, hier sind keine Anzeichen grüner und gelber Melancholie; du siehst gut aus, Julia, also *musst du* glücklich sein."

„Ja, Papa, ich bin wirklich glücklich. Lady Ennismore verwöhnt mich und lässt mich nicht von ihrer Seite weichen, damit mir die Winde des Himmels nicht zu hart auf die Wange wehen.' Sie ist voller Freundlichkeit."

„Und Lord Ennismore ist nachsichtig, Julia, und macht dich glücklich?"

„Ich wünschte, er würde nicht so viele Medikamente nehmen, Papa; sonst widerspricht er mir nie in irgendetwas. Ich kann es nicht für sinnvoll halten, so viel Medizin zu nehmen. Die Gräfin ermutigt ihn, denke ich."

„Du liebst ihn, Julia?"

„Ja, ganz gut, Papa. Mama hat mir gesagt, dass ich ihn jeden Tag mehr und mehr mögen würde, als ich einmal verheiratet war, aber ich kann nicht sagen, dass das ganz der Fall ist. Ich mag jedoch Lord Ennismore: Er beleidigt mich nie." , außer in der Menge an Pillen und Pulvern. Ich mag ihn nicht *besser* , aber ich glaube auch nicht, dass ich ihn schlechter mag.

„Du möchtest Wetheral unbedingt wieder besuchen, meine Liebe?"

„In der Tat, Papa, das tue ich. Ich möchte herausfinden, warum meine Freunde geschwiegen haben. Mama hat sich sehr schlecht benommen: Sie hat mir nie eine Zeile geschrieben, obwohl ich sie jeden Monat angesprochen habe. Ich kann mir nicht vorstellen, was meine Freunde sind." aus. Die Gräfin hat mich vor all dem gewarnt.

„Was kann Lady Ennismore prophezeien, die Ihren Freunden so entfernt bekannt ist, Julia?"

„ Sie sagt mir, Papa, dass alle neidisch auf meine Ehe sind und dass meine Freunde sich trennen werden, weil alle Jugendfreundschaften hohl sind. Penelope hat tatsächlich bewiesen, wie wenig meine Briefe sie interessieren."

„In der Tat, Julia", rief Christobelle , „Miss Wycherly hat keinen einzigen Brief von Bedinfield erhalten . Sie hat es mir in Hatton sehr traurig erzählt."

„Das kann ich mir nicht vorstellen", erwiderte ihre Schwester. „Die Gräfin selbst hat meine Briefe zum Versiegeln gebracht und angeordnet, sie in den Postbeutel zu stecken. Penelope muss sie erhalten haben, aber sie bereitet sich auf ihre Hochzeit vor, und Charles Spottiswoode nimmt ihre Aufmerksamkeit in Anspruch."

„Nein, in der Tat, Julia. Erinnern Sie sich an Miss Wycherlys Nachricht von Papa."

„Ich kann das alles nicht verstehen", antwortete Julia, während ihr die Tränen in die Augen stiegen; „Ich liebe alle meine Freunde sehr, aber jetzt, wo ich Gräfin von Ennismore bin, denkt keine Menschenseele an mich, um eine Korrespondenz aufrechtzuerhalten. Mama hat mir gesagt, dass dieser Rang alles gekauft hat , aber ich kann keine Linie von zu Hause aus kaufen Bitte Gott, mich zu segnen.' Ich bin manchmal sehr unglücklich darüber, nur Lady Ennismore tröstet mich und sagt, dass sie mich für hundert Freunde liebt.

„Denk nicht weiter darüber nach, meine Liebe, wir werden bald alle in Wetheral vereint sein , und du wirst Penelope vor uns im Konklave belehren." Während er sprach, drückte Sir John Julia an sich. Sie lächelte unter Tränen.

„Oh, Sie sind *alle* in meinem kommenden Vortrag enthalten! Sie sind *alle* Straftäter! Ich dachte, ich wäre ohnmächtig geworden, als ich gestern von Ihrer Ankunft hörte, so unerwartet! Ich flog zu Ihnen hinunter, aber die liebe Lady Ennismore hat meinen Flug gestoppt. Sie Ich musste mich hinlegen und einige der schrecklichen Tropfen meines Herrn nehmen. Sie riet mir auch, Sie im Salon zu empfangen; es entsprach eher meinem Stand und Ihren Vorzügen. Ich vergaß Rang und Vorzüge, als ich Ihren hörte lieber Name, Papa. Sie warf die Arme um den Hals ihres Vaters und ging weiter. „Was kümmere ich mich um jemanden, wie meinen eigenen lieben Papa? Ich weiß, dass ich Lord Ennismore lieber haben würde, wenn er nicht immer Tränke und Lotionen mischen würde und wenn er mehr bei mir wäre; aber seine Räume liegen in der Nähe von Lady Ennismore, und meine sind im linken Flügel dieses riesigen Ortes.

„Du meinst nicht, meine Liebe, dass du getrennte Wohnungen hast!" sagte ihr Vater und sprang vom Sofa auf. „Vier Monate Ehe und schon eine Trennung, Julia!"

„Oh, das ist jetzt eine alte Angelegenheit, Papa. Lord Ennismore hat seine Räume in der Nähe von Lady Ennismore in diesen drei Monaten herrichten lassen, weil er dachte, sie verstünde die Pennyweights und Körner besser als ich. Ich sehe meinen Lord nur beim Essen, und er ist extrem." Ich muss also sagen, dass er mir gegenüber aufmerksam war, aber ich kann ihn nicht so mögen, wie ich es tun sollte, wenn er *mich* wegen seiner Medikamente befragen würde. Ich sollte die Gewichte und Maße rechtzeitig lernen, wissen Sie."

Sir John ging zum Fenster, ohne eine Antwort zu geben. In diesem Moment betrat die Gräfin das Zimmer; sie sprach freundlich und gefühlvoll mit ihrer Tochter; Gleichzeitig ergriff sie beide Hände und drückte sie mit zärtlicher Fürsorge.

„Meine liebe Liebe, mein Herr fragt nach Ihnen: Es geht ihm besser, viel besser, aber ich habe beschlossen, nach Dr. Anstruther zu schicken . Er möchte, dass Sie bei ihm sitzen ; er fragt bei jeder Gelegenheit nach Julia, und ich bin es jetzt „Kommen Sie für Sie. Mein Sohn bedauert es sehr", fügte Ihre Ladyschaft hinzu und wandte sich an ihre Gäste, „dass er in diesem besonderen Moment, als er Bedinfield die Ehre erweisen wollte, einen seiner kleinen Anfälle verspüren sollte ; aber er beauftragt mich." für ihn zu handeln. Er hat darauf bestanden, dass ich die *Barouchette bestelle* , um Miss Wetheral und Sie zu den Plantagen zu fahren. Mein lieber Sohn wird hoffen, dass es ihm beim Abendessen vollkommen gut geht: Er ist ziemlich nervös wegen der Plantagen."

Sir John schien zu sehr mit seinen eigenen Gefühlen beschäftigt zu sein, um zu antworten; aber er verneigte sich vor der Rede Ihrer Ladyschaft. Sie wandte sich an Christobelle .

„Mein lieber junger Freund, wir kehren zum Mittagessen zurück. Da meine Tochter also bei ihrem Mann bleibt, werden Sie uns wahrscheinlich gerne auf unserer Fahrt begleiten. Wir werden in einer halben Stunde aufbrechen."

Christobelle versprach sich wenig Freude an der Fahrt, da Julia nicht bei ihnen sein würde, aber sie würde sich darauf vorbereiten, der Vorladung Ihrer Ladyschaft Folge zu leisten. Die beiden Damen gingen dann in Richtung Halle. Julia blickte zurück zu ihrem Vater, der sich neben Christobelle setzte , und lächelte.

„Papa, ich werde etwas über die Briefe von Lady Ennismore herausfinden. Ich bin sicher, Penelope hat Unrecht!"

„Was ist das für eine kleine Angelegenheit, Julia?" fragte Lady Ennismore mit besonderer Schnelligkeit.

„Meine Freunde sagen, sie hätten keine Briefe von Bedinfield erhalten , meiner lieben Mutter. *Du* weißt, dass ich geschrieben habe, denn du warst so freundlich, meine langen, gekreuzten Briefe zu versiegeln. Du hast mir gesagt, dass sie mir so dienen würden!"

„Ich habe oft Schwankungen in der Korrespondenz zwischen jungen Leuten erlebt, meine Liebe. In meiner Jugend hatte ich immer das Gefühl, dass ich besonders schlecht behandelt wurde; aber wenn ich zurückblicke, erkenne ich, dass es die Umstände waren, die viele Ereignisse außer Kraft setzten."

Lady Ennismore sprach weiter mit Julia, doch die Distanz verhinderte, dass der Inhalt ihrer Bemerkungen ihre Freunde erreichte. Bevor die Rede jedoch zu Ende war, hatten sie die Tür erreicht, die Lady Ennismore nach ihrer Durchreise schloss, und das Thema wurde nie wieder aufgegriffen. Ein schwerer Seufzer ihres Vaters erregte Christobelles Aufmerksamkeit. Sie fragte ihn, ob er krank sei.

„Nicht körperlich, mein liebes Kind; mein Geist allein ist elend."

„Oh, warum, Papa?" rief sie überrascht aus; „Was macht dich elend an diesem schönen Ort von Julia? Und Julia selbst ist so wohlauf und glücklich!"

„Es gibt kein Glück mit dieser gefährlichen Frau und diesem schwachen Sohn!" sagte ihr Vater, als er im Zimmer auf und ab ging. „Es gibt keinen Frieden für mein armes Kind – Unwissenheit, Unwissenheit ist ihre einzige irdische Chance! Warum war ich so schwach, so getäuscht, mein armes Kind mit einem elenden Idioten zu verheiraten?"

„Papa", sagte Christobelle sanft, „lieber Papa, wen meinst du?"

Er hörte sie nicht sprechen; Ihr Vater vergaß offenbar ihre Anwesenheit, denn er ging weiter.

„Den Tränen einer Frau nachzugeben, als mein Urteilsvermögen bei der Verbindung zurückfiel, war Torheit, war Bosheit. Mein Herz wird das fühlen, denn ich wusste, dass es falsch war, und doch habe ich es durch meine Anwesenheit bestätigt. Meine arme Julia! – meine armes, armes Mädchen!"

Christobelle konnte die Selbstvorwürfe ihres Vaters nicht ertragen ; sie ging zu ihm und nahm seine Hand.

„Papa", sagte sie, „sag nicht, dass du Unrecht getan hast; du hast nie jemandem Unrecht getan . Wir alle sagen, wie gut und freundlich du zu uns bist."

Er blieb stehen und sah sie ernst an.

„Ich habe dich mit ganz anderen Grundsätzen erzogen, Chrystal. Ich glaube nicht, dass *du* mich in Trauer ins Grab bringen wirst. Ich glaube, du wirst dich nicht dem Meineid und dem Ehrgeiz verkaufen, wie es andere getan haben."

„Ich werde niemals tun, was du mir sagst, Papa."

„Ich hoffe nicht – ich hoffe nicht, mein Kind. Ich sage dir, du sollst keinen selbstsüchtigen, herzlosen Mann heiraten, wie Clara und Julia es getan haben, um sich Reichtum und Rang zu sichern, den sie nie in Frieden genießen werden – den sie nie genießen werden." Es ist ein hartes Schicksal, aber selbst die Jungen müssen es ertragen, wenn sie Frieden gegen Reichtum eintauschen. Gott steh ihnen bei! Ihre arme Mutter hat das getan, und ich habe nicht die Rolle eines Vaters für sie gespielt!" Sir John setzte sich, und Christobelle kniete neben ihm, hielt seine Hand an ihre Lippen und küsste sie wiederholt. Durch diese Bewegung wurde er ins Gedächtnis gerufen und er hob sie aus der Haltung, die sie gewählt hatte, auf einen Platz neben ihr.

„Mein lieber Chrystal, wiederhole niemals die Bemerkungen, die du jetzt von meinen Lippen gehört hast, gegenüber einer dritten Person. Erinnere dich an das Vertrauen, das ich in deine Jugend habe, denn du warst mein Begleiter und hast gelernt, zu schweigen und zu denken Das Wort meiner Eltern ist heilig. Du wirst meinen seelischen Kummer in der Zukunft verstehen; aber in diesem Moment wäre das Wissen um mein Leiden für dich unverständlich. In deiner Charakterstärke hoffe ich auf viel Trost für die Zukunft."

Christobelle hoffte tatsächlich, im Alter sein Trost zu sein, so wie er in der Jugend ihr Schutzschild gewesen war. Ihre Worte waren einfach und ihre Ausdrücke wurden mit ungeübter Energie geäußert, aber sie waren aufrichtig im Gefühl. Seine Gesellschaft, seine Freundlichkeit, seine Informationen waren ihr Glück gewesen; denn sie hatten sie vor den Vorwürfen ihrer Mutter und ihrem zunehmenden Verlust der Selbstbeherrschung bewahrt. Sie hatten sie vor ehrgeizigen Gefühlen bewahrt, indem sie sie dem Einfluss ihrer Mutter entzogen hatten; Und indem sie ihr die ruhigen Freuden seines Arbeitszimmers anbot, anstatt ihre ersten jungen Tage der infizierten Luft von Thompsons Zimmer und Thompsons Argumenten zu überlassen, hatte Christobelle nur Nachsicht und sanfte Behandlung erfahren. Wie konnte sie anders, als diesen wertvollen Elternteil zu lieben, oder seinen kleinsten Wunsch nicht zum Gesetz ihres Herzens machen ? Sie versprach – und löste dieses Versprechen ein –, dass sie die Gespräche, die er ihrer heiligen Obhut anvertraute, niemals einem Menschen anvertrauen würde.

Lady Ennismore blieb ihrer Ernennung treu. Sie nahm die Honneurs der neuen Fahrt mit unendlicher Anmut vor und unterhielt sich mit Sir John über jedes Thema mit fließenden und erstaunlichen Informationen. Ihre Ladyschaft schien durchaus in der Lage zu sein, die Geschicke von Bedinfield zu leiten . Jede Verbesserung hatte ihren Ursprung in ihr selbst, wie sorgfältig sie auch Lord Ennismores Namen in die Pläne einbeziehen mochte; und ihre perfekte Kenntnis der Agrarwirtschaft bewies, dass sie der Aufgabe, den riesigen Besitz ihres Sohnes zu beaufsichtigen, gewachsen war. Christobelle freute sich über den höflichen Takt ihrer Manieren, als sie ihr Gespräch von John auf sich selbst richtete. Es ist sicherlich ein großes Geschenk, diese höfliche Leichtigkeit und gezielte Aufmerksamkeit zu besitzen, die der Eitelkeit aller, die ihre plastische Berührung erfahren, eine schmeichelhafte Wirkung verleiht. Es ist der Zauberstab einer Fee, der Worte in Perlen und Diamanten der kleinen Geschichte verwandelt – und das auf wunderbare Weise

„Wasche und kämme und lege uns sanft hin.“

Niemand konnte Lady Ennismore in dieser faszinierenden und gefährlichsten Gabe der Anziehung übertreffen. Christobelle fühlte sich in seinen Bann gezogen und durch die stille und kraftvolle Wirkung besänftigter Eitelkeit an sie gebunden. Sie hatte das Gefühl, in Lady Ennismores Augen ihrem Vater gleichgestellt zu sein; denn ihre Meinungen wurden eingeholt und mit großer Aufmerksamkeit angehört. Christobelle wurde über das Niveau ihres Verständnisses hinaus erhoben – sie war zufrieden – sie war entzückt von Lady Ennismore. Der düstere Antrieb, den man erwartet hatte, ging angenehm, ja sogar schnell, in ihre entzückten Gefühle über; und Sir

John gestand ihr, dass er sich über den mächtigen Einfluss Ihrer Ladyschaft auf das ahnungslose und sanfte Herz Julias nicht wundern könne.

Lady Ennismore war beim Mittagessen ebenso faszinierend. Sie nahm nicht an den Köstlichkeiten teil, die das Auge verführten und den Appetit anregten; aber ihre lebhafte Unterhaltung entschädigte sie fast für die Abwesenheit Julias, deren Entschuldigungen sie vorbrachte. „Lord Ennismore ging es auf jeden Fall sehr schlecht; er litt unter starken Kopfschmerzen. Seine liebe Julia verließ ihren Sohn nie, als er diese schrecklichen Anfälle hatte Schenken Sie den beiden lieben Verwandten, die sie beim Abendessen oder zumindest am Abend zu treffen hoffte, ihre besten Grüße.

Doch Julia erschien nicht zur versprochenen Stunde. „Die Symptome von Lord Ennismore nahmen zu. Dr. Anstruther war der Meinung, dass seine Patientin sich auf einen weiteren dieser alarmierenden Anfälle vorbereitete. Sie fürchtete sehr, dass Julia viele Tage lang im Krankenzimmer bleiben würde, aber ihr Sohn war so begierig darauf, alles von Julia zu bekommen Hand – so sehr an seine Dame gebunden, dass es eine Freude war, Zeuge solch ehelicher Zuneigung zu werden. Lord Ennismore hätte die Unordnung beinahe noch verstärkt, indem er bedauerte, dass er seine angenehmen Gäste nicht sehen konnte: Der nächste Besuch in Bedinfield würde, wie Ihre Ladyschaft vertraute, frei von solchen sein schmerzhafte Unterbrechung des Geschlechtsverkehrs.“

Der Abend verging und Julia erschien nicht. Es *kam* ihr seltsam vor, dass sie eine Viertelstunde lang nicht zu ihrer Familie fliehen konnte. Warum war Lord Ennismore so sehr um die Gesellschaft seiner Dame besorgt, obwohl er so sehr anhänglich war, wie seine Mutter ihn darstellte, und ließ dennoch zu, dass ihre Gemächer so weit von seinen eigenen entfernt blieben? Warum manifestierte sich seine Zuneigung nicht in jener Liebe zu ihrer Gesellschaft, die sie unzertrennlich machen würde, wie die Boscawens , wie die Pynsents , ja, sogar wie die unglücklich gemischten Kerrisons ? Sicherlich könnte Julia durch die besorgte Mutter ersetzt werden, während sie in regelmäßigen Abständen ihren eigenen Vater besuchte! Christobelle war unendlich erstaunt über Julias völlige Zurückgezogenheit gegenüber Lord Ennismore, denn sie wusste um ihre starke Zuneigung zu ihrer eigenen Familie und um die geringe Angst, die sie um einen Mann ertragen konnte, den sie angeblich „ziemlich gut“ mochte! Das war keine Liebe, um die Hingabe an Zeit und Gedanken für die Annehmlichkeiten ihres Mannes zu erzwingen, die Anna Maria ihrem aufrichtigen und geliebten Tom Pynsent entgegengebracht hätte . Es war ein Verhalten, das Christobelle nicht verstehen konnte, und ihr Vater klärte sie nicht darüber auf, als sie ihm beim Abschied für die Nacht ihre Gefühle zum Ausdruck brachte. Er spürte und verstand zweifellos das ganze System, das die Gräfinwitwe verfolgte, um ihre Macht in Bedinfield aufrechtzuerhalten ; Aber Christobelle war zu jung, um in die List des menschlichen Herzens eingeweiht zu werden, und sie weinte bei dem Gedanken, dass ihre Schwester sich so lange von denen fernhalten konnte, die sie liebten und die so weit gereist waren, um ihre Gegenwart zu genießen.

Die Mahlzeit am zweiten Morgen wurde von Julia immer noch nicht serviert. Lord Ennismore war sogar „ernsthaft" unpässlich; und Ihre Ladyschaft sprach mit Gefühl und ausführlich über ihre eigene elterliche Sorge. Ihr Geist war vor Aufregung und Besorgnis in Stücke gerissen. Manchmal bildete sie sich ein , dass die milde Luft Süditaliens für die Wiederherstellung der Gesundheit ihres Sohnes notwendig sei. Julia würde in Bedinfield so eingesperrt sein , dachte sie. Das helle Klima Roms oder Neapels würde ihren beiden Kindern zugute kommen und vielleicht auch ihre eigenen Nerven stärken. Sie hatte mit Dr. Anstruther über dieses Thema gesprochen , und er stimmte ihr in ihren Vorstellungen von Rom vollkommen zu. „Was hat ihr lieber Sir John gedacht?"

Sir John konnte sich keine Meinung bilden. Er war mit der Natur der Anfälle, die Lord Ennismore befielen, nicht vertraut, und Julias Gesundheitszustand war ausgezeichnet, wenn man ihrem strahlenden und gesunden Teint nach urteilte.

„Das stimmt, mein lieber Herr; Julia zeugt tatsächlich von Gesundheit und einem ruhigen Geist. Ich bin sehr glücklich in dem Wissen, ja in ihrer eigenen Gewissheit, dass ihr Herz frei von Sorgen ist. Ich habe heute Morgen mit ihr gesprochen, und sie scheint von der Aussicht auf eine Kontinentaltour begeistert zu sein. Ich bin sehr besorgt um meinen Sohn."

„Haben Sie ärztlichen Rat von der Stadt erhalten, Lady Ennismore?"

„Nein: Dr. Anstruther ist bemerkenswert klug. Mein Sohn und ich vertrauen auf ihn beraten . Ohne Dr. Anstruther habe ich es nie leicht . Wir könnten keinen intelligenteren medizinischen Berater konsultieren.

„Da ich beabsichtige, Bedinfield morgen früh zu verlassen, können Eure Ladyschaft vielleicht …"

„Mein lieber Freund, du darfst uns nicht so überstürzt verlassen! Du verlässt Bedinfield bestimmt nicht so schnell!" Die Gräfin sprach mit bedauerndem Ton, aber ihre Augen verrieten ihre angenehmen Gefühle. „Ich muss um die Krankheit meines Sohnes trauern, denn sie entfernt Sie von uns. Der nächste Besuch muss irgendwann für alle Seiten günstiger sein . Das war ein unglücklicher Vorfall. Ich muss diesen sehr unglücklichen Vorfall beklagen."

„Ich möchte meine Tochter sehen, bevor ich Bedinfield verlasse ", sagte Sir John Wetheral mit ernstem Blick und ernstem Auftreten. „Ich muss meine Tochter sehen, bevor ich nach Wetheral zurückkehre . Wahrscheinlich wird sie heute nicht so eng eingesperrt sein."

„Ich hoffe nicht – ich werde versuchen, nicht zu hoffen", antwortete die Gräfin ; „Aber meine Ängste erlauben es mir nicht, ruhig zu bleiben. Wenn unser Frühstück beendet ist, werde ich unsere Kranke noch einmal besuchen und, wenn möglich, meine liebe Julia freilassen. Sie ist sehr wachsam und aufmerksam, liebes Geschöpf. Ich kann mich über Ennismore's nicht wundern Angst, sie bei sich zu haben. Wir werden sehen, was diese Stunde hervorgebracht hat.

Das Frühstück wurde schweigend beendet. Die Gräfin verlor ihre lebhafte Stimmung, und Sir John beteiligte sich nicht mehr wie gewohnt an angenehmen Gesprächen. Das Trio wurde allmählich still und traurig, und Lady Ennismore brachte höflich ihre Hoffnung zum Ausdruck, dass sie ihre Absicht, Bedinfield zu verlassen, noch ändern würden , und erhob sich, um ihren Sohn zu besuchen. Sie hoffte, Julia würde zu ihnen zurückkehren, wenn sie bei dem lieben Kranken war, um ihren Platz einzunehmen; aber sie vertraute darauf, dass sie in den Vorräten der Bibliothek oder beim Bummeln auf dem Gelände für den Fall, dass nur kurze Zeit dazwischenkam, Vergnügen finden würden. Alles und jedes stand ihnen zur Verfügung.

Der Vater und die Tochter waren einige Stunden allein. Jeder Augenblick, der schnell verging, war voller Hoffnung, dass Julia auf dem Weg war, ihre Augen zu erfreuen und ihre Herzen zu erfreuen; doch mit der Zeit befürchteten sie, dass dem unglücklichen Lord Ennismore ein böser Unfall widerfahren sei. Endlich öffnete sich die Tür, und dieselbe Dienerin, die bei ihrem Eingang nach Bedinfield erschienen war , erschien erneut.

„Die Gräfin von Ennismore bedauert die Notwendigkeit ihrer Abwesenheit, Sir John, aber sie kann die Wohnung meines Herrn nicht verlassen . Ich habe den Auftrag, ihre Komplimente und das Bedauern der jungen Lady Ennismore zu überbringen. Die Gräfin befiehlt mir zu sagen, dass die Kutschen bereit sind." Sie stehen Ihnen zur Verfügung, und Ihre Ladyschaft vertraut darauf, dass Sie ihre Anwesenheit bis zur Stunde des Abendessens entschuldigen werden.

„Ich fürchte, seiner Lordschaft geht es sehr schlecht", bemerkte Sir John und richtete seinen Blick auf die unwillkommene Botin mit einem Ausdruck starken Unglaubens an ihre Aussage; aber sie vermied es, seinem Blick zu begegnen.

Wetheral meine Botschaft zu überbringen , aber ich war nicht befugt, über den Inhalt hinaus zu sprechen. Ich muss jetzt zu Ihrer Ladyschaft zurückkehren."

„Bleiben Sie einen Moment", fuhr Sir John fort, „und nehmen Sie meine Antwort zurück. Sagen Sie Ihrer Dame, ich werde nicht die Zeit und die Dienste in Anspruch nehmen, die Lord Ennismore offenbar erfordert. Ich werde meine Kutsche sofort bestellen, aber ich wünsche es." Ich möchte mich für einen Moment von meiner Tochter, Lady Ennismore, verabschieden, bevor ich sie der traurigen Aufgabe überlasse, von ihrer Patientin betreut zu werden. Meine Tochter und ich sind nutzlos, da unsere Anstrengungen Lord Ennismore nicht nützen können. Ich möchte meine Tochter sehen, wenn Es gefällt mir, und ich bin Ihnen dankbar, wenn Sie einem ihrer Leute meine Wünsche mitteilen.

Der Diener von Lady Ennismore zog sich zurück, und sie verbrachten wieder zwei Stunden ohne Unterbrechung. Die Kutsche stand schon einige Augenblicke an der Tür, und Sir John ging mit hastigen Schritten im Zimmer auf und ab, als ihm Lady Ennismores Lakai auf einem silbernen Kellner eine Nachricht überreichte.

„Mein lieber Sir John,

„Ich kann mich über Ihre Flucht nicht wundern – dies ist ein Ort des Kummers und der Krankheit, ungeeignet für die Gesunden und Glücklichen. Mögen wir uns bald wiedersehen! Julia und ich wagen es nicht, unseren geliebten und leidenden Invaliden auch nur für einen Moment zu verlassen – er leidet in großen Qualen .

„Mit freundlichen Grüßen,

„ E. ENNISMORE ."

Sir John Wetheral klingelte: eine kurze Pause, und der Lakai erschien wieder.

„Ist Dr. Anstruther in diesem Moment im Haus?"

„Ich glaube, der Arzt ist jetzt bei Mylord, Sir John."

„Ich möchte Dr. Anstruther sehen , sobald er Lord Ennismores Wohnung verlässt."

Der Diener verneigte sich und verschwand.

„Das ist hoffnungslos und hilflos", bemerkte Sir John; „Ich kann Julias Kummer nur noch verstärken, indem ich in Bedinfield bleibe . Welchen Sinn wird es haben, die Machenschaften der Gräfin zu untersuchen , außer um Bitterkeit zu ernten und zu erkennen, dass ich nicht in der Lage bin, den trägen Charakter ihres Sohnes zu wecken. Das Schicksal meiner armen Julia hängt davon ab." auf den Willen dieser kunstvollen Frau. Es ist vergeblich, zuzusehen und Zeuge dessen zu werden, was ich nicht kontrollieren kann.

„Aber Lord Ennismore ist sehr krank, Papa“, rief die traurige Christobelle . „Lord Ennismore ist sehr krank und Julia kann ihn nicht verlassen, um sich von uns zu verabschieden! Wird er sterben, Papa?“

Sir John antwortete nicht auf die hastige Frage. Er kämpfte mit seinen eigenen Gefühlen. Er führte seine Tochter schweigend durch die Reihe der Lakaien im Flur zur Eingangstür, wo seine Kutsche wartete, bereits gepackt und von Taylor bestiegen. Hornby trat vor, um ihn über Dr. Anstruthers Abreise aus Bedinfield zu informieren ; er war weggefahren, bevor ihm Sir Johns Nachricht überbracht worden war. Sir John machte keine Bemerkung; Er reichte Christobelle in die Kutsche und befahl, die Tür zu schließen: Er selbst betrat sie nicht. Christobelle bat ihn, sich ihr anzuschließen. „Mein lieber Papa, wohin willst du reiten?“

„Im Grollen, meine Liebe: Die Luft wird mir gut tun. Bring Taylor rein.“

Der Umtausch erfolgte schnell. Sir John nahm das Grollen in Besitz, das es ihm ermöglichte, schweigend mit seinen eigenen Gedanken zu kommunizieren, und sie verließen für immer das prächtige Zuhause, das Julias verhängnisvoller Ehrgeiz den glücklichen Tagen ihres Singledaseins vorgezogen hatte, in der weniger höfischen Domäne von Wetheral Schloss. Sie verließen für immer die Türme von Bedinfield , seine bewaldeten Hügel, seine ruhige, schöne und üppige Landschaft: Sie sahen nie mehr seine alten Mauern oder besuchten das Haus von Julias Wahl. Zehn Tage nach Sir John Wetherals Rückkehr nach Shropshire waren die Bedinfield- Establishments, darunter auch Dr. Anstruther , auf dem Weg nach Florenz, und es hieß, Lord Ennismores Gesundheitszustand habe zu der plötzlichen und stillschweigend arrangierten Bewegung geführt.

KAPITEL XX.

Zwölf Monate vergingen, ohne jegliches Ereignis, außer der Hochzeit von Miss Wycherly . Herr und Frau Charles Spottiswoode wohnten in Lidham , und Sir John Spottiswoode war nach England zurückgekehrt, um sein fast verlassenes Anwesen in Worcestershire zu bewohnen. Lady Spottiswoode und ihre Tochter wurden eingeladen, bei ihm in Alverton zu bleiben , um sein Haus zu beleben, bis er ihm eine Frau schenken konnte; Aber Sir Johns anspruchsvoller Geschmack versprach den fröhlichen Teilnehmern von Lady Spottiswoodes Feierlichkeiten kaum, dass sie in ihr einst angenehm gefülltes Gemeinschaftshaus im Abbey Foregate zurückkehren würde.

Auch Worcestershire lag weit und breit zwischen den wachsenden Lieben von Miss Spottiswoode und Mr. John Tyndal ; aber es gab Entschlossenheit auf seiner Seite und Ermutigung von Seiten der Dame; und die wiederholte Abwesenheit von Herrn John Tyndal von Court Herbert gab in ihrem Kreis Anlass zu vielen Beobachtungen und Prophezeiungen. Die Tom Pynsents waren in Hatton und freuten sich über die Aussicht auf einen Erben seines Wohlstands; und Mrs. Pynsents Ekstase konnte nur durch die Sorge übertroffen werden , die sie an den Tag legte, um Anna Marias Gedanken zu beruhigen. Ihre Launen sollten in jeder Hinsicht sofort in Erfüllung gehen. Mrs. Pynsent bildete einen äußerst amüsanten Kontrast zur ängstlichen Miss Tabitha Boscawen.

Christobelle wurde zwei Wochen vor der erwarteten Entbindung ihrer Schwester in Hatton domestiziert. Ihr Vater freute sich über ihre Besuche, denn dann wurde sie der zunehmenden Gereiztheit ihrer Mutter entzogen — einer Gereiztheit, die begann, ihre kindische Heftigkeit an jedem Wesen in ihrer Macht auszudrücken, und die mit eigentümlicher Gewalt über Christobelle herfiel.

Die äußerste Geduld Ihrer Ladyschaft hatte unter den wiederholten Enttäuschungen im Zusammenhang mit Bedinfield und Ripley nachgelassen. Diese Heiratsangelegenheiten, die sie am liebsten als ihren eigenen Plan betrachtet und mit ihrer eigenen Entschlossenheit und Geschicklichkeit trotz der Einwände ihres Mannes zu Ende geführt hatte, hatten ihr keine Befriedigung verschafft. Bedinfield wurde nun von ihrer Tochter verlassen und zog in ein fremdes Land; und Sir Foster Kerrison hatte das Treffen von Clara und ihrer Mutter in Ripley verboten. Er betrachtete Lady Wetheral als Helferin und Förderin des gewalttätigen Geistes seiner Frau; und nachdem sie einst die Anwesenheit Ihrer Ladyschaft innerhalb der Mauern verboten hatte, bestärkten und bekräftigten Claras Spott und ihre bitteren Vorwürfe sein Verbot. Verärgert und verärgert über diese Vorkommnisse konnte Lady Wetheral ihre Aufmerksamkeit nicht auf ihre glücklich etablierte Anna Maria oder die fröhliche Isabel mit ihrem geliebten Kind richten: Sie verbot Christobelle , ihre Ohren jemals mit Geräuschen zu beleidigen, die ihrem Geschmack so zuwider waren.

„Halten Sie den Mund, Bell. Ich lasse mich nicht gerne von einem dreizehnjährigen Mädchen belehren. Was bedeutet Tom Pynsent für mich? Die Habgier von Boscawen, ein dummes Paar Pferde zu fahren, obwohl er sich vier so gut leisten kann? Das waren die Streichhölzer deines Vaters, nicht meine."

„Ich dachte, Sie hätten sich besonders gewünscht, dass Tom Pynsent Anna Maria einen Heiratsantrag macht, Mama?"

„Halten Sie den Mund, Bell."

Christobelle war glücklich, den Sorgen Wetherals zu entfliehen und die vollkommene Freiheit von Hatton zu genießen. Vorausgesetzt, dass jeder seine Meinung äußerte und diese Meinung frei von gemeinem Stolz war, war Mrs. Pynsent zufrieden. Ihre gute Laune gegenüber denen, die sie liebte, war sprichwörtlich, während ihre Abneigung gegen Torheit öffentlich war. Glücklicherweise zählte Christobelle bei ihrem ersten Besuch zu ihren Favoriten .

„Du junges Ding, du bist also nach Hatton gekommen, oder? Gib mir die Hand. Ich werde *dich mögen* , weil du vor einiger Zeit ein gutes Gefühl gegenüber deiner waghalsigen Schwester Kerrison gezeigt hast. Ich mag warmherzige Menschen, ohne Unsinn." und Stolz – herzlich willkommen, du großes, großes, gutaussehendes Ding." Mrs. Pynsent rang mit gutem Willen die Hand, was starke Schmerzen verursachte. Christobelle versuchte zu lächeln.

„Was, mein Empfang ist rau, nicht wahr? Machen Sie sofort eine Grimasse und tun Sie nicht so, als wären Sie zufrieden, wenn Sie nicht so etwas sind. Da ist deine Schwester – sie ist eine richtige kleine Wanne – und da ist Tom, so gutaussehend wie Immer – und hier ist mein Bobby mit der Gicht; aber du kannst hingehen und ihm die Hand schütteln. Die arme Seele kann nicht vom Sofa aus wedeln."

Christobelle wurde von allen liebevoll empfangen. Mrs. Pynsent war voller freundlicher Anfragen. Einige Bemerkungen fielen ihrer jungen Freundin wohlwollend ins Herz, und einige Bemerkungen hätte man besser unausgesprochen lassen sollen.

„Nun, und wie geht es deinem Vater, mein Kleiner ? Ein besseres Geschöpf hat nie auf dieser Erde gelebt als Sir John. Wie geht es ihm?"

„Ganz gut, und wünsche seine Komplimente."

„Ja, natürlich – und Mylady, wie geht es ihr?"

„Ich habe Mama sehr unwohl verlassen."

„Too-too! Sie kann nicht krank sein. Hat sie ihre Töchter nicht an zwei verrückte Schurken geheiratet, die ihr Herz begehrt hat? Warum ist sie krank? Kann sie dich *noch* nicht loswerden, dass sie ist so langweilig? Sie sollte dich besser an Selgraves Kopf werfen . Nun, und wie geht es meiner hübschen Mrs. Boscawen?"

Christobelle berichtete Frau Pynsent ausführlich über Isabels Gesundheitszustand und ihr Glück bei Brierly.

„Sehr richtig, ich freue mich, das zu hören. Das war die Partie Ihres Vaters, Missy. Er schätzte einen guten Mann. Herr, Tom, was machen Sie da, mit Anna Maria?"

Tom Pynsent holte gerade einen Korb mit Aprikosen aus der Nähe seiner Dame.

„Ich werde nicht zulassen, dass meine Frau diese unreifen Dinge isst, um krank zu werden und alle möglichen seltsamen Gefühle hervorzurufen. Bei meiner Seele, du hast sechs halbreife Aprikosen gegessen; du hast genug saure Dinge gegessen, um einen Alten zu töten." Fuchs, geschweige denn ein kleines zartes Geschöpf wie du.

„Nur noch eine Aprikose, Tom", sagte Anna Maria überredend.

„Bei Gott, ich werde sie den Hunden vorwerfen, Anna! Du sollst solchen Müll nicht essen."

„Nur noch *eins* , Tom", fuhr seine Dame fort, indem sie ihre Hand auf den Korb deutete und ihn halb flehend, halb frech ansah.

„Auf mein Wort, du bist genug, um einen Mann abzulenken! Ich erkläre, du machst mir mehr Ärger als der Zwinger!" rief Tom Pynsent , der ihrer *Schmeichelei* nicht widerstehen konnte , und überließ ihr erneut den Korb mit Aprikosen. „Ich hoffe, dass das nicht jedes Mal passiert."

„Ha, ha", rief Mrs. Pynsent , „und das ist die Angst, nicht wahr, Meister Tommy? Geben Sie die Früchte auf und lassen Sie sie so viel essen, wie sie möchte. Erinnern Sie sich, Bobby, wie ich Ihre Kiefern verschlungen habe, Es war einmal?"

Mr. Pynsent blickte von seiner Zeitung auf und zuckte mit den Schultern. „Ich erinnere mich an ein gutes Geschäft, Pen."

„Das werde ich tun, Bobby."

Anna Maria äußerte nun den Wunsch, mit ihrer Schwester in den Blumengarten zu gehen. Tom lehnte es eher ab, als sie die lange Treppe hinunterstieg. Frau Pynsent würde keinen Widerstand zulassen.

„Komm jetzt, Tommy, lass das arme Ding herumhumpeln, wenn es es wünscht, und wenn es herunterfällt, hebe es wieder auf. Ich hasse es, wenn einer armen, unglücklichen Frau irgendetwas verweigert wird. Ich bin sicher, das ist keine Pfründe So ein Kreisverkehr.

Tom Pynsent ließ sich leicht zu Maßnahmen überreden, die er seiner Dame schmerzlich verweigerte. Sein liebevolles Herz war nur darauf bedacht, einem Geschöpf Gutes zu tun, dessen Fußstapfen er verehrte; und seine Wachsamkeit entsprang der Angst, das zu verlieren, was ihm teurer war als Licht oder Leben. Anna Maria schwelgte in der Überheblichkeit des Glücks und genoss es, die Aufmerksamkeit ihres Mannes durch jede noch so kleine erfinderische Kunst auf sich zu ziehen. Sie liebte es auch, ihn in Alarmbereitschaft zu versetzen; und genoss mit überwältigender Freude den Ausdruck seiner ehrlichen Zuneigung.

Eines Morgens, als die Damen bei der Arbeit saßen und sich über Toms Bericht über die Fortschritte in seinem Zwinger amüsierten, sank Anna Maria plötzlich auf das Sofa zurück, und ihre geschlossenen Augen und die Arbeit, die ihr aus den Händen fiel, zeigten, dass Mrs. Pynsent es tatsächlich tat fürchtet, dass die Hoffnungen ihres Sohnes auf fatale Weise zunichte gemacht werden könnten. Tom Pynsent saß wie angewurzelt da; seine gefalteten Hände und zitternden Lippen zeigten jede entsetzliche Angst. Mrs. Pynsent und Christobelle flogen Anna Maria zu Hilfe; aber das scheinbar sterbende Opfer öffnete die Augen, lachte herzlich und rief:

„Mein lieber Tom, ich wollte sehen, wie du auf meinen Tod blicken würdest. Komm zu mir, Tom, und sieh nicht so überwältigt aus.“

Tom Pynsent flog zu ihr, als ihm das Blut heftig ins Gesicht schoss, durch die Reaktion der Hoffnung auf die Schrecken der Verzweiflung. Er warf seine Arme um sie, als sie angesichts ihrer eigenen Gedankenlosigkeit halb verängstigt aussah.

„Bei allem, was schrecklich ist, Anna Maria, erschrecke mich nie wieder so nutzlos; ich hätte einen Schlaganfall bekommen können. Wie konntest du mir so einen Teufelsstreich spielen?“

Sie streichelte seine Wange und flüsterte: „Ich wollte mich nur amüsieren, Tom.“

dich vielleicht amüsieren , aber was war das für ein Vergnügen für mich? Was hättest du getan, wenn ich vor Schreck tot umgefallen wäre?“

„Geweint, Tom", antwortete Anna Maria, legte den Finger ans Auge und sah zurückhaltend aus. Tom Pynsent sah sie voller bewundernder Zuneigung an.

„Auf mein Wort, wenn du mir diesen Streich noch einmal spielst, werde ich —"

Anna Maria legte ihre Hand auf seine Lippen und es entstand eine kleine scherzhafte Szene, die auf die übliche Weise endete. Es bereitete der glücklichen Frau das Vergnügen, Zeuge der aufrichtigen Besorgnis und Liebe ihres Mannes zu werden, und Tom Pynsent war von der kleinen List entzückt, die dem Tagesablauf Schwung verlieh. „Es war", sagte er, „einer dieser listigen Tricks, die seine kleine Frau so hübsch anwandte, indem sie sich verdoppelte und zurückrief, wie eine wissende Füchsin. Er dachte, eine Frau und ein Fuchs wären in ihrer Politik gleich teuflisch."

Es war ein erfreulicher Anblick, Zeuge des glücklichen Verständnisses zu werden, das unter den Mitgliedern des Familienkreises in Hatton herrschte. Auch wenn Mrs. Pynsent scheiterte – und das scheiterte sie mit Sicherheit in der Eleganz eines eleganten Lebens –, übte sie ihre Herrschaft doch freundlich über diejenigen aus, die unter ihrem Dach lebten. Sie respektierte und liebte ihren Mann, obwohl sein Beiname „Bobby" ihren sanftesten Äußerungen einen Hauch von Spott verlieh. Sie liebte ihren Tom mit dieser blinden, enthusiastischen Zärtlichkeit, die sich auf alles erstreckte, was mit ihm zu tun hatte. Sie liebte seine Frau, weil sie Tom gehörte – die Hunde waren Toms Hunde – Bobby war Toms Vater. Hatton würde schließlich Tom gehören; Deshalb erwärmte sich ihr Herz für alle um sie herum. War Christobelle nicht auch eine Favoritin ? War sie nicht nach Hatton gekommen, um Tom zu *sehen* ? – Mrs. Pynsent warnte Anna Maria davor, ihren Ohnmachtsanfall zu wiederholen oder sich zu sehr auf den heiligen Boden des fühlenden Herzens ihres Mannes zu stürzen; Im Moment war sie in Sicherheit, und Tom war zufrieden, also bedeutete es nichts.

„Die Zwei nehmen das Beste von ihnen, meine Liebe; wenn man sie oft wegen Kummers anruft, verhärtet es sie, so wie die kalte Luft deine Lutscherstangen steif macht. Tommy ist schließlich nur ein Mann; und der Hund muss amüsiert sein." , keine Angst. Was für eine Eule er aussah, segne sein Herz!"

Sir John Spottiswoode in Hatton. Er wohnte in Lidham und machte Ausflüge mit seinen Freunden in Shropshire. Mrs. Pynsent bestand darauf, dass Sir John ihr Gast wurde, und setzte ihre Bitte in ihrem üblichen, ausdrucksstarken Stil durch.

„Hier, hallo, Sir Jacky, Sie können sich nicht vorstellen, uns durch einen heimlichen Anruf zu verlassen! Fühlen Sie sich wie zu Hause, Mann, und bleiben Sie bei uns, bis Toms Frau –"

Ein ernster, bittender Blick von Anna Maria bremste die Schnelligkeit von Mrs. Pynsents Rede. Sie zögerte.

„Bleiben Sie bei uns, Sir Jacky, bis – ich werde gehängt, wenn ich weiß, was ich sagen würde ! – wenn Sie mir nicht alles aus dem Kopf geschlagen haben , Anna Maria. Was dachten Sie, was ich tun würde? sagen? Ich wollte nicht wie Sally Hancock reden.

„Bleiben Sie bei uns, Spottiswoode ", rief Tom Pynsent , „und wir werden einen großen Tag haben; einen, wie Sie ihn noch nie in Italien gesehen haben."

„Oh, diese seltsamen Orte und diese weinenden Franzosen!" rief Frau Pynsent : „Kommen Sie zu uns, und hier ist ein hübsches Mädchen, das alle Ihre Mamzellen wert ist ."

Mrs. Pynsent machte Sir John Spottiswoode auf Christobelle aufmerksam . Das schüchterne Mädchen verspürte eine schmerzliche Scham, die ihr Gesicht und Hals tief erröten ließ, und sie stellte sich hinter Anna Maria, bis sich eine Gelegenheit bot, aus dem Zimmer zu fliehen. Als sie zurückkam, war Sir John bereits abgereist, sollte aber am nächsten Morgen für einige Tage Gast in Hatton sein. Er sollte Mr. Wycherly und die Charles Spottiswoodes zum Abendessen begleiten. Mrs. Pynsent sammelte Christobelle auf ihrer Flucht aus dem Wohnzimmer.

„Na, hallo, meine Kleine, du scheinst vor einer kleinen Aufmerksamkeit zurückzuschrecken. Das wird meiner Dame in absehbarer Zeit nicht genügen . Du musst jetzt mit Aufmerksamkeit rechnen. Sei kein Narr – kein affektierter Narr – oder so So etwas in dieser Art; aber Sie müssen damit rechnen, dass Sie selbst bewundert werden. Nun, Sie sind ein ungeheuer feines Mädchen, und wenn Sie Lady Kerrison nicht in ein paar Jahren schlagen, ist mein Name nicht Pen Pynsent .

Christobelle errötete tiefer und schmerzhafter als zuvor.

„Kommen Sie, Miss Bell, versuchen Sie, Schönheit zu ertragen, ohne so wütend zu werden. Lassen Sie sich nicht dazu überreden, sie an den Meistbietenden zu verkaufen, und Sie brauchen sich dafür nicht zu schämen."

„Meine liebe Miss Wetheral ", sagte der friedvolle Mr. Pynsent , „kommen Sie und schützen Sie sich unter meinen Fittichen."

„Ein hübscher Flügel, mit dem du sie beschützen musst, Bobby."

Herr Pynsent , um einen parlamentarischen Ausdruck zu verwenden, „zog seinen Antrag zurück" und Christobelle war erneut den Scherzen seiner Dame ausgesetzt.

„Nun, sage ich, Sir Jacky wäre ein richtiger Freund für Sie, Miss Bell. Ein langbeiniger Kerl, so standhaft wie unser bester Jagdhund, mit einem schönen Anwesen und einem guten Temperament."

„Ich würde Papa lieber nicht verlassen", antwortete die arme Christobelle , die fast zum Weinen geneigt war.

Mrs. Pynsent lachte herzlich. „Das ist ein guter Witz für Jacky. Ich erwähne es nur, mein Lieber , vorher mit meiner Lady Wetheral zusammen zu sein . Wenn sie Ihnen von Sir Jackys Nachlass erzählt, können Sie sagen, dass er zuerst von *mir kam* . Ich habe die Spezifikation empfohlen, wohlgemerkt . Es wird schon komisch genug sein, wenn ich in einer Ehespekulation vor meine Dame trete."

„Komm, Mutter, necke meine Freundin nicht, Bell", rief der gutherzige Tom. „Ich werde keine Neckereien zulassen. Ich werde Bell für meine zweite Frau verpflichten; niemand sonst soll sie haben."

"Was ist das?" fragte Anna Maria und hob den Kopf, während sie einen bemalten Bildschirm untersuchte.

„Na, Bell hat versprochen, meine Frau zu sein, wenn du das nächste Mal stirbst, du kleiner Schlingel." Anna Maria schnippte lächelnd mit den Fingern; Tom Pynsent schnappte sich einen Kuss und ging weiter.

„Wenn jemand Schwester Bell neckt, werde ich mich berufen fühlen, ihren Teil dazu beizutragen, also lauf und zieh deine Kutte an, Bell, und wir werden mit allen Hunden herumtollen."

Damit endeten Christobelles Ärger und ihr Erröten; und Frau Pynsent gut gelaunt verzichtete er darauf, sie in Zukunft zu beunruhigen, indem er auf ihr Aussehen zurückgriff oder das Vermögen und die langen Beine von Sir John Spottiswoode lobte .

Als jede Art von Witz zurückgenommen wurde, was Verärgerung hervorrief, gefiel Christobelle die Gesellschaft von Sir John Spottiswoode . Er war viel gereist; und sie liebte es, seinen Berichten über die Orte zuzuhören, die er besucht hatte, und die Gegenstände, die er mit Interesse beobachtet hatte. Sir John strahlte in seinen Beschreibungen, und er sah, dass Christobelle allen seinen Mitteilungen ein aufmerksames Ohr schenkte; ein schmeichelhafter Umstand, auch wenn die Zuhörerin ein dreizehnjähriges Mädchen war. Sie waren die besten Freunde der Welt. Christobelle liebte es, ihn zu fremden Themen zu befragen, und seine sehr lockeren Manieren ließen sie nach und nach die Besorgnis und Zurückhaltung ablegen, die sie bei ihrer ersten Bekanntschaft mit einem Mann mit sich gebracht hatte, der ihr an Alter und geistigen Fähigkeiten so viel älter war. Sir John hatte die Ennismores in Florenz gesehen. Sie waren sehr fröhlich und Julia galt als die hübscheste

Engländerin in Florenz. Ihre Gesellschaft war sehr umworben, und es gab einen Colonel Neville, der ihr tief verbunden war. Alle hatten Mitleid mit Colonel Neville. Die Gräfin ermutigte ihn, sich ihrer Schwiegertochter zuzuwenden, was den Fall des armen Neville noch bedauernswerter machte. Die junge Lady Ennismore hatte keinen Anlass zu einer Bemerkung gegeben, denn ihr Verhalten war einwandfrei, aber der arme Neville wurde geopfert. Er konnte sich nicht losreißen, als Sir John Italien verließ. Er hielt sich in der Nähe von Lady Ennismore auf. Es muss eine starke Versuchung für die junge Gräfin sein, dachte er. Neville war ein netter, umgänglicher Kerl, und Lord Ennismore schien eher fürs Grab geeignet zu sein. Pen Spottiswoode war wegen ihrer alten Freundin äußerst beunruhigt.

Auf solch interessante Themen war Christobelles Aufmerksamkeit zutiefst gerichtet; und ob sie ritten oder gingen, sie befand sich im Allgemeinen an der Seite von Sir John Spottiswoode. Mrs. Pynsent zwinkerte mit den Augen, falls sich ihre Blicke bei diesen Gelegenheiten begegneten, aber sie verzichtete darauf, irgendeine Bemerkung zu machen, außer implizit.

„Ich sage, Miss Bell, wenn Sie heute lieber nicht mit einem älteren Mann fahren möchten, geben Sie mir einen Hinweis, und ich werde Sie abholen.“

„Hier, hallo, Miss Bell, tun Sie nichts, was Ihnen unangenehm ist. Soll Tom Ihnen heute seinen Arm geben? Ich wage zu behaupten, dass Sie wie der Rest von uns Abwechslung bevorzugen.“

Mrs. Pynsent erlaubte Christobelle nicht, zur vereinbarten Zeit nach Wetheral zurückzukehren. „Sie war ein beständiges, strammes Mädchen, und wenn sie einen Schritt in Richtung ihres tristen Zuhauses machte, brauchte sie sich keine Sorgen zu machen. Sie würde *die* Angelegenheit mit Sir John klären. Christobelle sollte über Toms Entbindung bleiben – er würde leiden. “ ganz genauso wie seine kleine Frau – und Jacky Spottiswoode sollte auch bleiben. Es würde es Tom bequem machen, wenn Madam im Stroh wäre.

So wurde es beschlossen, und beide blieben in Hatton, genossen lange Spaziergänge und halfen einander dabei, düstere Befürchtungen aus dem Gemüt des liebevollen und besorgten Ehemanns zu zerstreuen. Tom Pynsents Befürchtungen wuchsen, als Anna Marias Stunde näher rückte und seine Mutter ihr Gedächtnis nach beruhigenden und angenehmen Präzedenzfällen durchsuchte.

„Tom, lass deinen Mund nicht sinken wie Sally Hancock. Nun, da ist Kitty Barnes mit fünfzehn riesigen Kindern mit lila Gesichtern: Sie lebt in diesem Moment. Und sieh dir Polly Mudge an, die Frau des Eintreibers, die sie dachten muss sterben; hängt sie nicht die Kleider auf und reicht die Körbe weiter, so forsch wie eure Dreijährigen?“

„Anna Maria ist so zart; man kann sie nicht mit Polly Mudge vergleichen ",
sagte Tom Pynsent in traurigem Ton.

„Nun, was sagen Sie dann zu Betty Smoker, die immer Speck und Gemüse
wollte, eine Stunde nachdem ihre Sorgen vorüber waren. Sie war ein armes,
kränklich aussehendes Ding!"

„Ich hoffe, mein armes Mädchen wird das Gleiche tun, wenn es gut für sie
ist", antwortete Tom mit fröhlicherem Akzent.

„Lass sie essen und trinken, was sie mag, Tom. Ich werde nicht zulassen, dass
ihr in irgendetwas widersprochen wird ."

Endlich kam der Tag, der über das Schicksal von Tom Pynsent entscheiden
sollte . Als Anna Maria über Übelkeit und Unruhe klagte, flüchtete ihr Mann
in den Zwinger und bestand darauf, dass ihm alle zehn Minuten jemand
Auskunft über den Gesundheitszustand seiner Frau gab. Polly Mudge wurde
abgeordnet, um die Wache bei Christobelle abzulösen ; und fast dreizehn
Stunden lang wurden sie als Brieftauben eingesetzt, um Meldungen von Mrs.
Pynsent an den Zwinger zu übermitteln, wo Tom hartnäckig beschloss, zu
bleiben. Es war der einzige Ort, an dem er sich amüsieren konnte oder der
ihn von der Vorstellung ablenken konnte, dass seine Frau ihre Entbindung
nicht überleben würde. Er nahm keine Nahrung zu sich. Er war weiterhin
ständig mit seinen Männern damit beschäftigt, die Hunde zu untersuchen
und Verbesserungen für ihre Bequemlichkeit vorzuschlagen.

Schließlich, als die Abenddämmerung hereinbrach, näherte sich Mrs. Pynsent
dem Zwinger und wedelte mit ihrem Taschentuch: Es fiel ihrem Sohn ins
Auge , als er gerade dabei war, „Rattler" und „Beauty" eine Dosis Salz zu
geben. Er sprang über die Mauer und blickte ernst in das Gesicht seiner
Mutter. Sie schwenkte erneut triumphierend ihr Taschentuch und jubelte
lautstark. Tom fing den Ton auf, und er wurde von den Jägern wiederholt,
bis ihre Stimmen weit und breit in die Luft stiegen. Anna Maria hatte einen
Sohn geboren. Mrs. Pynsent umarmte ihren Sohn in ekstatischer Freude und
die Tränen liefen über ihre Wangen.

„Wenn es nicht so schön ist, ein Junge, der mein Sehvermögen gesegnet hat!
Geh und wechsle den Mantel, mein gesegneter Tom, und du wirst sie beide
sehen; aber geh nicht nach dem Zwinger riechen, mein Hübscher!"

Tom Pynsents Herz schwoll vor den besten Gefühlen eines Mannes und
Vaters an, als er über seine Frau und sein Kind nachdachte. Es schien, als ob
seine Anna Maria durch den Tod gegangen wäre und wieder zu seinen Augen
und seinem Herzen erhoben worden sei. Er blickte sie eine Zeit lang
schweigend und erstaunt an – er blickte auf das Kind, wie es an *ihrer* Seite

lag, das so viel gelitten hatte, um es zum Leben zu erwecken. Er wandte sich an seine Mutter, die voller Freude die Bewegungen seines Gesichts beobachtete, ergriff ihre Hände und rief:

„Wenn John Spottiswoode und ich heute Abend nicht wie Geiger trinken, für die Arbeit dieses Tages!"

Bei Hatton war alles Freude und Glückwunsch. Herr Pynsent bestand trotz seiner Gichtschmerzen darauf, zur Wohnungstür seiner Tochter getragen zu werden, damit er die Befriedigung genießen konnte, seinen Enkel weinen zu hören. Mrs. Pynsent wollte nichts davon hören.

„Sei still, Bobby, und pflege deine Krücke. Morgen werdet ihr alle unseren kleinen, schreienden Welpen sehen."

Tom Pynsent trank nicht wie ein Geiger mit John Spottiswoode . Er blieb den ganzen Abend in Anna Marias Ankleidezimmer und lauschte gierig den Bewegungen ihrer Begleiter, dem Ton ihrer Stimme und dem Schrei des neu angekommenen Objekts seiner Zuneigung. Dort erhielt er eine Erfrischung und verließ seine Station erst zu später Stunde, um sich auf sein Zimmer zurückzuziehen.

Christobelle durfte mit Sir John Spottiswoode reiten, um Wetheral am nächsten Morgen die Informationen zu übermitteln . Es war vergeblich, auf die Gesellschaft ihres Schwagers zu hoffen: Er blieb nie im Zimmer seiner Dame fern. Christobelle war nun ganz ungezwungen mit ihrem Begleiter, und es war entzückend, von ihm allein begleitet zu werden: Er konnte sich dann um sie kümmern, und sie konnte ungehindert plaudern, ohne ein Zwinkern oder Nicken von Mrs. Pynsent befürchten zu müssen . Ihre Ankunft war für Lady Wetheral eine große Freude , und Christobelle wurde zum ersten Mal in ihrem Leben mit einem Lächeln und Freundlichkeit empfangen.

„Mein lieber Bell, Sie sind sehr freundlich, mir so gute Nachrichten zu überbringen. Ich bin so ein armes Ding in Krankheit – so besorgt um diejenigen, die ich liebe, dass meine Gesellschaft für die liebe Frau Tom Pynsent mehr als nutzlos gewesen wäre . Sagen Sie es ihr Wie freue ich mich über meinen Enkel. Sir John Spottiswoode , wir sind sehr alte Bekannte, obwohl Sie schon so lange abwesend waren. Ich hoffe, Sie haben Ihre Zuneigung zu alten Freunden zurückgebracht?"

„Unverändert, Lady Wetheral , unverändert."

„Das freut mich zu hören. Ich glaube, Sie haben einige Zeit in Hatton verbracht?"

„Fast drei Wochen, sehr aufmerksame Betreuung von Miss Wetheral , die keinen anderen Galanten gehabt hat."

„Meine Tochter hat Freude daran gehabt, da bin ich mir sicher."

„Dafür kann ich mich nicht verantworten, aber ich kann mich dafür verantworten, dass sie mich sehr höflich aufgenommen hat und dass mir ihr Gespräch große Freude bereitet hat."

„Beweisen Sie Ihre Zufriedenheit, indem Sie in Wetheral übernachten , Sir John. Mein Mann wird es sehr bereuen, wenn Sie Shropshire verlassen, ohne Ihren alten Freunden einen Besuch abzustatten."

„Das wird mir Freude bereiten, Lady Wetheral , wenn ich Hatton verlasse."

Ihre Ladyschaft war sehr erfreut darüber, dass Sir John Spottiswoode ihre Einladung so bereitwillig angenommen hatte. Ihr Auftreten war bei Aufregung von der gewohnten Gelassenheit geprägt, aber ihre Gefühle zeigten sich in der sanften Höflichkeit ihres Verhaltens gegenüber Christobelle . Sie war die „liebe Gefährtin, die sie vermisste – das einzige Relikt vergangener Zeiten – das Kind, das ihr Alter tröstete, jetzt waren alle anderen weit von ihr entfernt." Sir John Spottiswoode empfand Mitgefühl und Interesse an ihrer klagenden Zuneigung. Christobelle wusste aus Erfahrung, dass das Verhalten ihrer Mutter auf verborgenen Motiven beruhte, in die sie selbst verwickelt war. Es konnte unmöglich von irgendwelchen Ansichten ausgehen, die sie sich über Sir Johns Freiheit bilden könnte, weil er fünfundzwanzig Jahre zählte und Christobelle zu jung war, um eine Spekulation zu werden; aber ihr wurde versichert, dass es einen triftigen Grund dafür geben musste, dass sich ihre Art, sie anzureden, so überraschend änderte. Wo war die „dumme, ermüdende, unliebsame Glocke" ihres letzten Treffens? Sie blieb, wie Sir John Spottiswoode , unverändert; aber sie wurde als das Geschöpf angesprochen, das seit der Heirat von Lady Kerrison lange Zeit der einzige Gegenstand der Fürsorge und Zuneigung ihrer Mutter gewesen war. Das war unverständlich.

Sir John Wetheral begleitete sie auf dem Rückweg nach Hatton, und Mrs. Pynsent wollte ihren kleinen Schützling unbedingt zeigen. Er wurde in die Umkleidekabine gerufen, wo die glückliche Großmutter mit dem Baby saß und in einem kleinen silbernen Topf einen kleinen eingeweichten Keks zubereitete.

„Kommen Sie herein, kommen Sie herein, gute Leute: Kommen Sie herein, Sir John Wetheral ; hier ist ein Kerl für Sie! Drücken Sie den jungen Hund nicht zusammen! Setzen Sie sich, Sir John. Wo ist Tom? Ich mache gerade eine kleine Mahlzeit für uns." junger Hund! Tom sagt, er soll „Rattler" getauft werden; aber er soll nicht nach Tieren benannt werden, die umkommen."

Tom Pynsent kam leise aus Anna Marias Zimmer und nahm die herzlichen Glückwünsche seines Schwiegervaters entgegen. Sir John nahm das Kind zärtlich in seine Arme und segnete es, wie er es bei dem Kind von Isabel getan hatte. Tom Pynsent , dessen Gesicht fast rot vor Freude war, beobachtete jede Bewegung seiner Arme und Augen.

„Bei meiner Seele ist es das Schönste, was ich je gesehen habe! Ich glaube, bei meiner Seele ist es das!“

„Das ist genau das, was du damals warst, Tommy“, antwortete seine Mutter, während sie der Krankenschwester dabei half, den Keks zuzubereiten; „Es ist einfach so ein kleines süßes Pudsey- Ding, wie *du* warst.“

Sir John durfte Anna Maria einen Moment lang sehen, sie anlächeln, aber nicht sprechen. Alle wurden dann auf Befehl von Frau Pynsent aus der Umkleidekabine vertrieben .

„Jetzt geht es los, alle zusammen. Wartet in Ruhe, bis Tom Gesellschaft sehen darf, und dann werden wir seltene Dinge erleben.“

Lady Wetheral fand vierzehn Tage nach der Geburt von Anna Marias Kind in großer Form statt, und Christobelle sollte mit ihr nach Wetheral zurückkehren , als der Besuch beendet war. Frau Pynsent konnte den langwierigen Besuch einer Person, die mit den Parteien gleichermaßen verwandt war, nicht ertragen.

„Solche Coolness“, bemerkte sie zu Sally Hancock, die zu Toms Kind geschickt wurde – „so coole Vorgehensweisen passten nicht zu ihren Vorstellungen; und gehängt zu werden, wenn My Lady Wetheral Mutter oder Kind sehen sollte!“

Als Ihre Ladyschaft in Hatton ankam, befanden sich Sir John Spottiswoode und Christobelle im Salon. Sie trat mit anmutiger Gelassenheit und bester Laune ein.

„Mein lieber Bell, ich komme mit größerer Freude, weil ich weiß, dass ich mit dir davonlaufen soll. Sir John Spottiswoode , wie geht es dir? Ich verstehe, ihr beide zeichnet. Sir Johns Skizzen müssen eure Modelle sein, meine Liebe. I Ich hoffe, dass Sie bei Ihrem versprochenen Besuch in Wetheral einen Blick auf diese Skizzen werfen können , mein lieber Herr.“

„Ich habe Miss Wetheral ein paar Hinweise zur Perspektive gegeben.“

„Wie sehr nett! Mein lieber Bell, ich hoffe, Sie machen Ihrem Lehrer alle Ehre. Ich bin früher hierher geeilt, als ich normalerweise losfahre, in der Hoffnung, Anna Maria für ein paar Minuten zu sehen. Mein Sir John versichert mir, dass es wunderschön ist.“ Säugling. Ich bin froh, dass es ihr so gut geht; kein Fieber, wie ich höre; ganz wohlauf und mit Appetit.“

Spottiswoode wurde ein höfliches und spielerisches Gespräch geführt , bis Mrs. Pynsent erschien. Sie betrat das Zimmer mit dem kurzen, scharfen Schritt, der stets ihre Abneigung gegenüber dem Besucher zum Ausdruck brachte.

„ Sie sind also endlich gekommen, Mylady Wetheral ? Vierzehn Tage sind eine lange Zeit, um sich von Fleisch und Blut fernzuhalten!"

Lady Wetheral wirkte vollkommen gefasst und war sich Mrs. Pynsents Zurechtweisung nicht bewusst. Sie verbeugte sich höflich und gut gelaunt .

„Ich vertraue darauf, dass ich meine Tochter wach vorfinden werde. Ich sehne mich danach , meinem Enkel vorgestellt zu werden – meinem ersten Enkel, Mrs. Pynsent , denn ich habe Isabels Sohn noch nicht gesehen."

„Ich hätte keine vierzehn Tage vergehen lassen, ohne meinen Enkel in Brierly zu sehen", antwortete Frau Pynsent .

„Meine liebe Tochter kann mich jetzt vielleicht empfangen", sagte Lady Wetheral und erhob sich. „Ich kann es kaum erwarten, sie zu sehen."

„Deine liebe Tochter schläft tief und fest, und ihr Säugling auch."

Lady Wetheral setzte sich wieder hin.

„In ein paar Minuten ist sie vielleicht wach. Vielleicht habe ich das Glück, dort zu bleiben, bis sie aufwacht."

„Ich glaube nicht, dass du das tun wirst. Anna Maria ist heute zum ersten Mal in den Schlaf gefallen, und ich hoffe, dass es so bleiben wird. Das Kind schläft bei ihr und Tom wacht über sie."

„Ihr Schlaf ist ruhig und erfrischend, hoffe ich?"

„Wir kümmern uns in Hatton sehr um unsere Invaliden. Wir lassen ihnen keine zwei Wochen Zeit, damit sie von anderen Menschen gepflegt werden."

Lady Wetheral behauptete in jeder verborgenen Bedeutung Unschuld. Sie wandte sich an Sir John Spottiswoode.—

„Meine Tochter hat mir erzählt, dass Sie die Ennismore-Party in Florenz gesehen haben. Haben Sie gesehen, wie meine Tochter , Lady Ennismore, gesprochen hat? Hat sie Sie mit Briefen oder Nachrichten für ihre Freunde belästigt?"

„Ich habe Lady Ennismore – Ihre Lady Ennismore – zweimal gesehen; jedes Mal wurde sie von der Gräfin und Colonel Neville begleitet, und unser Interview war kurz. Lady Ennismore sah sehr hübsch aus."

„Sie haben ihr gegenüber von Ihrer beabsichtigten Rückkehr nach England gesprochen."

„Das habe ich, aber Ihre Ladyschaft hat mir keine Briefe übergeben.“

„Es ist sehr seltsam“, entgegnete Lady Wetheral , „dass uns innerhalb von zwölf Monaten nur ein Brief aus Italien erreicht hat!“

„Jeder hat es erwartet!“ sagte Frau Pynsent .

„Ich verstehe nicht – ich kann Ihre Bemerkung nicht ganz verstehen“, antwortete Ihre Ladyschaft, indem sie sich sanft nach vorne beugte und anmutig in ihre erste Haltung versank.

„Jedermann wusste, dass Sie Ihre Tochter einem schwachen Mann gegeben hatten, der von seiner Mutter regiert wurde; und jeder erwartete, dass das arme Mädchen von ihren Freunden getragen werden würde. Wer hat jemals von der alten Lady Ennismore gehört und nicht erfahren, dass sie eine war? Zahnstein!"

Lady Wetheral wechselte das Thema.

„Sie haben wahrscheinlich einige wunderschöne Exemplare der verschiedenen Künste mitgebracht, Sir John? Italien ist voller seltener Antiquitäten.“

„Ich habe ein paar Dinge mit nach Hause gebracht – ein paar Bilder und so weiter, wie es von allen Reisenden erwartet wird“, antwortete Sir John Spottiswoode . „Ich hoffe, Miss Wetheral wird eine kleine Zeichnung von Neapel annehmen, die ich auf einem Knie präsentieren möchte.“

Lady Wetheral lächelte.

„Mein lieber Bell wird Ihr höfliches Angebot annehmen, mit der Entschlossenheit, mit der Zeichnung fortzufahren, da bin ich mir sicher, Sir John.“

„Und unser Freund, Sir Jacky, steht auch zum Verkauf“, rief Mrs. Pynsent . „Hier steht er, gerahmt und verglast, damit manövrierende Mütter darüber nachdenken können!“

„Sir John Spottiswoode ist vieler Manöver würdig “, antwortete Ihre Ladyschaft. „Jeder Dame wird es verziehen, wenn sie ihrer Tochter eine glückliche Verlobung mit Würde und hohen Grundsätzen wünscht.“

Sir John verneigte sich tief und schien über das Kompliment erfreut zu sein. Sicherlich hat Lady Wetheral ihren Anspruch auf eine gute Feldherrschaft gekonnt aufrecht erhalten. Sie wandte sich an Frau Pynsent .

„Vielleicht ist meine Tochter wach; darf ich ihr Zimmer betreten?“

„Niemand betritt ihr Zimmer außer Tom. Sie ist nicht wach: Ich hoffe, sie wird in diesen zwei Stunden nicht daran denken.“

Lady Wetheral handelte nach ihrem eigenen, oft zum Ausdruck gebrachten Grundsatz, niemals mit „vulgären Menschen“ zu streiten; Sie erhob sich daher, um zu gehen, und Christobelle erhob sich unwillig, um sie zu begleiten. Sie flehte ihren Sohn und ihre Tochter um ihre herzlichste Liebe an.

„Ja, meine Lady Wetheral , ich werde meiner Tochter Tom sagen, dass Sie endlich angerufen haben“, unterbrach Mrs. Pynsent .

„Ihre herzlichsten Grüße an Herrn und Frau Tom *Pynsent* und sie hoffte, bei einem zukünftigen Besuch mehr Glück zu haben.“

„Ich werde es Frau Tom sagen, Sie werden noch zwei Wochen vorbeikommen, Mylady.“ Mrs. Pynsent trat vor und ergriff Christobelles Hände. „Sie sind ein gutes, kluges, hübsches, schlaksiges Mädchen, und es tut mir sehr leid, Sie zu verlieren. Kommen Sie, wann immer Sie möchten, und bleiben Sie, so lange Sie möchten. Sie sind in Hatton herzlich willkommen. Sie verstehen das Manövrieren noch nicht , und ich hoffe, dass Sie es nie tun werden. Verlieren Sie niemals Ihr Erröten und verkaufen Sie sich niemals an den Bösen. Auf Wiedersehen, meine liebe, ehrliche Miss Bell.“

Mrs. Pynsent schüttelte Christobelle zum Abschied ebenso herzlich die Hände , wie sie es bei ihrem Eintritt in Hatton getan hatte; und ihre junge Freundin reiste deprimiert ab. Frau Pynsent hatte ihre große Freundlichkeit gezeigt; und wann immer ihr warmes Herz sich interessierte, war es unmöglich, ihren grob geäußerten, aber fortwährenden Demonstrationen des guten Willens zu widerstehen. Sir John Spottiswoode bemerkte Christobelles Kummer, als er sie zur Kutsche führte, nachdem er ihre Mutter abgesetzt hatte.

„Sie wollen nicht gehen, Miss Wetheral “, sagte er mit Gefühl.

Christobelle antwortete nicht. Die Tränen, die unkontrolliert flossen, zeigten, dass sie sich nicht bereit *fühlte* , die fröhliche Party zu verlassen. Sie betrat den Wagen in einem beklagenswerten Zustand, in dem sie weinte. Mrs. Pynsent schaute aus dem Fenster, das Tom schon lange das „schreiende Fenster“ genannt hatte.

„Ich sage, Miss Bell, weinen Sie nicht und kommen Sie bald wieder. Seien Sie nicht niedergeschlagen; Ihre Schwester wird *Sie immer sehen* .“

Christobelle hörte nichts mehr, denn die Kutsche fuhr weiter, und sie erhaschte nur einen Blick auf Anna Marias Fenster, als sie um den bewaldeten Hügel herumfuhren, der den letzten Blick auf Hatton versperrte.

KAPITEL XXI.

Lady Wetherals Empfang von Sir John Spottiswoode war überaus schmeichelhaft freundlich. Seine Ankunft hatte sicherlich große Wirkung auf ihre Stimmung gehabt, denn sie wandelte sich mit einem Satz von der lustlosen, gereizten Apathie zur lebhaften und amüsanten Gastgeberin. Ihr Geist schien wieder voller Beschäftigung und zu jeder Anstrengung fähig zu sein. Sir John Spottiswoode wurde sofort in alle Geheimnisse von Wetheral eingeweiht ; und sein besonderes Gespür für die stille Verschmelzung mit den verschiedenen Elementen, aus denen sie bestanden, zeigte sich bei seinem Besuch bewundernswert. Sir John wurde in vielen Bereichen Christobelles Lehrer; er diskutierte mit ihrem Vater über literarische Fragen; und er war der Aufbewahrungsort für die Gefühle und Beschwerden ihrer Mutter. Ein solcher Besucher wurde in Wetheral verehrt .

Christobelle war es eine neue Existenz , vollkommene Freiheit zu genießen – sich im Boudoir ungehindert unterhalten zu dürfen – sogar konsultiert zu werden – und mit Sir John Spottiswoode durch das Gelände zu streifen , ohne harte und unfreundliche Bemerkungen fürchten zu müssen. Im Gegenteil, ihre innigere und sich verbessernde Bekanntschaft mit Sir John wurde von Lady Wetheral ermutigt und sogar vorangetrieben . Sie befürwortete die Stunden, die sie dem Zeichnen, der Musik und der Botanik widmete; Sie lächelte über ihre Bewerbung und dankte dankbar für „die höfliche Rücksichtnahme eines Mannes wie Sir John Spottiswoode , der seine Stunden der Ausbildung eines perfekten Schulmädchens widmete.“

Christobelle hatte bis jetzt sicherlich noch nie ein Glück erlebt, das nichts mit der Bibliothek ihres Vaters zu tun hatte. Bis Sir John Spottiswoode in Wetheral ankam , hatte sie nie ohne Furcht den Bereich des Boudoirs betreten; und bis zu seiner Ankunft hatte sie nie das begeisterte Vergnügen verspürt, mit einem Gefährten zusammen zu sein, der sie auf ihren Wanderungen begleiten und ihren Geschmack als Gleichberechtigter und Freund leiten konnte. Sie liebte und verehrte den freundlichen, rücksichtsvollen Sir John Spottiswoode wirklich – den Führer ihrer Talente und den Begleiter ihrer Spaziergänge und Ausritte. Sie blieb nicht länger in der Bibliothek und lauschte auf die Schritte ihres Vaters . Sie musste nun die ihr von ihrem neuen Lehrer zugewiesenen Aufgaben erfüllen, und sein Lob war das Ziel, ihr junges Gemüt glücklich zu machen. Sie fürchtete sich nur vor seiner Abreise aus Wetheral ; aber Sir John hielt sich noch auf und sprach nicht von Worcestershire.

Die Anliegen von Ripley wurden nun zum spannenden Thema der Nachbarschaft . Claras hochmütiges Temperament hielt der Herrschaft ihres Mannes nicht stand, und die Szenen, die sich jetzt ständig in Ripley abspielten, drohten mit einem schrecklichen Ende. Seit Sir Foster Kerrison die Gesellschaft ihrer Mutter verboten hatte, war Claras Geist an Kühnheit gewachsen, und in den Nachrichten der Stunde wurde eine Trennung angedeutet. Sir John Wetheral hörte das allgemeine Gerücht und suchte einige Zeit nach der Ankunft von Sir John Spottiswoode in Wetheral ein Interview mit Sir Foster . Sir Foster empfing ihn mit großer Höflichkeit. Sir John eröffnete das Thema sofort seinem Schwiegersohn und sprach höchst gefühlvoll und traurig über die Art der Berichte, die seinen Besuch in Ripley veranlasst hatten. Sir Foster zwinkerte während der sanften Einwände mit den Augen und klopfte schnell mit dem Stiefel, als auf die Angemessenheit einer Trennung hingewiesen wurde.

„Lassen Sie sie gehen – ich bin froh, eine Teufelin loszuwerden", war Sir Fosters lakonische Bemerkung, als Sir John seine Bemerkungen abschloss.

„Ich denke, Sir Foster, eine Trennung wäre ratsam, da man nicht in Frieden zusammenleben kann."

„Nehmen Sie sie mit, Sir John – teuflisch froh!"

„Es gab keine Einigung, Sir Foster; aber Sie werden Ihrer Dame eine Entschädigung aus Ihrem großen Vermögen gewähren?"

„Kein Penny", kicherte Sir Foster; „Kein halber Penny, bei G-!"

„Sie werden nicht zulassen, dass Ihre Frau ihren Freunden zur Last fällt, Sir Foster, da Sie zehntausend Pfund als ihren Anteil erhalten haben?"

„Dann lass sie zu Hause bleiben und sich benehmen."

Wetheral zu empfangen , um die unangenehme Wiederholung häuslicher Streitigkeiten zu verhindern. Werden Sie Ihrer Lady eine erklärte Entschädigung gewähren?"

„Nehmen Sie ihre Kleidung – nichts weiter, Sir John."

„Das ist eine äußerst schmerzhafte und unangenehme Aufgabe", bemerkte Sir John; „Aber ich muss auf einer Vergütung für Lady Kerrison bestehen, bevor ich sie von Ripley abziehe."

Sir Foster kicherte und zwinkerte, während er wiederholte: „Keinen halben Penny – keinen Penny; lassen Sie sie ihre Kleider nehmen und losfahren."

„Ich kann Lady Kerrison nicht aus Ihrem Haus holen, ohne eine angemessene Vereinbarung darüber getroffen zu haben, dass ihr regelmäßig eine Entschädigung gezahlt wird, Sir Foster."

„Dann lass sie zu Hause bleiben und sich benehmen."

Da die Entschlossenheit Sir Fosters nicht erschüttert werden konnte, beschloss ihr Vater, eine Unterredung mit Clara zu suchen und ihr die Verdorbenheit ihres Verhaltens als Ehefrau und die Strafe darzulegen, die ihr durch die verlorene Zuneigung ihres Mannes auferlegt werden musste , und die Missachtung ihrer Freunde. Lady Kerrison wurde daher zu einem Treffen mit ihm in Anwesenheit ihres Mannes gerufen.

Clara betrat das Zimmer mit einer Miene hochmütigen Trotzes, die beim Anblick ihres Vaters verschwand. Sie stürzte mit offenen Armen auf ihn zu. „Mein lieber Vater, entferne mich von diesem Raufbold – ich flehe dich an, nimm mich weg!"

Sir Foster zwinkerte und klopfte mit dem Stiefel, als er seine Dame sah, äußerte sich jedoch während des darauf folgenden Dialogs zwischen Vater und Tochter nicht dazu. Es schien, als hätte Sir Foster Kerrison nicht die Kraft, irgendetwas zu verstehen oder sich für etwas zu interessieren , das keinen direkten Bezug zu ihm selbst hatte. Sir John Wetheral führte Clara zu einem Stuhl und sprach im Ton tiefer Trauer über das Thema, das ihre Ansehenswürdigkeit und ihr Glück so sehr betraf.

„Ich hätte nicht gedacht, Lady Kerrison, dass ich durch die Vergesslichkeit eines Kindes gegenüber seiner Pflicht dazu verurteilt sein sollte, Partei gegen sie zu werden. In Berichten wurde lautstark erklärt, was ich leider mehr als einmal in Ripley gesehen habe – dass es zum Tatort geworden ist." über die Auseinandersetzung einer Frau mit ihrem Mann.

„Es ist der Schauplatz der brutalen Behandlung einer unglücklichen Kreatur in seiner Macht", erwiderte Clara – „es ist der Schauplatz der Gewalt, der Gotteslästerung und des Ekels. Ich möchte von diesem hasserfüllten Ort weggebracht werden, und ich werde ihn nie wiedersehen." mehr!"

„Warum hast du die Pflicht so vergessen, die du so voreilig übernommen hast, Clara, als du aus dem Haus deines Vaters geflohen bist? ... "

„Ich weiß, dass ich es getan habe – ich weiß, dass ich es getan habe!" schrie Clara – „Gott helfe mir! Ich habe das Haus meines Vaters verlassen, aber meine Mutter half mir bei der Flucht und bedrängte mich mit ihren Überredungen, dieses Monster zu heiraten. Sie hat das Unheil angerichtet, und sie muss die Schuld tragen. Wer sonst hatte die Macht dazu? Mich in diese schreckliche Falle führen oder meine Gedanken auf das Elend lenken?"

Sir John Wetheral war sehr verzweifelt.

„Clara, es spielt jetzt keine Rolle mehr, wer dich in diese glücklose Ehe geführt hat. Du hast am Altar geschworen, dem Mann zu gehorchen, den du geheiratet hast, und deine Unterwerfung unter Sir Foster ist deine Pflicht und dein Gelübde."

„Ich schwöre, ihn mein ganzes Leben lang zu verabscheuen!" antwortete Clara mit verächtlicher Energie.

„Dann", sagte ihr Vater und erhob sich, „Lebe wohl, Clara. Ich habe keine Gefühle, die ich einer ungehorsamen Frau überlassen könnte – ich kann nicht von Nutzen sein."

„Bleib – bleib", rief Clara, stürmte vorwärts und hielt ihn zurück – „bleib, mein lieber Vater, und erhöre mich! *Du* hast mir nie beigebracht, für den Reichtum dieser Welt zu heiraten – *du* hast mir nie beigebracht, Glück gegen einen elenden Titel einzutauschen – für so ein niederträchtiges, ekelhaftes Geschöpf" – sie zeigte schaudernd auf Sir Foster. – „ Sie *waren* immer gut und sanft, also bleiben Sie und hören Sie mir zu."

„Ich flehe dich an, Clara, beherrsche dich selbst und verwende diese unmaßlose Sprache nicht", antwortete ihr Vater, „sonst kann ich nicht zurückkehren: Sei ruhig und vernünftig."

„Das werde ich sein, Papa; ich würde sehr ruhig sein, wenn ich diesen Mann nicht vor mir sehen würde."

„Ich werde nicht auf solch eine unangemessene, so böse Sprache hören, Clara: Hör mich!"

„Das tue ich, Papa."

„Ich habe die schreckliche Nachricht von deinen erbärmlichen und offenen Streitigkeiten aus allgemeinen Berichten erfahren; und die öffentliche Meinung ist gegen dich, Clara, wie sie jemals gegen die kühne und unverschämte Frau sein wird."

Claras Hals und Gesicht wurden purpurrot, aber sie schwieg.

„Die Welt, Clara, hat deine Entschlossenheit gesehen, als du mit Sir Foster durchgebrannt bist. Lass sie deine Entschlossenheit sehen, beständig und gehorsam zu bleiben, jetzt, wo er dein Ehemann ist."

Clara brach in Tränen aus und ihr Kopf sank auf ihre gefalteten Hände, als sie vor ihrem Vater stand. Sie schien um Fassung zu kämpfen. Sir John setzte sie hin und sprach eindringlich und gefühlvoll über ihre Situation. „Von niemandem geliebt und von niemandem respektiert, wie sollte eine herrische Frau den Rest ihres Lebens verbringen und zu Schande und Verachtung verurteilt sein? Wie konnte eine Frau sich anmaßen, auf Glück zu hoffen, wenn sie die Sitten des Lebens missachtete und beleidigte." ihren Gott durch gebrochene Gelübde und unheilige Gedanken?" Clara warf ihre weinenden Augen auf Sir Foster, der vergraben in seinem Sessel saß , mit den Augen zwinkerte und völlig unbekümmert über ihren Kummer schien. Ihr Geist erhob sich wieder wie der Wirbelsturm bei seinem Anblick – sie fuhr auf. „Lass die Welt weiter reden – lass sie mich mit jedem Verbrechen unter dem Himmel bestrafen, es ist mir egal; aber ich werde nicht mit *ihm leben – ich werde ihn* nicht ansehen – mein Gehirn wird das ständige Elend, an diesem Ort zu leben, nicht ertragen ..." Dieser elende Ort – die Heimat dessen, der mich so schrecklich anekelt! Oh, nimm mich für immer weg !"

„Würdest du nach Wetheral zurückkehren , Clara?"

„Nein, nein, nein, nicht nach Wetheral ; meine Mutter ist dort. Sie liebt nur die Reichen und die Hohen; und sie hat mich zu all dem getrieben! Da ich hoffe, Gnade zu finden, hat sie mich dazu getrieben!"

„Sei still, Clara, und hör mir noch einmal zu", sagte ihr Vater.

„Nein, höre *mich* ", rief Clara, „und höre, welche Monate des Elends unter dem Einfluss von Wein und Laudanum vergangen sind. Ich habe Wein getrunken , und ich habe Laudanum getrunken, aber es hält nur für eine Weile an! Es ist schlimmer." und schlimmer für mein Gehirn! Oh, bring mich nach Hause oder nimm mich irgendwohin – aber hier kann und werde ich nicht bleiben!"

Sir John wollte Clara unbedingt für ein paar Tage aus ihrem elenden Zuhause entfernen und appellierte erneut an Sir Foster Kerrison. Er bettelte darum, Lady Kerrison zur Luftveränderung nach Wetheral zu bringen . Nur für ein paar Tage würde er um die Gesellschaft seiner Tochter bitten; ein paar Tage könnten ein kurzer, aber wohltuender Besuch bei ihrer eigenen Familie sein. Sir Foster kicherte.

„Bring sie nach Hause – komm nie wieder zurück, das kann ich ihr sagen."

"Ich *komme* wieder!" rief Clara ungestüm aus; „Niemals werde ich aus Deinem Haus vertrieben werden. Es war eine zu große Ehre, es jemals betreten zu haben, aber ich werde es jetzt betreten, wann immer es mir gefällt."

„Geh mit, du Teufelin!"

Claras gewalttätiger Geist war nicht zu kontrollieren. Sie schlug Sir Foster mit der ganzen Kraft ihrer zarten Hand ins Gesicht. Der Schlag war an sich unbedeutend, aber er weckte die ebenso starken Leidenschaften der Person, gegen die er gerichtet war. Sir Foster erhob sich wütend vor Leidenschaft und trat seine Dame mit brutaler und sinnloser Wut. Diese Szene veranlasste ihren Vater, die Situation seiner Tochter in Ripley nicht länger zu ertragen. Ohne einen Augenblick zu zögern befahl er seiner Kutsche, Clara aus der Gegenwart ihres Mannes zu entfernen. Für seinen hervorragenden und nachsichtigen Geist war es ein Schauer des Schreckens.

Beide Parteien hatten böse und schwach gehandelt. Clara verdiente eine Strafe für ihre unverschämte und unweibliche Tat, als sie ihren Mann schlug; aber es war für Sir Foster unziemlich und schrecklich, seinen Zorn an einer wehrlosen Frau auszulassen . Ripley war nicht das richtige Zuhause für Clara: Da Sir Foster und sie selbst nicht einmal den Anstand des Äußeren bewahren konnten, war es besser, sich sofort zu trennen. Sir John würde Lady Kerrison in seinem eigenen Haus unterbringen – unter seinem eigenen Schutz; und wenn Sir Foster sich weiterhin weigerte, ihr einen angemessenen Unterhalt zu gewähren, sollte das Gesetz über die Frage entscheiden. Die Kutsche fuhr vor, aber Clara war nicht in der Lage, sich fortzubewegen. Die Heftigkeit ihrer Wut, gepaart mit ihren Schreckensschreien, hatte ein Blutgefäß geplatzt, und sie sank zu Füßen ihres Vaters, überströmt von dem Blut, das aus ihrem Mund strömte. Clara wurde von ihrem Vater und Sir Foster, der von seinem Platz geeilt war, zu ihrem Bett getragen und blinzelte nun vor Erstaunen und Bedauern; er trug seine leidende Dame schweigend in ihr Zimmer; und obwohl Clara trotz der strafenden Hand, die das Unglück verursacht hatte, zweimal versuchte, ihn von sich zu stoßen, blieb Sir Foster nervös an ihrem Bett.

ohne Verzögerung aufbrechen sollte , und es wurde ein Express geschickt, um Dr. Darwin zu rufen. Bei Ripley herrschte Verwirrung. Sir Foster konnte sich, außer als sein Blick auf das blutbefleckte Kleid von Clara fiel, die fast bewusstlos dalag, kaum an die Ereignisse dieser Stunde erinnern: Er sagte kein Wort und stimmte auch nicht den Befehlen zu, die Sir John Wetheral erließ ; aber seine übliche Angewohnheit, zu zwinkern und leise und kurz zu husten, zeigte seine Genugtuung darüber, dass jemand für ihn und die unglückliche Clara handelte.

Dr. Darwin kam als Erster und wandte mit seinem schnellen Verstand die richtigen Heilmittel an, die der Fall des Leidenden erforderte. Er blieb Tag und Nacht in Ripley. Lady Wetheral war höchst unerwartet auf die Hatton-Kutsche gestoßen, als sie aus den Wetheral- Lodges herausfuhr; und obwohl sie Mrs. Pynsents ausgelassenes und beleidigendes Verhalten ihr gegenüber zutiefst missbilligte, bediente sie sich nun in der Notlage des Augenblicks gern ihres nützlichen und mächtigeren Geistes. Die gutherzige Frau Pynsent hörte sich die Erklärung Ihrer Ladyschaft an und ergriff sofort Maßnahmen, um dem schockierten und verzweifelten Gemüt ihrer Begleiterin von Nutzen zu sein.

Sie bestieg Lady Wetherals Kutsche, schickte ihre eigene mit einer Nachricht an ihren Sohn nach Hatton zurück und bereitete sich darauf vor, bei der melancholischen Anklage gegen Clara mitzuhelfen. Sie war sich der völligen Hilflosigkeit Ihrer Ladyschaft in Situationen bewusst, die schnelles Denken und Handeln erforderten; Sie war sich ebenso sicher, dass der schreckliche Umstand auf Claras alarmierende Wutausbrüche zurückzuführen sein musste. Frau Pynsent war daher bereit, die christliche Rolle als Beraterin und Krankenschwester für die unglückselige Clara und die von ihr verachtete Frau zu übernehmen. In der Stunde der Not entwickelte Mrs. Pynsent die wahre Vorzüglichkeit der weiblichen Figur.

Clara lag still und erschöpft da, als Mrs. Pynsent und ihre Mutter ihr Zimmer betraten. Ihre Augen ruhten mit einem Ausdruck der Befriedigung auf Ersterem, als sie ihrem weinenden Begleiter zum Bett voranging; aber sie blitzten vor Rührung auf, als sie die Gestalt des Urhebers ihres Elends erblickte. Sie winkte mit der Hand und wäre im Bett aufgestanden, aber Mrs. Pynsent hielt die Bewegung zurück. Sie legte Claras Hände sanft unter die Bettdecke und bedeutete ihr, indem sie ihren Finger auf ihre Lippen legte, dass ihr Schweigen unbedingt erforderlich sei. Clara hob erneut die Hände, um ihre Mutter wegzuwinken, und rief mit tiefem, starkem Akzent: „Lass sie nicht hierherkommen. Kommt sie , um mich über mein Elend zu belehren? – es war ihre eigene Schuld.“

„Still, still“, flüsterte Mrs. Pynsent , „niemand ist gekommen, um Sie zu belehren – nur um Sie zu pflegen.“

„Ich habe gerade meine Mutter gesehen; ich weiß, dass sie gekommen ist, um mich zu tadeln und zu verspotten. Sie hat mich gezwungen, einen Grobian zu heiraten – und es hat meine Natur aufgerüttelt. Ich hätte besser sein können, aber sie wollte, dass ich es tue.“

„Still, still!“ wiederholte Frau Pynsent und bedeutete Lady Wetheral , sich zurückzuziehen; „Hier ist niemand außer Dr. Darwin und mir.“

„Gibt es das nicht?“ sagte Clara schwach.

„Lady Wetheral ist *nicht* hier, Lady Kerrison. Seien Sie ruhig und schweigen Sie, ich flehe Sie an.“

„Das werde ich“, antwortete Clara, „aber verlassen Sie mich nicht. Bleiben Sie bei mir, Mrs. Pynsent .“

Mrs. Pynsent blieb an der Seite von Lady Kerrison, bis diese einschlief; und ihr Platz wurde schweigend und zu später Stunde vom Arzt eingenommen, der strengste Stille anordnete. Um acht Uhr am nächsten Morgen erwachte Clara aus einem durch Betäubungsmittel verursachten Schlaf. Dr. Darwin nannte seine Patientin Lady Wetheral Er wollte auf die sanfteste Art und

Weise an ihrem Bett wachen und näherte sich ihrem Namen mit großer Vorsicht. aber Clara schauderte und bekam Fieber.

„Niemand soll über meine Mutter sprechen", sagte sie, „es sei denn, sie wollen mich töten."

Es war sinnlos, sich mit Claras Wünschen auseinanderzusetzen. Allein die Anspielung auf den Namen ihrer Mutter erregte Unmut und versetzte sie in fast krampfhafte Angst. Mrs. Pynsent setzte sich daher an Lady Kerrisons Bett. Clara schlummerte den ganzen Tag und wirkte so ruhig, dass der Arzt Ripley für ein paar Stunden verließ. Mrs. Pynsent war bereit, auf jede noch so kleine Veränderung zu reagieren, die vor seiner Rückkehr eintreten könnte, aber er rechnete nicht damit, dass irgendetwas Beunruhigendes auslösen könnte, vorausgesetzt, dass sie in tiefem Schweigen gehalten wurde. Es kam jedoch zu einer Veränderung. Clara wachte plötzlich mit sehr fiebrigen und besorgniserregenden Symptomen auf. „Sie hatte von ihrem Vater geträumt und wollte sein freundliches Gesicht sehen. Sie konnte nicht wieder zur Ruhe kommen, wenn sie ihn nicht sah." Mrs. Pynsent erneuerte die Dosis Laudanum und Clara schlummerte erneut.

Sir Foster Kerrison litt unter so viel Aufregung, wie seine Natur zu ertragen vermochte. Er saß dicht neben Lady Wetheral im Wohnzimmer und bot nicht an, seine tägliche Beschäftigung fortzusetzen. Er besuchte weder den Stall noch betrat er die Küche; und seine Aufmerksamkeit war auf Lucy gerichtet, während sie zwischen Umkleidekabine und Wohnzimmer hin und her glitt, um von Zeit zu Zeit die letzten Berichte über die Fortschritte im Krankenzimmer zu geben .

Sir John Wetheral wartete in ruhiger Zustimmung auf die Ereignisse dieses Tages. Er glaubte, dass es für Clara keine Hoffnung mehr auf eine dauerhafte Genesung gab, aber er betete im Stillen zum Geber alles Guten, dass ihr das Leben noch verschont bleiben möge, sie zur Büßerin werden und durch ihre Prüfungen Selbstbeherrschung erlangen möge. Lady Wetheral weinte heftig, aber sie konnte nicht glauben, dass ihre eigenen Hände den Kummer ihres Kindes vorbereitet hatten. „Es war hart und unüberlegt von Clara, ihre eigenen Eltern abzulehnen und die Aufmerksamkeit eines vergleichsweise Fremden anzunehmen, insbesondere nach den Bemühungen, die sie unternommen hatte, um ihre derzeitige geeignete Position zu erlangen. Sie verdiente mehr Dankbarkeit aus den Händen ihrer Kinder – Aber sie hatte ihre Pflicht getan, und die Welt würde ihr Gerechtigkeit widerfahren lassen. Dennoch weinte Ihre gnädige Frau und war zutiefst betrübt darüber, dass sie vom Lager ihrer Tochter verbannt wurde.

Mrs. Pynsent war Claras aufmerksame und äußerst freundliche Begleiterin; Aus ihren Händen nahm sie ohne Murren ihre Arzneien entgegen und verzichtete auf ihren ausdrücklichen Wunsch, sich mit Fragen aufzuregen. Gegen Abend jedoch stieg das Fieber wieder stark an, und Frau Pynsent hatte das Gefühl, dass alle Hoffnung zu Ende war und dass ihre Patientin unter seinem wütenden Einfluss versinken musste. Clara verlangte erneut, ihren Vater zu sehen; und angesichts ihrer Aufregung hielt es Mrs. Pynsent für ratsam, nachzugeben. Ihre Anstrengungen waren die fieberhaften und unsicheren Auswirkungen eines aufgeweckten, wenn auch sterbenden Geistes, der ängstlich und plötzlich aufhörte, wenn seine Kräfte erschöpft waren. Als ihr Vater das Zimmer betrat, erhob sich Clara in ihrem Bett und streckte ihre Arme nach ihm aus. „Lieber, guter Papa, du bist gekommen, um mich zu sehen" – ihre Gedanken nahmen eine andere und beunruhigendere Richtung; und ihre Augen, die vor Verachtung blitzten, wurden allmählich schwer und halb geschlossen, während sie sprach.

„Sehen Sie sich die arme Clara an, die mit Reichtümern verheiratet ist, und sehen Sie, wie es ihr *jetzt* geht! Wo ist sie? Wo ist Lady Kerrison aus Ripley? Wo ist die Mutter, die ihr Kind geopfert hat, und warum kommt sie nicht, um mich anzusehen? Lassen Sie sie Schau – ich bin hier, niedergeschlagen – im Sterben!" Auf die letzten Worte folgte ein heftiger Blutsturz, und Clara sprach kein Wort mehr. Bevor Dr. Darwin nach Ripley zurückkehrte, war Lady Kerrison zur Ruhe gegangen.

Und das war das Schicksal von Clara Wetheral! die junge und schöne Clara! Kaum hatte sie die Grenzen der Kindheit überschritten, wurden ihre Tage dem falschen Licht ehrgeiziger Hoffnung geopfert, das sie, wie das trügerische Irrlicht, nur auf die dunkelsten und unwegsamsten Pfade führte. Wie das Irrlicht lockte es sie an und ließ sie in der Stunde der Not im Stich. Wenig und böse waren die Ehetage von Clara. Ihre Dienerin enthüllte beim Tod ihrer Geliebten die Geheimnisse der Toten. Clara hatte sich bei jeder Meinungsverschiedenheit mit ihrem Mann an den verhängnisvollen Einfluss von Laudanum gewöhnt; und sie hatte sich bemüht, die Erinnerung an ihren Fehler mit mächtigen und zerstörerischen Trankopfern zu übertönen. Ihr Vater erinnerte sich, dass sie am Morgen seines letzten Besuchs auf die verhängnisvolle Praxis hingewiesen hatte.

Sir Foster Kerrison blinzelte mit nervöserer Schnelligkeit, als es seine übliche Gewohnheit war, als Mrs. Pynsent ihm den Tod seiner Frau mitteilte; aber sein Geist schien erleichtert zu sein durch das Wissen, dass sie nicht mehr vor ihm erscheinen würde, um ihm Vorwürfe zu machen und ihn zu ärgern. Mrs. Pynsents Bemerkungen gegenüber Sir Foster unmittelbar nach ihrer Ankündigung des Ereignisses blieben entweder ungehört oder unbeachtet.

„Jetzt haben Sie zwei Frauen getötet, seien Sie ruhig und bringen Sie keine Frau mehr nach Ripley, denn hier können sie nicht in Frieden leben. Ich frage mich, wie Sie überhaupt das Gesicht hatten, zu heiraten; aber die Familie Ihrer ersten Frau halte den Mund und verstecke deinen Mantel, damit du am Hochzeitstag nicht wegbleibst; und wir alle wissen, wie es mit der zweiten Frau umgegangen ist, also bist du ein armes Ding, trotz deiner Launen. Wenn die Mädchen heiraten Sei wider Willen ruhig und maßvoll, wie Bobby.

An Claras Beerdigung nahmen nur wenige teil und sie fand bei Fackelschein in der Kirche von Ripley statt. Sir Foster saß vollkommen ruhig in seinem Sessel und überließ Sir John Wetheral die Aufsicht über die Vorbereitungen für den letzten Umzug seiner Dame aus seinem Haus. Er wollte nichts von einer Anwesenheit hören oder seine Freunde zu einer Einladung einladen; aber er folgte dem *Gefolge* zur Kirche und beobachtete weiterhin die Arbeiter, während sie das Gewölbe schlossen. Am nächsten Tag war Sir Foster mit seinen Dienern eifrig damit beschäftigt, den See zu schleppen.

Lady Wetheral litt bei ihrem Umzug aus Ripley an einer schweren Krankheit, die tödliche Folgen zu haben drohte. Wieder erschien Frau Pynsent als die barmherzige Samariterin und assistierte Christobelle bei langen und ermüdenden Wachen. Sir John Spottiswoode blieb ebenfalls in Wetheral und seine Aufmerksamkeit wirkte auf seine Freunde sehr beruhigend. Christobelle befürchtete, dass Anna Maria die ständige Abwesenheit ihrer Schwiegermutter spüren würde, die Wetheral täglich besuchte und sogar die ganze Nacht über blieb, wenn ihre Ladyschaft einen Rückfall erlitt; aber Mrs. Pynsent schob alle ihre Ängste beiseite. „Tom musste sich um seine Frau, sein Kind und den armen Bobby kümmern, der ein halber Mensch war. Tom, Gott segne ihn! war wie der Vogel des Iren – er konnte an zwei Orten gleichzeitig sein. Sie hatte große Freude daran, nützlich zu sein an ihre arme, liebe, ehrliche Bell, die von meiner Dame mehr Tritte als einen halben Pence bekam, und sie würde kommen.

Lady Wetheral erholte sich sehr langsam, aber ihre Stimmung war stark deprimiert und nichts schien ihren Geist zu erfreuen. Die Boscawens kamen nach Sir Johns Abreise nach Wetheral , da man glaubte, ihre Anwesenheit könnte ihre Aufmerksamkeit erregen. Isabel, die sich wirklich um ihre mütterliche Fürsorge kümmerte, schien ein Bild lebhafter Gesundheit zu sein, während Mr. Boscawen stolz und schweigend ihre unberechenbaren Bewegungen beobachtete und sich seiner lebhaften, gutmütigen Frau rühmte. Aber ihre Mutter blickte schwerfällig und unbewußt auf die Szene und bemerkte nicht die Spielereien ihres Enkelkindes. Selbst der Anblick von Anna Maria konnte ihre Aufmerksamkeit nicht erregen.

Es wurde für klug gehalten, die Atmosphäre und die Szene zu ändern. Auf Anraten ihres Arztes beschloss Sir John, die Szenen, die das Schicksal ihrer

Tochter vor ihr geistiges Auge stellten, für einige Zeit aufzugeben ; und man hoffte, dass eine völlig neue Situation, neue Leute und eine völlige Veränderung in jedem Punkt eine allmähliche Wiederherstellung ihrer Fähigkeiten und Gesundheit bewirken würden. Es wurde beschlossen, dass Lady Wetheral zwei oder drei Jahre in Fairlee verbringen sollte . Schottland war fern aller Erinnerungen und schmerzlichen Erinnerungen – in Fairlee gab es nichts , was mit den Verstorbenen in Verbindung gebracht werden konnte; und vielleicht könnte Lady Wetheral inmitten der großartigen Landschaft des Nordens, seiner erfrischenden Luft und seinen neuartigen Bewohnern ihre Verbannung vom Sterbebett des Kindes vergessen, das ihr als Ursache ihrer bitteren Leiden und ihres vorzeitigen Todes Vorwürfe gemacht hatte. Als es Ihrer gnädigen Frau mühelos gelang, ihr Zimmer zu verlassen, trat die Familie ihre ferne Reise an.

Die Boscawens trennten sich unter großem Bedauern von Christobelle und versprachen, sich ihnen im folgenden Jahr in Fairlee anzuschließen. Christobelle weinte über ihre Schwestern – sie weinte über die Kleinen, die sie weit zurücklassen musste –, aber ihr Vater war bei ihr, und er würde wieder ihr Begleiter sein, wie schon seit dreizehn Jahren, in der glücklichen Stille der Wetheral- Bibliothek. Frau Pynsent versprach, mit Christobelle zu korrespondieren und ihr die Neuigkeiten aus der Nachbarschaft zu überbringen . Sie prophezeite Respekt vor Sir Foster Kerrison.

„Dieser Kerl wird erneut heruntergekommen, obwohl seine beiden Frauen gestorben sind. Sie können sich darauf verlassen, dass der Kerl wieder verheiratet wird, ohne dass er selbst zustimmt oder in dieser Angelegenheit konsultiert wird. Der Teufel lag in den Müttern!"

Mrs. Pynsent zwinkerte auch Mr. Boscawen zu und versicherte ihm: „Jacky Spottiswoode hatte ein Auge auf Miss Bell geworfen – *das konnte sie sehen* . Jacky würde drei oder vier Jahre warten und dann auftauchen. Sie dachte, meine Dame hätte eine weitere Prüfung." zu ertragen; denn sie war nicht Pen Pynsent , wenn diese arme Lady Ennismore zum Guten käme. Was mit der tatarischen Gräfin, diesem armen, schlauen Lord und dem gutaussehenden Colonel Julia wäre das nächste Opfer; – alles würde nach Hause kommen an meine Lady Wetheral .

Wie weinte Christobelle , als sie die Schauplätze ihrer Jugend und die Herzen, die sie liebte, verließ! Wie weinte Christobelle , als sie die Wälder von Wetheral Castle nicht mehr sehen konnte !

ENDE VON BAND. II.